沈从文读库　凌宇 主编

小说卷 二

长河

沈从文 著

CNS 湖南文艺出版社

VOL.2

图书在版编目（CIP）数据

长河 / 沈从文著. -- 长沙：湖南文艺出版社，
2024.1
（沈从文读库）
ISBN 978-7-5726-1459-0

Ⅰ. ①长… Ⅱ. ①沈… Ⅲ. ①长篇小说-小说集-中国-现代②中篇小说-小说集-中国-现代 Ⅳ. ①I246.5

中国国家版本馆CIP数据核字(2023)第186821号

沈从文读库
长河
CHANGHE

作　　者：沈从文
总 策 划：彭　玻
主　　编：凌　宇
执行主编：吴正锋　张　森
出 版 人：陈新文
监　　制：谭菁菁
统　　筹：徐小芳
责任编辑：徐小芳　刘　敏
书籍设计：萧睿子
插　　画：蔡　皋
排　　版：刘晓霞
校对统筹：黄　晓
印制总监：李　阔

出版发行：湖南文艺出版社
（长沙市雨花区东二环一段508号　邮编：410014）
印　　刷：湖南天闻新华印务有限公司
开　　本：880 mm×1230 mm　1/32
印　　张：12.5
字　　数：218千字
版　　次：2024年1月第1版
印　　次：2024年1月第1次印刷
书　　号：ISBN 978-7-5726-1459-0
定　　价：62.00元

沈从文读库·序

凌　宇

作为一代文学大师，沈从文在中国现代文学史上，具有举足轻重且无可替代的地位。早在20世纪30年代，沈从文即被鲁迅称为自“五四”新文学以来“最优秀的作家”之一，且被同时代作家视为“北京文坛的重镇”。尽管在1949至1979年间因“历史的误会”，他的文学作品遭遇了被冷漠、贬损，且几乎湮灭的运命，但自20世纪80年代以降，对沈从文及其文学成就的认识，就一直“行情上涨”，并迭经学术界关于沈从文是大家还是名家、是否文学大师之争，其文学史地位节节攀升。如今，随着研究的不断深入与拓展，沈从文已毫无疑问地成为现代文学史上不可绕过的重要存在。湖南文艺出版社拟出的这套《沈从文读库》，共12卷，涵盖沈从文的小说、散文、游记、自传、杂文、文论、诗歌以及书信等，全面展示了沈从文文学创作的丰富面貌。

沈从文的文学成就，首先在于他构筑了堪与福克纳笔下的“约克纳帕塔法”世系相媲美的湘西世界，并以此为原点，对神性——生命的最高层次进行诗性观照与哲性探索。20世纪20年代末至30年代中期，在《神巫之爱》《月下小景》这类浪漫传奇小说和《三三》《萧萧》等诸多乡村小说中，沈从文成功地构建起一个“神之存在，依然如故”的湘西世界。与之对照的，则是以《八骏图》为代表的都市题材作品中所展现的城里人的生存情状。以人性合理与否为基准，沈从文对城里人的生命状态进行批判，并因此将现代社会称作“神之解体”时代。然而，沈从文对人性的思考，并没有停留在“城里人—乡下人”的二元对立框架，在理性层面完成他的都市批判的同时，也完成着他对乡下人的现代生存方式的沉重反思。沈从文以湘西为题材创作的一个重要组成部分如《柏子》《会明》《虎雏》《丈夫》等，都是将乡下人安置在现代社会环境中叙述其命运的必然流程。在《边城》《萧萧》《湘行散记》等作品中，沈从文既保留了对乡下人近乎自然的生命形态的肯定，又立足于启蒙理性角度，书写了这一“不悖乎人性”的生命在现代社会的悲剧命运，一种浓重的乡土悲悯浸润在作品的字里行间。

不过，面对令人痛苦的现实，沈从文既没有如同废名式地从对人生的绝望走向厌世，也没有如同鲁迅式地走向决绝的反传统，他所寻觅的是存在于前现代文明中的具有人类共有价值的文化因子，并希望他笔下人物的正直与热情“保留些本质在年青人的血里或梦里”，以实现民族品德的重造。这一思考，在20世纪40年代达到顶点。面对大多数人重生活轻生命，重现实实利而从不“向远景凝眸”，在一切都被“市侩的人生观”推行之时，沈从文希冀来一次全面的“清洁运动”，用文字作工具，实现民族文化的经典重造。他不仅在抽象层面对生命与自然、美与爱、生与死等进行一系列哲性探寻——这导致他在这一时期创作了《烛虚》《水云》《七色魇》等大量哲思类散文；同时也在具象层面积极介入社会现实，对青年、家庭、战争、文学、政治等具体问题进行探讨——此期杂文和文论数量明显增多。他对生命的思考，也就由最初的湘西自然神性转入对普泛意义上的人类生命神性的探索。他以“美”与“爱”为核心，力图恢复被现代文明压抑的自然生命，在“神之解体”时代重构生命的理想之境，这在某种程度上也使得他的文学思想得以超越当时具体的历史境遇，而指向对民族未来乃至人类生存方式的终极关怀。

1949年后，沈从文将主要精力转入文物研究，但他的文学思考并未止步。他在清华园休养期间的“呓语狂言”，如《一个人的自白》《关于西南漆器及其他》等，是他对自我精神和思想的深入解剖，其风格近似20世纪40年代的抽象类散文。他与张兆和的不少信件，如其中对《史记》的言说，对四川乡村风物的叙述，对文学艺术的看法等，都可视作书信形式的散文。这些文字勾勒出沈从文试图改造自我以适应新社会，与坚守自我、守望生命本来之间矛盾复杂的思想轨迹，这一矛盾既表现在他的文学观上，也体现在他的人生观上。

时至21世纪，科技日新月异，人工智能时代已经到来，然而人类并没因此解决好自身的问题，相反，经历了新冠疫情并进入后疫情时代的人们陷入更大的生存困境。在科技发展到顶峰之时，人类又将何去何从？今天的人们同样面临着沈从文当年所面对的种种问题。而他的诸多思考，如对进入现代工业文明以来人类不断背离自我、背离自然的反思，对现代人“所得于物虽不少，所得于己实不多”的状态的审视，以及强调哲学对科学的补救、对历史作“有情”观照等，都具有一种独特的眼光和前瞻意识，对当下与未来的中国乃至世界依然具有重要的启示。

沈从文曾说，“在一切有生陆续失去意义，本身亦因死亡毫无意义时”，唯有文字能“使生命之光，煜煜照人，如烛如金”。他希冀借助文字的力量，“重新燃起年青人热情和信心”，让高尚的理想在“更年青的生命中发芽生根，郁郁青青”。经典从不过时，相信今天的人们仍能从他的作品中获得启发，有所会心，这也正是出版这套文库的目的所在。

目 录

长河

长河

题记

民国二十三年的冬天，我因事从北平回湘西，由沅水坐船上行，转到家乡凤凰县。去乡已经十八年，一入辰河流域，什么都不同了。表面上看来，事事物物自然都有了极大进步，试仔细注意注意，便见出在变化中那点堕落趋势。最明显的事，即农村社会所保有那点正直素朴人情美，几几乎快要消失无余，代替而来的却是近二十年实际社会培养成功的一种唯实唯利庸俗人生观。敬鬼神畏天命的迷信固然已经被常识所摧毁，然而做人时的义利取舍是非辨别也随同泯没了。“现代”二字已到了湘西，可是具体的东西，不过是点缀都市文明的奢侈品大量输入，上等纸烟和各样罐头，在各阶层间作广泛的消费。抽象的东西，竟只有流行政治中的公文八股和交际世故。大家都仿佛用个谦虚而诚恳的态度来接受一切，来学习一切，能学习能接受的终不外如彼或如此。

地方上年事较长的，体力日渐衰竭，情感已近于凝固，自有不可免的保守性，唯其如此，多少尚保留一些治事作人的优美崇高风度。所谓时髦青年，便只能给人痛苦印象，他若是个公子哥儿，衣襟上必插两支自来水笔，手腕上带个白金手表，稍有太阳，便赶忙戴上大黑眼镜，表示爱重目光，衣冠必十分入时，材料且异常讲究，特别长处是会吹口琴，唱京戏，闭目吸大炮台或三五字香烟，能在呼吸间辨别出牌号优劣，玩扑克时会十多种花样。大白天有时还拿个大电筒或极小手电筒，因为牌号新光亮足即可满足主有者莫大虚荣，并俨然可将社会地位提高。他若是个普通学生，有点思想必以能读××书店出的政治经济小册子，知道些文坛消息名人轶事或体育明星为已足。这些人都共同对现状表示不满，可是国家社会问题何在，进步的实现必需如何努力，照例全不明白。（即以地方而论，前一代固有的优点，尤其是长辈中妇女，祖母或老姑母行勤俭治生忠厚待人处，以及在素朴自然景物下衬托简单信仰蕴蓄了多少抒情诗气分，这些东西又如何被外来洋布煤油逐渐破坏，年青人几几乎全不认识，也毫无希望可以从学习中去认识。）一面不满现状，一面用求学名分，向大都市里跑去，在上海或南京，武汉或长沙，从从容容住下来，挥霍家中前一辈的积蓄，享受现实，并用“时代轮子”“帝国主义”一类空洞字句，写点现实论文和诗歌，情书或家信。末了是毕业，结婚，回家，回到原有那个现实里，等待完事。就中少数真有志气，有理想，无从使用家中财产，或不屑使用家中财产，想要好好的努力奋斗一番的，也只是就学校读书时所得到的简单文化概念，以为世界上除了“政治”，再无别的事物。所谓政治又只是许多人混在一处，相信这个，主张那个，打倒这个，拥护那个，人多即可上台，上台即算成功。终生事业目标，不是打量入政治学校，就是糊糊涂涂往某处一跑，对历史社会的发展，既缺少较深刻的认识，对个人生命的意义，也缺少较深刻理解。个人出路和国家幻想都完全寄托在一种依附性的打算中，结果到社会里一滚，自然就消失了。十年来这些人本身虽若依旧好好存在，而且有好些或许都做了小官，发了小财，日子过得很好，但是那点年青人的壮志和雄心，从事业中有以自见，从学术上有以自立的气概，可完全消失净尽了。当时我认为唯一有希望的，是几个年青军官。然而在他们那个环境中，竟像是什么事都无从作。地方明日的困难，必需应付，大家看得明明白白，可毫无方法预先在人事上有所准备。因此我写了个小说，取名《边城》，写了个游记，取名《湘行散记》，两个作品中都有军人露面，在《边城·题记》上，且曾提起一个问题，即拟将“过去”和“当前”对照，所谓民族品德的消失与重造，可能从什么方面着手。《边城》中人物的正直和热情，虽然已经成为过去了，应当还保留些本质在年青人的血里或梦里，相宜环境中，即可重新燃起年青人的自尊心和自信心。我还将继续《边城》，在另外一个作品中，把最近二十年来当地农民性格灵魂被时代大力压扁扭曲失去了原有的素朴所表现的式样，加以解剖与描绘。其实这个工作，在《湘行散记》上就试验过了。因为还有另外一种忌讳，虽属小说游记，对当前事情亦不能畅所欲言，只好寄无限希望于未来。

中日战事发生后，二十六年的冬天，我又有机会回到湘西，并且在沅水中部一个县城里住了约四个月。住处恰当水陆冲要，耳目见闻复多，湘西在战争发展中的种种变迁，以及地方问题如何由混乱中除旧布新，渐上轨道，我都有机会知道得清清楚楚。和我同住的，还有一个在嘉善国防线上受伤回来的小兄弟。从和他的部下若干小军官接触中，我得以明白战前一年他们在这个地方的情形，以及战争起后他们人生观的改变。过不久，这些年青军官，随同我那小兄弟，用“荣誉军团”名分重新开往江西前线保卫南昌去了。一个阴云沉沉的下午，当我眼看到几只帆船顺流而下，我那兄弟和一群小军官站在船头默默的向我挥手时，我独自在河滩上，不知不觉眼睛已被热泪浸湿。因为四年前一点杞忧，无不陆续成为事实，四年前一点梦想，又差不多全在这一群军官行为上得到证明。一面是受过去所束缚的事实，在在令人痛苦，一面却是某种向上理想，好好移植到年青生命中，似乎还能发芽生根。

那时节湘省政府正拟试派几千年青学生下乡，推行民训工作，技术上相当麻烦。武汉局势转紧，公私机关和各省难民向湘西疏散的日益增多。一般人士对于湘西实缺少认识，常笼统概括名为“匪区”。地方保甲制度本不大健全，兵役进行又因“贷役制”纠纷相当多。所以我又写了两本小书，一本取名《湘西》，一本取名《长河》。当时敌人正企图向武汉进犯，战事有转入洞庭湖泽地带可能。地方种种与战事既不可分，我可写的虽很多，能写出的当然并不多。就沅水流域人事琐琐小处，将作证明，希望它能给外来者一种比较近实的印象，更希望的还是可以燃起行将下乡的学生一种比较近实的印象，更希望的还是可以燃起行将下乡的学生一点克服困难的勇气和信心！另外却又用辰河流域一个小小水码头作背景，就我所熟习的人事作题材，来写写这个地方一些平凡人物生活上的“常”与“变”，以及在两相乘除中所有的哀乐。问题在分析现实，所以忠忠实实和问题接触时，心中不免痛苦，唯恐作品和读者对面，给读者也只是一个痛苦印象，还特意加上一点牧歌的谐趣，取得人事上的调和。作品起始写到的，即是习惯下的种种存在，事事都受习惯控制，所以货币和物产，这一片小小地方活动流转时所形成的各种生活式样与生活理想，都若在一个无可避免的情形中发展。人事上的对立，人事上的相左，更仿佛无不各有它宿命的结局。作品设计注重在将常与变错综，写出“过去”“当前”与那个发展中的“未来”，因此前一部分所能见到的，除了自然景物的明朗，和生长于这个环境中几个小儿女性情上的天真纯粹还可见出一点希望，其余笔下所涉及的人和事，自然便不免黯淡无光。尤其是叙述到地方特权者时，一支笔即再残忍也不能写下去，有意作成的乡村幽默，终无从中和那点沉痛感慨。然而就我所想到的看来，一个有良心的读者，是会承认这个作品不失其为庄严与认真的。虽然这只是湘西一隅的事情，说不定它正和西南好些地方差不多。虽然这些现象的存在，战争一来都给淹没了，可是和这些类似的问题，也许会在别一地方发生。或者战争已完全净化了中国，然而把这点近于历史陈迹的社会风景，用文字好好的保留下来，与“当前”崭新的局面对照，似乎也很可以帮助我们对社会多有一点新的认识，即在战争中一个地方的进步的过程，必然包含若干人情的冲突与人和人关系的重造。

我们大多数人，战前虽活在那么一个过程中，然而从目下检审制度的原则来衡量它时，作品的忠实，便不免多触忌讳，转容易成为无益之业了。因此作品最先在香港发表，即被删节了一部分，致前后始终不一致。去年重写分章发表时，又有部分篇章不能刊载。到预备在桂林印行送审时，且被检查处认为思想不妥，全部扣留，幸得朋友为辗转交涉，径送重庆复审，重加删节，方能发还付印。国家既在战争中，出版物各个管理制度，个人实完全表示同意。因为这个制度若运用得法，不特能消极的限止不良作品出版，还可望进一步鼓励优秀作品产生，制度有益于国家，情形显明。惟一面是个人为此谨慎认真的来处理一个问题，所遇到的恰好也就是那么一种谨慎认真的检审制度。另外在社会上又似乎只要作者不过于谨慎认真，便也可以随处随时得到种种不认真的便利。（最近本人把所有作品重新整理付印时，每个集子必有几篇“免登”，另外却又有人得到特许，用造谣言方式作小文章侮辱本人，如像某某小刊物上的玩意儿，不算犯罪。）两相对照，虽对现状不免有点迷惑，但又多少看出一点消息，即当前社会有些还是过去的继续。国家在进步过程中，我们还得容忍随同习惯而存在的许多事实，读书人所盼望的合理与公正，恐还得各方面各部门“专家”真正抬头时，方有希望。记得八年前《边城》付印时，在那本小书题记上，我曾说过：所希望的读者，应当是身在学校以外，或文坛消息、文学论战以及各种批评所达不到地方，在各种事业里低头努力，很寂寞的从事于民族复兴大业的人。作品所能给他们的，也许是一点有会于心的快乐，也许只是痛苦……现在这本小书，我能说些什么？我很明白，我的读者在八年来人生经验上，对于国家所遭遇的挫折，以及这个民族忧患所自来的根本原因，还有那个多数在共同目的下所有的挣扎向上方式，从中所获得的教训，都一定比我知道的还要多还要深。个人所能作的，十年前是一个平常故事，过了将近十年，还依然只是一个平常故事。过去写的也许还能给他们一点启示或认识，目下可什么全说不上了。想起我的读者在沉默中所忍受的困难，以及为战胜困难所表现的坚韧和勇敢，我觉得我应当沉默，一切话都是多余了。在我能给他们什么以前，他们已先给了我许多许多了。横在我们面前许多事都使人痛苦，可是却不用悲观。骤然而来的风雨，说不定会把许多人的高尚理想，卷扫摧残，弄得无踪无迹。然而一个人对于人类前途的热忱，和工作的虔敬态度，是应当永远存在，且必然能给后来者以极大鼓励的！在我所熟习的读者一部分人表现上，我已看到了人类最高品德的另一面。事如可能，最近便将继续在一个平常故事中来写出我对于这类人的颂歌。

人与地

记称“洞庭多橘柚”，橘柚生产地方，实在洞庭湖西南，沅水流域上游各支流，尤以辰河中部最多最好。树不甚高，终年绿叶浓翠。仲夏开花，花白而小，香馥醉人。九月降霜后，缀系在枝头间果实，被严霜侵染，丹朱明黄，耀人眼目，远望但见一片光明。每当采摘橘子时，沿河小小船埠边，随处可见这种生产品的堆积，恰如一堆堆火焰。在橘园旁边临河官路上，陌生人过路，看到这种情形，将不免眼馋口馋，或随口问讯：

“哎，你们那橘子卖不卖?”

坐在橘子堆上或树桠间的主人，必快快乐乐的回答，话说得肯定而明白：“我这橘子不卖。”

“真不卖？我出钱!”

“大总统来出钱也不卖。”

“嘿，宝贝，希罕你的……”

“就是不希罕才不卖!”

古人说“入境问俗”，若知道“不卖”和“不许吃”是两回事，那你听说不卖以后，尽管就手摘来吃好了，橘子园主人不会干涉的。

陌生人若系初到这个地方，见交涉办不好，不免失望走去。主人从口音上和背影上看出那是个外乡人，知道那么说可不成，必带点好事神气，很快乐的叫住外乡人，似乎两人话还未说完，要他回来说清楚了再走。

“乡亲，我这橘子卖可不卖，你要吃，尽管吃好了。这水泡泡的东西，你一个人能吃多少？十个八个算什么。你歇歇憩再赶路，天气老早咧。”

到把橘子吃饱时，自然同时也明白了“只许吃不肯卖”的另外一个理由。原来本地是出产橘子地方，沿河百里到处是橘园，橘子太多了，不值钱，不好卖。且照风俗说来，桃李橘柚越吃越发，所以就地更不应当接钱。大城市里的中产阶级，受了点新教育，都知道橘子对小孩子发育极有补益，因此橘子成为必需品和奢侈品。四两重一枚的橘子，必花一二毛钱方可得到。而且所吃的居多还是远远的从太平洋彼岸美国运来的。中国教科书或别的什么研究报告书，照例就不大提起过中国南几省，有多少地方，出产橘子，品质颜色都很好，远胜过外国橘子园标准出品。专家和商人既都不大把它放在眼里，因此当地橘子的价值，便仅仅比萝卜南瓜稍贵一些。出产地一毛钱可买四五斤，用小船装运到三百里外城市后，一毛钱还可买二三斤。吃橘子或吃萝卜，意义差不多相同，即解渴而已。

俗话说“货到地头死”，所以出橘子地方反买不出橘子，实在说原来是卖不出橘子。有时出产太多，沿河发生了战事，装运不便，又不会用它酿酒，较小不中吃，连小码头都运不去，摘下树后成堆的听它烂掉，也极平常。临到这种情形时，乡下人就聊以解嘲似的说：“土里长的听它土里烂掉，今年不成明年会更好！”看小孩子把橘子当石头抛，不加理会，日子也就那么过去了。

两千年前楚国逐臣屈原，乘了小小白木船，沿沅水上溯，一定就见过这种橘子树林，方写出那篇《橘颂》。两千年来这地方的人民生活情形，虽多少改变了些，人和树，都还依然寄生在沿河两岸土地上，靠土地喂养，在日光雨雪四季交替中，衰老的死去，复入于土，新生的长成，俨然自土中茁起。有些人厌倦了地面上的生存，就从山中砍下几株大树，把它锯解成许多板木，购买三五十斤老鸦嘴长铁钉，找上百十斤麻头，捶它几百斤桐油石灰，用祖先所传授的老方法，照当地村中固有款式，在河滩边建造一只头尾高张坚固结实的帆船。船只造成油好后，添上几领席篷，一支桅，四把桨，以及船上一切必需家家伙伙，邀个帮手，便顺流而下，向下游城市划去。这个人从此以后就成为“水上人”，吃鱼，吃虾——吃水上饭。事实且同鱼虾一样，无拘无管各处飘泊。他的船若沿辰河洞河向上走，可到苗人集中的凤凰县和贵州铜仁府，朱砂水银鸦片烟，如何从石里土里弄出来，长起来，能够看个清清楚楚。沿沅水向下走，六百里就到了历史上知名的桃源县，古渔人往桃源洞去的河面溪口，可以随意停泊。再走五百里，船出洞庭湖，还可欣赏十万只野鸭子遮天蔽日飞去的光景。日头月亮看得多，放宽了眼界和心胸，常常也把个妇人拉下水，到船上来烧火煮饭养孩子。过两年，气运好，船不泼汤，捞了二三百洋钱，便换只大船……因此当地有一半人在地面上生根，有一半人在水面各处流转。人在地面上生根的，将肉体生命寄托在田园生产上，精神寄托在各式各样神明禁忌上，幻想寄托在水面上，忍劳耐苦把日子过下去。遵照历书季节，照料橘园和瓜田菜圃，用雄鸡、鲤鱼、刀头肉，对各种神明求索愿心，并禳解邪祟。到运气倒转，生活倒转时，或吃了点冤枉官司，或做件不大不小错事，或害了半年隔日疟，不幸来临弄得妻室儿女散离，无可奈何，于是就想："还是弄船去吧，再不到这个鬼地方！"许多许多人就好像拔萝卜一样，这么把自己连根拔起，远远的抛去，五年七年不回来，或终生不再回来。在外飘流运气终是不济事，穷病不能支持时，就躺到一只破旧的空船中去喘气，身边虽一无所有，家乡橘子树林却明明爽爽留在记忆里，绿叶丹实，烂漫照眼。于是用手舀一口长流水咽下，润润干枯的喉咙。水既由家乡流来，虽相去八百一千里路，必俨然还可以听到它在河岸边激动水车的呜咽声，于是叹一口气死了，完了，从此以后这个人便与热闹苦难世界离开，消灭了。

吃水上饭发了迹的，多重新回到原有土地上来找落脚处。捐一笔钱修本宗祠堂，再花二千三千洋钱，凭中购买一片土地，烧几窑大砖，请阴阳先生看个子午向，选吉日良辰破土，在新买园地里砌座"封火统子"高墙大房子，再买三二条大颈项膘壮黄牯牛，雇四五个长工，耕田治地。养一群鸡，一群鸭，畜两只猛勇善吠看家狗，增加财富并看守财富。自己于是常常穿上玄青羽绫大袖马褂，担羊抬酒去拜会族长、亲家，酬酢庆吊，在当地作小乡绅。把从水上学得的应酬礼数，用来本乡建树身分和名誉。凡地方公益事，如打清醮，办土地会，五月竞舟和过年玩狮子龙灯，照例有人神和悦意义，他就很慷慨来作头行人，出头露面摊份子，自己写的捐还必然比别人多些。军队过境时，办招待，公平而有条理，不慌张误事。人跳脱机会又好，一年两年后，说不定就补上了保长甲长缺，成为当地要人。从此以后，即稳稳当当住下来，等待机会命运，或者家发人发，事业顺手，儿女得力，开个大油坊，银钱如水般流出流进，成为本村财主员外。或福去祸来，偌大一栋房子三五年内，起把天火烧掉了，牛发了瘟，田地被水打砂滞，橘子树在大寒中一起冻坏。更不幸是遭遇官司连累，进城入狱，拖来拖去，在县衙门陋规调排中，终于弄得个不能下台。想来想去，还是三十六计走为上计，只好第二回下水。但年龄既已过去，精力也快衰竭了，再想和年富力强的汉子竞争，从水面上重打天下，已不可能了。回到水上就只为的是逃避过去生活失败的记忆。正如庄稼人把那种空了心的老萝卜，和落子后的苋菜根株，由土中拔出，抛到水上去，听流水冲走一样情形。其中自然也有些会打算安排，子弟又够分派，地面上经营橘子园，水面上有船只，从两方面讨生活，兴家立业，彼此兼顾，而且作得很好的。也有在水上挣了钱，却羡慕油商，因此来开小庄号，作桐油生意，本身也如一滴油，既不沾水也不近土的。也有由于事业成功，在地方上办团防，带三五十条杂色枪支，参加过几回小小内战，于是成为军官，到后又在大小兼并情形中或被消灭，或被胁裹出去，军队一散，捞一把钱回家来纳福，在乡里中称支队长、司令官，于同族包庇点小案件，调排调排人事，成为当地土豪的。也有自己始终不离土地，不离水面，家业不曾发迹，却多了几口人，受社会潮流影响，看中了读书人，相信“万般皆下品，惟有读书高”两句旧诗，居然把儿子送到族中义学去受教育的。孩子还肯向上，心窍子被书读开了，机缘又好，到后考入省立师范学堂，作父亲的就一面更加克勤克俭过日子，一面却在儿子身上做着无边无涯的荒唐好梦。再过三年儿子毕了业，即杀猪祭祖，在祠堂中上块匾，族中送报帖称“洋进士”，作父亲的便俨然已成封翁员外。待到暑假中，儿子穿了白色制服，带了一网篮书报，回到乡下来时，一家大小必对之充满敬畏之忱。母亲每天必为儿子煮两个荷包蛋当早点，培补元气，父亲在儿子面前，话也不敢乱说。儿子自以为已受新教育，对家中一切自然都不大看得上眼，认为腐败琐碎，在老人面前常常作“得了够了”摇头神气。虽随便说点城里事情，即可满足老年人的好奇心，也总像有点烦厌。到后在本校或县里作了小学教员，升了校长，或又作了教育局的科员，县党部委员，收入虽不比一个舵手高多少，可是有了“斯文”身分，而兼点“官”气，遇什么案件向县里请愿，禀帖上见过了名字，或委员下乡时，还当过代表办招待，事很显然，这一来，他已成为当地名人了。于是老太爷当真成了封翁，在乡下受人另眼看待。若驾船，必事事与人不同。世界在变，这船夫一家也跟着变。儿子成了名，少年得志，思想又新，当然就要“革命”。接受“五四”以来社会解放改造影响，革命不出下面两个公式：老的若有主张，想为儿子看一房媳妇，实事求是，要找一个有碾房橘子园作妆奁的人家攀亲，儿子却照例不同意，多半要县立女学校从省中请来的女教员，因为剪去了头发，衣襟上还插一支自来水笔，有“思想”，又“摩登”，懂“爱情”，才能发生爱情，郎才女貌方配得上。意见如此不同，就成为家庭革命。或婚事不成问题，老的正因为崇拜儿子，谄媚儿子，一切由儿子作主，又或儿子虽读《创造》《解放》等等杂志，可是也并不怎么讨厌碾坊和橘子园作陪嫁妆奁。儿子抱负另有所在，回乡来要改造社会，于是作代表，办学会，控告地方公族教育专款保管委员，建议采用祠庙产业，且在县里石印报纸上，发火气极大似通非通的议论，报纸印出后，自己还买许多份各处送人。……到后这些年青人所梦想的热闹“大时代”，终于来到了，来时压力过猛，难于适应，末了不出两途，或逃亡外省去，不再回乡；来不及逃亡，在开会中就被当地军警与恶劣乡绅称为“反动分子”，命运不免同中国这个时代许多身在内地血气壮旺的青年一样。新旧冲突，就有社会革命。一涉革命，纠纷随来，到处都不免流泪流血。最重大的意义，即促进人事上的新陈代谢，使老的衰老，离开他亲手培植的橘子园，使用惯熟的船只家具，更同时离开了他那可爱的儿子（大部分且是追随了那儿子），重归于土。

至于妇人呢，喂猪养鸭，挑水种菜，绩麻纺纱，推磨碾米，无事不能，亦无事不作。日晒雨淋，同各种劳役，使每个人都强健而耐劳。身体既发育得很好，橘子又吃得多，眼目光明，血气充足，因之兼善生男育女。乡村中无呼奴使婢习惯，家中要个帮手时，家长即为未成年的儿子讨个童养媳，于是每家都有童养媳。换言之，也就是交换儿女来教育，来学习参加生活工作。这些小女子年纪十二三岁，穿了件印花洋布裤子过门，用一只雄鸡陪伴拜过天地祖先后，就取得了童养媳身分，或为“家”候补人员之一。年纪小虽小，凡是这家中一切事情，体力所及都得参加，下河洗衣，入厨房烧火煮饭，更是两件日常工作。无事可作时，就为婆婆替手，把两三岁大小叔叔负之抱之到前村头去玩耍，自己也抽空看看热闹。或每天上山放牛，必趁便挑一担松毛，摘一篮蕈子，回家当晚饭菜。年纪到十五六岁时，就和丈夫圆了亲，正式成为家中之一员。除原有工作外，多了一样承宗接祖生男育女的义务。这人或是独生女，或家中要帮手舍不得送出门，就留在家中养黄花女。年纪到了十四五，照例也懂了事，渐渐爱好起来，知道跟姑母娘舅乡邻同伴学刺花扣花。围裙上用五色丝线绣鸳鸯戏荷或喜鹊噪梅，鞋头上挑个小小双凤。加之在村子里可听到老年人说《二度梅》《天雨花》等等才子佳人弹词故事，七仙姐下凡尘等等神话传说。下河洗菜淘米时，撑船的小伙子眼睛尖利，看见竹园边河坎下女孩子的大辫子像条乌梢蛇，两粒眼珠子黑亮亮的，看动了心，必随口唱几句歌调情。上山砍柴打猪草，更容易受年青野孩子歌声引诱。本地二八月照例要唱土地戏谢神还愿，戏文中又多的是烈士佳人故事。这就是这些女孩子的情感教育。大凡有了主子的，记着戏文中常提到的“忠臣不事二主，烈女不嫁二夫”，幻想虽多，将依然本本分分过日子下去。晚嫁失时的，嫁后守寡无拘管的，或性格好繁华易为歌声动感情的，自然就有许多机会作出本地人当话柄的事情。或到山上空碉堡中去会情人，或跟随飘乡戏子私逃，又或嫁给退伍军人。这些军人照例是见过了些世界，学得了些风流子弟派头，元青绉绸首巾一丈五尺长裹在头上，佩了个镀金手表，镶了两颗金牙齿，打得一手好纸牌，还会弹弹月琴，唱几十曲时行小调。在军队中厌倦了，回到本乡来无所事事，向上向下通通无机会，就放点小赌，或开个小铺子，卖点杂货。欢喜到处走动，眼睛尖，鼻子尖，看得出也嗅得出什么是路可以走，走走又不会出大乱子。若诱引了这些爱风情的女孩子，收藏不下，养活不了，便带同女子坐小船向下江一跑，也不大计算“明天”怎么办。到外埠住下来，把几个钱一花完，无事可作无路可奔时，末了一着棋，照例是把女子哄到人贩子手中去，抵押一百两百块钱，给下处作土娼，自己却一溜完事。女人或因被诱出了丑，肚中带了个孩子，无处交代，欲走不能走，欲留不能留，就照土方子捡副草药，土狗斑蝥茯苓朱砂死的活的一股鲁吃下去，把血块子打下。或者体力弱，受不住药力，心门子窄，胆量小，打算不开，积忧成疾，孩子一落地，就故意走到大河边去喝一阵生冷水，于是躺到床上去，过不久，肚子肠子绞痛起来，咬定被角不敢声张，隔了一天便死了。于是家中人买一付白木板片装殓好，埋了。亲戚哭一阵，街坊邻里大家谈论一阵，骂一阵，怜恤一阵，事情就算完了。也有幻想多，抒情气分特别浓，事情解决不了时，就选个日子，私下梳妆打扮起来，穿上干净衣鞋，扣上心爱的花围腰，趁大清早人不知鬼不觉投身到深潭里去，把身子喂鱼吃了的，同样——完了。又或亲族中有人，辈分大，势力强，性情又特别顽固专横，读完了几本“子曰”，自以为有维持风化道德的责任，这种道德感的增强，便必然成为好事者，且必然对于有关男女的事特别兴奋。一遇见族中有女子丢脸事情发生，就想出种种理由，自己先怄一阵气，再在气头下集合族中人，把那女的一绳子捆来，执行一阵私刑，从女人受苦难情形中得到一点愉快，把女的远远的嫁去，讨回一笔财礼，作为“脸面钱”。若这个族中人病态深，道德感与虐待狂不可分开，女人且不免在一种戏剧性场面下成为牺牲者。照例将为这些男子，把全身衣服剥去，颈项上悬挂一面小磨石，带到长潭中去“沉潭”，表示与众弃之意思。当几个族中人乘上小船，在深夜里沉默无声向河中深处划去时，女的低头无语，看着河中荡荡流水，以及被木桨搅碎水中的星光，想到的大约是二辈子投生问题，或是另一时被族中长辈调戏不允许的故事，或是一些生前“欠人”“人欠”的小小恩怨。这一族之长的大老与好事者，坐在船头，必正眼也不看那女子一眼，心中却漩起一种复杂感情，总以为“这是应当的，全族面子所关，不能不如此的”。但自然也并不真正讨厌那个年青健康光鲜鲜的肉体，讨厌的或许倒是这肉体被外人享受。小船摇到潭中时，荡桨的把桨抽出，船停了，大家一句话不说，就把那女的掀下水去。这其间自然不免有一番小小挣扎，把小船弄得摇摇晃晃，人一下水，随即也就平定了。送下水的因为颈项上悬系了一面石磨，在水中打漩向下沉，一阵水泡子向上翻，接着是天水平静。船上几个人，于是俨然完成了一件庄严重大工作，把船掉头。因为死的虽死了，活的还得赶回到祠堂里去叩头，放鞭炮挂红，驱逐邪气，且表示这种勇敢决断的行为，业已把族中损失的荣誉收复。事实上就是把那点私心残忍行为卸责任到“多数”方面去，至于那个“多数”呢？因为不读“子曰”，自然是不知道此事，也从不过问此事的。

女子中也有能干异常，丈夫过世还经营生活，驾船种田，兴家立业的。沿辰河有几座大油房，几个大庙宇，几处建筑宏大华美的私人祠堂，都是这种寡妇的成就。

女子中也有读书人，大多数是比较开通的船长地主的姑娘，到省里女子师范或什么私立中学读了几年书，还乡时便同时带来给乡下人无数新奇的传说，崭新的神话，比水手带来的完全不同。城里大学堂教书的，一个时刻拿的薪水，抵得过家中长工一年收入！花两块钱买一个小纸条，走进一个黑黯黯大厅子里面去，冬暖夏凉，坐下来不多一会儿，就可看台上的影子戏。真刀真枪打仗杀人，一死几百几千，死去的都可活回来，坐在柜台边用小麦管子吃橘子水和牛奶！上有天堂，下有苏杭，杭州有个西湖，大水塘子种荷花养鱼，四面山上全是庙宇，和尚尼姑都穿绸缎袍子，每早上敲木鱼铙钹，沿湖唱歌。……总之，如此或如彼，这些事述说到乡下人印象中时，必然都成为不可思议的惊奇动人场面。

顶可笑的还是城里人把橘子当补药，价钱贵得和燕窝高丽参差不多，还是从外洋用船运回来的。橘子上印有洋字，用白纸包了，纸上也有字，说明补什么，应当怎么吃，若买回来依照方法挤水吃，就补人。不依照方法，不算数。说来竟千真万确，自然更使得出橘子地方的人不觉好笑。不过真正给乡下人留下一个新鲜经验的，或者还是女学生本身的装束。辫子不要了，简直同男人一样，说是省得梳头，耽搁时间读书。膀子膊子全露在外面，说是比藏在里面又好看又卫生，缝衣时省布。且不穿裤子，至少这些女学生给普通乡下人印象是不穿裤子，为什么原因他们可不明白。这些女子业已许过婚的，回家不久必即向长辈开谈判，主张“自由”，需要离婚。说是爱情神圣，家中不能包办终身大事。生活出路是到县里的小学校去做教员，婚姻出路是嫁给在京沪私立大学读过两年书的公务员，或县党部委员，学校同事。居多倒是眼界高，相貌可不大好看，机会不凑巧，无对手，不结婚，名为“抱独身主义”。这种“抱独身主义”的人物，照例吃家里，用家里，衣襟上插支自来水笔，插支活动铅笔，手上有个小小皮包，皮包中说不定还有副白边黑眼镜，生活也就过得从容愉快。想再求上进，程度不甚佳，就进什么女子体育师范，或不必考的私立大学。毕业以前若与同学发生了恋爱，照例是结婚不多久就生孩子，一同居，除却跟家中要钱，就再也不会回来了。这其中自然也有书读得很好，又有思想，又有幻想，十八年左右向江西跑去，终于失了踪的，这种人照例对乡下那个“多数”是并无意义的，不曾发生何等影响的。

当地大多数女子有在体力与情感两方面，都可称为健康淳良的农家妇，需要的不是认识几百字来讨论妇女问题，倒是与日常生活有关系的常识和信仰，如种牛痘，治疟疾，以及与家事有关、收成有关的种种。对于儿女的寿夭，尚完全付之于自然淘汰。对于橘柚，虽从经验上已知接枝选种，情感上却还相信每在岁暮年末，用糖汁灌溉橘树根株，一面用童男童女在树下问答“甜了吗?”“甜了!”下年结果即可望味道转甜。一切生活都混合经验与迷信，因此单独凭经验可望得到的进步，无迷信搀杂其间，便不容易接受。但同类迷信，在这种农家妇女也有一点好处，即是把生活装点得不十分枯燥，青春期女性神经病即较少。不论他们过的日子如何平凡而单纯，在生命中依然有一种幻异情感，或凭传说故事，引导到一个美丽而温柔仙境里去；或信天委命，来抵抗种种不幸。迷信另外一种形式，表现于行为，如敬神演戏，朝山拜佛，对于大多数女子，更可排泄她们蕴蓄被压抑的情感，转换一年到头的疲劳，尤其见得重要而必需。

这就是居住在这条河流两岸的人民近三十年来的大略情形。这世界一切既然都在变，变动中人事乘除，自然就有些近于偶然与凑巧的事情发生，哀乐和悲欢，都有它独特的式样。

秋（动中有静）

秋成熟一切。大河边触目所见，尽是一年来阳光雨露之力，影响到万汇百物时用各种式样形成的象征。野花多用比春天更美丽眩目的颜色，点缀地面各处。沿河的高大白杨银杏树，无不为自然装点以动人的色彩，到处是鲜艳与饱满。然而在如此景物明朗和人事欢乐笑语中，却似乎蕴蓄了一点儿凄凉。到处都仿佛有生命在动，一切说来实在又太静了。过去一千年来的秋季，也许和这一次差不多完全相同，从这点“静”中即见出寂寞和凄凉。

辰河中部小口岸吕家坪，河下游约有四里一个小土坡上，名叫“枫树坳”，坳上有个滕姓祠堂。祠堂前后十几株老枫木树，叶子已被几个早上的严霜，镀上一片黄，一片红，一片紫。枫树下到处是这种彩色斑驳的美丽落叶。祠堂前枫树下有个摆小摊子的，放了三个大小不一的簸箕，簸箕中也是这种美丽的落叶。祠堂位置在山坳上，地点较高，向对河望去，但见千山草黄，起野火处有白烟如云。村落中乡下人为耕牛过冬预备的稻草，傍附树根堆积，无不如塔如坟。银杏白杨树成行高矗，大小叶片在微阳下翻飞，黄绿杂彩相间，如旗纛，如羽葆。又如有所招邀，有所期待。沿河橘子园尤呈奇观，绿叶浓翠，绵延小河两岸，缀系在枝头的果实，丹朱明黄，繁密如天上星子，远望但见一片光明，幻异不可形容。河下船埠边，有从土地上得来的萝卜，薯芋，以及各种农产物，一堆堆放在那里，等待装运下船。三五个小孩子，坐在这种庞大堆积物上，相互扭打游戏。河中乘流而下行驶的小船，也多数装满了这种深秋收获物，并装满了弄船人欢欣与希望，向辰溪县、浦市、辰州各个码头集中，到地后再把它卸到干涸河滩上去等待主顾。更远处有皮鼓铜锣声音，说明某一处村中人对于这一年来人与自然合作的结果，因为得到满意的收成，正在野地上举行谢土的仪式，向神表示感激，并预约“明年照常”的简单愿心。

土地似乎已经疲劳了，行将休息，云物因之转增妍媚。天宇澄清，河水澄清。

祠堂前老枫树下，摆摊子守坳的，是个弄船老水手，好像在水上做鸭子漂厌了，方爬上岸来做干鸭子。其时正把簸箕中落叶除去。由东往西，来了两个赶路乡下人，看看天气还早，两个人就在那青石条子上坐下来了。各人取出个旱烟管，打火镰吸烟。一个说："今年好收成！对河滕姓人家那片橘子园，会有二十船橘子下常德府！"

另一个就笑着说："年成好，土里长出肉来了。我寨子上田地里，南瓜有水桶大，三十二斤重。当真同水桶一样大，吃了一定补！"

"又不是何首乌，什么补不补？"

"有人到云南，说萝卜冬瓜都有水桶大，要用牛车拉，一车三两个就装不下了。"

"你相信他散天花。还有人说云南金子多，遍地是金子。金子打的饭碗，卖一百钱一个，你信不信？路远一万八千里，要走两三个月才走得到，无中无保的话，相信不得。"

两人正谈论到本地今年地面收成，以及有关南瓜冬瓜种种传说。来了一个背竹笼的中年妇人，竹笼里装了两只小黑猪，尖嘴拱拱的，眼睛露出顽皮神气，好像在表示："你买我回去，我一定不吃料，乱跑，看你把我怎么办。"妇人到祠堂边后，也休息下来，一面抹头上汗水，一面就摊子边听取两人谈话。

"我听人说，烂泥地方满家田里出了个萝卜大王，三十二斤重，比猪头还大，拿到县里去报功请赏。县里人说：县长看见了你的萝卜，你回去好了。我们要帮你办公文禀告到省里去，会有金字牌把你。你等等看吧。过了一个月，金牌得不着，衙门里有人路过烂泥，倒要了他四块钱去，说是请金字牌批准了，来报喜信，应当有赏。这世界！”末了他摇摇头，好像说下去必犯忌讳，赶忙把烟杆塞进口中了。

另一个就说：“古话说：衙门八字开，有理无钱莫进来。不是花钱你来有什么事。满家人发羊痫疯，田里长了个大萝卜，也大惊小怪，送上衙门去讨好。偷鸡不得丢把米，这是活该的。”

“可是上两场烂泥真有委员下乡来田里看过，保长派人打锣到处知会人，家中田里有大萝卜的拿来送委员过目，进城好请赏，金字牌的奖赏，值很多钱！”

“到后呢？”

“后来保长请委员吃酒，委员自己说是在大学堂里学种菜的。陪委员吃酒的人，每一份出一吊八百钱。一八如八，八八六吊四，一十四吊钱一桌酒席，四盘四碗，另外带一品锅。吃过了酒席，委员带了些菜种，又捉了七八只预备带回去研究的笋壳色肥母鸡，挂到三丁拐轿杠上，升轿走了。后来事就不知道了。”

坐在摊子边的老水手，便笑眯眯的插嘴说：

“委员坐了轿子从我这坳上过路，当真有人挑了一担萝卜，十多只肥鸡。另外还有两个火腿，一定是县长送他的。他们坐在这里吃萝卜，一面吃一面说：‘你们县长人好，能任劳任怨，父母官真难得。’说的是京话。又说：‘你们这个地方土囊（壤）好，萝卜大，不空心，很好，很好吃！’那挑母鸡的烂泥人就问委员：‘什么土囊布囊好？是不是稀屎？’不答理他。委员说的是‘土囊’，囊他个娘那知道！”

那乡下人说：“委员是个会法术的人，身边带了一大堆玻璃瓶子，到一处，就抓一把土放到一个小小瓶子里去，轻轻的摇一摇。人问他说：‘委员，这有什么用处？这是土囊？是拿去炼煤油，熬膏药？’委员就笑着说：‘是，是，我要带回去话唸（化验）它。’‘你有千里镜吗？’‘我用险危（显微）镜。’我猜想一定就是电光镜，洋人发明的。”

几个人对于这个问题不约而同莫测高深似的叹了一口气，可是不由得都笑将起来，事情实在希奇的好笑。城里人，城里事情，总之和乡下人都太隔远了。

妇人搭上去说：“大哥，我问你，‘新生活’快要来了，是不是真的？我听太平溪宋团总说的，他是我舅娘的大老表。”

一个男的信口开河回答她说："怎么不是真的？还有人亲眼见过。我们这里共产党一走，'新生活'又来了。年岁虽然好，世界可不好，人都在劫数，逃脱不得。人都说江口天王菩萨有灵有验，杀猪杀羊许愿，也保佑不了！"

妇人正因为不知道"新生活"是什么，记忆中只记起五年前"共产党"来了又走了，"中央军"来了又走了，现在又听人说"新生活"也快要上来，不明白"新生活"是什么样子，会不会拉人杀人。因此问了许多人，人都说不明白。现在听这人说已有人在下面亲眼看到过，显见得是当真事情了。既真有其事，保不定一来了到处村子又是乱乱的，人呀马呀的挤在一处，要派夫派粮草，家家有分。每天有人敲锣通知，三点钟村子里开会，男男女女都要去，好开群众大会，好枪毙人！大家都要大喊大叫，打倒土豪，消灭反动分子。这批人马刚走，另外一群就来了，又是派夫派粮草，家家有分。又是开会，杀人。现在听说"新生活"快要上来了，因此心中非常愁闷。竹笼中两只小猪，虽可以引她到一个好梦境中去。另外那个"新生活"，却同个槌子一样，打在梦上粉碎了。

她还想多知道一点，就问那事事充内行的乡下人："大哥，那你听说他们是要不要从这里过路？人马多不多？"

那男子见妇人认真而担心神气，于是故意特别认真的说：“怎么不从这条路来？他们说来就来，说走就走。我听高村人说，他船到辰州府，就在河边眼看到‘新生活’下船，人马可真多！机关枪，机关炮，六子连，七子针，十三太保，什么都有。委员司令坐在大白马上，把手那么叉着对民众说话（摹仿官长声调）：诸位同胞，诸位同志，诸位父老兄弟姊妹，我是‘新生活’。我是司令官。我要奋斗，……”

妇人已完全相信那个演说，不待说完就问：“中央军在后面追不追？”

“那谁知道。他是飞毛腿，还追过中央军！不过，这事委员长总有办法的。他一定还派得有人马在后边，因为人多炮火多，走得慢一些。”

妇人说：“上不上云南？”

“可不是，都要上云南的！老话说：上云南，打瓜精。应了老话，他们都要去打瓜精的。”

妇人把话问够后，简单的心断定“新生活”当真又要上来了，不免惶恐之至。她想起家中床下砖地中埋藏的那二十四块现洋钱，异常不安，认为情形实在不妥，还得趁早想办法，于是背起猪笼，忙匆匆的赶路走了。两只小猪大约也间接受了点惊恐，一路尖起声音叫下坳去。

两个乡下男人其实和妇人一样，对于“新生活”这个称呼，都还莫名其妙。只是并不怎么害怕，所以继续谈下去。两人谈太平溪王四癞子过去的事情。这王四癞子是太平溪开油坊榨油，发了财，白手成家称员外的一位财主。前年共产党来了，一家人赶忙向山上跑。因为是财主，被本地投降共产党的人指出躲藏地方，捉将去吊打一阵，捐出两万块钱，民众作保方放了出来。接着人马追来了，又赶紧跑上山去。可是既然是当地财主，人怕出名猪怕壮，因此依然被看中，依然捐两万块钱，取保开释。直到队伍人马完全过身后，一点点积蓄已罄光了，油坊毁了，几只船被封去弄沉了，王四癞子一气，两脚一伸，倒床死了。四癞子生前既无儿无女，两个妻妾又不相合，各抱一远房儿子接香火，都还年纪小。族里子弟为争做过房儿子，预备承受那两百亩田地和几栋大房子，于是忽然来了三个孝子，穿上白孝衣在灵前磕头。磕完头抬起头来一看，灵牌上却无孝男名字，名分不清楚，于是几个人在棺木前就揪打起来。办丧事的既多本族穷破落子弟，一到打群架时，人多手多，情形自然极其纷乱。不知谁个莽撞汉子，捞起棺木前大点锡蜡台，闪不知顺手飞去，一蜡台把孝子之一打翻到棺木前，当时就断了气。出命案后大家一哄而散，全跑掉了。族长无办法，闹得县知事坐了轿子，带了保安队仵作人等一大群，亲自下乡来验尸。把村子里母鸡吃个干净后，觉得事件辣手，就说：“清官难断家务事，你们这件事情，还是开祠堂家族会议公断好。”说完后，就带领一干人马回县城里去了。家族会议办不了，末后党部委员又下了乡，特来调查，向省里写报告，认为命案无从找寻凶手，油坊田地产业应全部充公办学校。事情到如今整三年还不结案，王四癞子棺木也不能入土。“新生活”来了，谁保得定不会有同样事情发生。

老水手可不说话，好像看得很远。平时向远处看，便看到对河橘子园那一片橘树，和吕家坪村头那一簇簇古树，树丛中那些梢尖。这时节向远处看，便见到了“新生活”。他想：“来就来你的，有什么可怕？”因此自言自语的说：“‘新生活’来了，吕家坪人拔脚走光了，我也不走。三头六臂能奈我何。”他意思是家里空空的，就不用怕他们。不管是共产党还是“新生活”，都并不怎么使光棍穷人害怕。

两个过路人走后，老水手却依然坐在阳光下想心事。“你来吧，我偏不走。要我作伕子，挑伙食担子，我老骨头，做不了。要我引路，我守祠堂香火。”

这祠堂不是为富不仁王四癞子的产业，却是洪发油号老板的。至于洪发老板呢，早把全家搬到湖北汉口特别区大洋房子里住去了。什么都不用怕。可是万一“新生活”真的要来了，老水手怎么办？那是另一问题。实在说，他不大放心！因为他全不明这个名词的意义。

一会儿，坳上又来了一个玩猴儿戏的，肩膊上爬着一个小三子，神气机伶伶的。身后还跟着一只矮脚蒙茸小花狗，大约因为走长路有点累，把个小红舌头摆到嘴边，到了坳上就各处闻嗅。玩猴儿戏的外乡人样子，到了坳上休息下来，问这里往麻阳县还有多少里路，今天可在什么地方歇脚。老水手正打量到“新生活”，看看那个外乡人，像个“侦探”，是“新生活”派来的先锋。所以故意装得随随便便老江湖神气，问那玩猴儿戏的人说：

“老乡亲，你家乡是不是河南归德府？你后面人多不多？他们快到了吧？”

那人不大明白这个询问用意，还以为只是想知赶场的平常乡下人，就顺口说：“人不少！”事实上却完全答非所问。

只这一句话就够了，老水手不再说什么，以为要知道的已经知道了，心中又闷又沉静。因为他虽说是个老江湖，“新生活”是什么，究竟不清楚。他还以为是和共产党、中央军相差不多的一种东西，虽说不怕，真要来时也有点麻烦人。

他预备过河去看看。对河萝卜溪村子里，住了个人家，和他关系相当深。他得把这个重要消息报告给这个一村中的领袖知道，好事先准备一番，免得临时措手不及，弄得个手忙脚乱。

他又想先到镇上去看看，或者还有些新消息，可从吃水上饭的人方面得到。因此收拾了摊子，扣上门，打量上路。

其时碧空如洗，有一群大雁鹅正排成人字从高空中飞过。河下滩脚边，有三五只货船上滩，十多个纤夫，伏身在干涸过了的卵石滩上爬行，唉声唉气呼喊口号。秋天来河水下落得多，溶口小，许多大石头都露出水面，被阳光漂得白白的，散乱在河中，如一群一群白羊。玩猴儿戏的已下坳赶路走了，大路上又来了七个爬松毛的吕家坪人，四个男子，三个女人，背上各负了巨大的松毛束，松毛上还插了一把把透红山果和蓝的黄的野花。几个人沿路笑着骂着，一齐来到坳上。老水手想起前年热闹中封船、拉夫、输送队、慰劳队等等名色，向一个爬松毛的年青女人说：

“嫂子，嫂子，你真不怕压坏你的肩膊，好气力！你这个怕不止百五十斤吧。”

那妇人和其他几个人，正把背上负荷搁在坎旁歇憩，笑着不作声。另外一个男子却从旁打趣说双关话调弄女的。

“伯伯，你不知道，大嫂子好本事，压得再重一些也经得起。”

其他两个年青妇女都咕喽咕喽笑将起来。负荷顶多那个妇人，因为听得出话中有刺，就回骂那同伴男子：

“生福，你个悖时的，你舌子上可生疔？生了疔，胡言谵语，赶快找杨回回，免得绝香火。”

男的说：“嫂子，我不生疔。我说你本事好，经得起压，不怕重，不怕大。雷公不打吃饭人！”

“我背得多背得少，不管你生福的事。”

“不管我的事，好。常言道：伸手不打笑脸人。我是夸奖你。难道世界变了，你是共产党，人家说好话也犯罪？”

“你这人口好心坏。口上多蜜，心上生蛆，你以为我不懂。”

“你懂个什么，你只懂……光棍心多，令人开口不得。”

另外一个顶年青，看来好像是和那男的有点情分的女人，就插嘴说：“唉嗨。得了罢了，又不是桃子李子，虫蛀了心，怎么坏？”

那男的说：“真是，又不是桃子李子，心那里会坏？又不是千里眼！有些东西从里面坏了，眼睛也见不着！”

因为这句话暗中又伤到原来那个妇人，妇人就说：“烂你的舌子，生福。”

男的故意装做听不懂她的意思：“你说什么？舌子不咬就不会烂的！”

“狗咬你。”

“是的，狗咬我。我舌子好像差点就被一只发了疯的母狗咬掉过！有一天在一棵大桐木树阴下，我还说，狗，狗，你轻点咬！咬掉可不是玩的！”

因为说到妇人不想提起的一点隐秘事情，女的发急了，红着脸说：“悖时砍脑壳的，生福，你再说我就当真要骂了！”

男的涎皮笑脸说：“阿秋嫂子，你骂！你骂我也会骂。你骂不过我。”

“你贼嘴贼舌，以后不得好死，死了还要到拔舌地狱受活罪，现眼现报。”

另一个女的想解围：“够了，活厌了再死不迟。阿秋嫂子，你就听他嚼舌根，信口打哇哇，当个耳边风算什么。”

“他占我便宜！”

“就让他一点也成。口里来，耳边去，我敢打包票，占不了什么。”

那男的只是笑：“是的，肥水不落外人田，拔了萝卜眼儿在，占点小小便宜，少了什么。”

因为越说越放肆，而且事情总离不了那点过去。被说及的那个妇人，唯恐说下去更不中听，着急起来，气愤不过，想用爬松毛的竹耙子去赶着男的打两下。男的见事不妙，棍子快到头上，记起男子不与女斗的格言，三十六计走为上计，于是哈哈大笑，躬起个腰，负荷松毛束，赶先走下坳去了。

另外几个女的男的也一同带笑带闹走了。原有那个吵嘴妇人，憋了一肚子气，对看祠堂的老水手说：“伯伯，你看，我们这地方去年一涨水，山脉冲断了，风水坏了，小伙子都成了野猪，三百斤重，一身皮包骨，单是一张嘴有用处。一张嘴到处伤人。”

老水手笑着回答说：“不说不笑，就会胡闹。嘴也有嘴的用处，没有事情时，唱点歌好快乐！……你看那边山多好。”

原来山前另外一个坳上枫木树下，正有个割草青年小伙子在唱歌，即景生情，唱的是：

三株枫木一样高，
枫木树下好恋姣；
恋尽许多黄花女，
佩烂无数花荷包。

因为并无人接口，等等自己又接下去唱道：

姣家门前一重坡，
别人走少郎走多；
铁打草鞋穿烂了，
不是为你为那个？

那女的正心中有气不能出，对远处割草青年，遥遥的吐出一个“呸”字，笑着说：“花荷包，花抱肚，你娘有闲工夫为你做！”一声吆喝叫了个倒彩，把撑松毛用的木杈子拿起，背着松毛走了。

老水手眼看着几个女人走下坳后，自言自语的说：“花荷包，花抱肚，佩烂了，穿烂了，子弟孩儿们长大了。日子长咧。‘新生活’一来，派慰劳队，找年青娘儿们，你们都该遭殃！”

老水手随即也就上了路，向吕家坪镇上走去。打从一个局所门前经过时，见几个税丁无事可作，正在门前小凳子旁玩棋，不像是“新生活”要来的样子。又到油号看看，庄上管事已赶场收买五倍子去了，门前靠墙边斜斜的晒了许多油篓子，一只笋壳色母鸡在油篓后刚生过蛋，猛被人惊吓，大声叫喊飞上墙去，也不像“新生活”要来的样子。又到团练公所去，只见师爷正歪着头舐笔尖，在为镇上妇人写家信，把信写好后，念给妇人听，妇人一面听一面拉衣袖拭泪，倒仿佛是同“新生活”多少有点关系。于是老水手一面抓着腮帮子，一面探询似的问局上师爷：

“师爷，团总赶场去了吗？多久回来？”

师爷看看是弄船的：“喔，大爷。团总晚上回来。”

“县里有人来……？”

“委员早走了。”

“什么委员？”

“看萝卜的那个委员。”

老水手笑了，把手指头屈起来记数日子：“师爷，那是上一场的事情！我最近好像听人说，……下头又有人来，……我不大相信。”

那请托师爷写家信的老妇人，就在旁搭口说：“师爷，请你帮我信上添句话，就说：‘十月你不寄钱来，我完不了会，真是逼我上梁山。我又不是共产党，该账不还账！’你尽管那么写。我要吓吓他。”

师爷笑将起来：“嫂子，你不要恐吓他。你老当家的有钱，他会捎来的。”

妇人眼泪汪汪的：“师爷你不知道，桃源县的三只角迷了他的心，三个月不带钱来，总说运气不好。不想想我同三冒儿在家里吃什么过日子。”

老水手说：“嫂子你不要心焦，天无绝人之路。三只角迷不了他，他会回心转意的。”

妇人拉围裙角拭去眼泪，把那封信带走后，老水手又向师爷说：“他是不是在三十六师？我想会要打仗了！”

师爷说：“太平世界，除了戏台上花脸，手里痒痒的弄枪弄棒，别的有什么仗打？我不相信现在省里有人要打仗。大爷，你听谁造的谣言？”

这事本来是老水手自己想起随口说出的，接下去，他还待说说“新生活”快要来了的意见。可是被师爷说是造谣言，便不免生出一点反感。于是觉得师爷那副读书人样子，会写几个字，便自以为是“智多星”，好像天下事什么他都不相信，其实只是装秀才。因此不再说什么，作成一种“信不信由你”的神气，扬扬长长走开了。出得团练局，来到杨姓祠堂门前，见有五六个小孩子蹲在那大青石板上玩骰子，拼赌香炷头。老水手停了停脚逗他们说：“嗐，小将们，还不赶快回家去，他们快要来了，要捉你们的！”

小孩子好奇，便一齐回过头来，带着探询疑问神气：“是谁捉我们？”

“谁，那个‘新生活’要捉你们。”

一个输了本火气大的孩子说：“‘新生活’捉我们，鬼老二单单捉你。伸出生毛的大手，要扯你的后脚，逃脱不得。”

老水手见不是话，掉过头来就走，向河边走去。到河边他预备过渡。河滩上堆满了各样农产物，有不知谁家新摘的橘子三大堆，恰如三堆火焰，正在装运上船。四五个壮年汉子，快乐匆忙的用大撮箕搬橘子下船，从摇摇荡荡的跳板上走过去，到了船边，就把橘子哗的倒进空舱里去。有人在商讨一堆菜蔬价钱，一面说，一面做成赌咒样子。

上了渡船，掌渡的认识他，正互相招呼。河边又来了两个女子，一个年纪较小的，脸黑黑的，下巴子尖尖的，穿了件葱绿布衣，月蓝布围腰，围腰上还扣朵小花，用手指粗银链子约束在背后，一条辫子盘在头上，背个小小细篾竹笼，放了些干粉条同印花布。一个年纪较大的，眼睛大，圆枣子形脸，穿蓝布衣印花布裤。年青人眼睛光口甜，远远的一见到老水手，就叫喊老水手：

"满满，满满，你过河吗？到我家吃饭去，有刀头肉，焖黄豆芽。"

老水手一看是夭夭姊妹，就说："夭夭，你姊妹赶场买东西回来？我正要到你家里去。你买了多少好东西！"他又向那个长脸的女孩子说："二妹，你怎么，好像办嫁妆，老是一大堆！……"老水手对两个女孩子只是笑，因为见较大的也有个竹笼，内里有好些布匹杂货，所以开玩笑，说是陪嫁用的。那个枣子形脸的女人，为人忠厚老实，被老的一说，不好意思，腮帮子颈脖子通红了，掉过头去看水。

掌渡船的说："二姑娘嫁妆有八铺八盖，早就办好了。我听你们村子里人说的。头面首饰就用银子十二斤，压箱子十二个元宝还在外，是王银匠说的。夭姑娘呢，不要银的，要金的。谁说的？我说的。"

末后的话自然近于信口开河，夭夭虽听得分明，却装不曾听到，回过头去抿着嘴笑，指点远处水上野鸭子给姊姊瞧。

老水手说："夭夭，你一个夏天绩了多少麻？我看你一定有二十四匹细白麻布了。”

夭夭注意水中漂浮的菜叶，头也不回。“我一个夏天都玩掉了，大嫂麻布多！”

掌渡船的又插嘴说：“大嫂子多，可不比夭夭的好。夭夭什么都爱好。”

夭夭分辩说：“划船的，你乱说。你怎么知道我爱好？”

掌渡船的装作十分认真的神气：“我怎么不知道？我老虽老，眼睛还上好的，什么事看不出。你们只看看她那个细篾背笼，多精巧，怕不是贵州云南府带来的？值三两银子吧。你顶小时我就说过，夭夭长大了，一定是个观音。那会错。”

“你怎么知道观音爱好？”

“观音不爱好，怎么不怕路远，成天到南海去洗脚？多远一条路！”弄渡船的一面悠悠闲闲的巴船，一面向别的过渡人说，“我说知道就知道。我还知道宣统皇帝退位，袁世凯存心不良要登极，我们湖南人蔡锷不服气，一掌把他推下金銮宝殿。人老成精，我知道的事情多咧。”

几句话把满船人都逗笑了。

大家眼光注意到夭夭和她那个精巧竹背笼。那背笼比起一般妇女用的，实在精细讲究得多。同村子里女人有认得她的，就带点要好讨好的神气说：“夭夭，你那个斗篷还要讲究！”

夭夭不作声，面对汤汤流水，不作理会，心想：“这你管不着！”可是过了一会儿，却又回过头来对那女人把嘴角缩了一缩，笑了一笑：“金子，你怎么的！大伙儿取乐，你唱歌，可值得?”

金子也笑了笑，她何尝不是取乐。即或当真在唱歌，也照例是使人快乐使自己开心的。

渡船到河中时，三姑娘向老水手说：“满满，你坳上大枫木树，这几天真好看。叶子同火烧一样，红上了天，一天烧到夜，总烧不完。我们在对河稻草堆上看到它，老以为真是着了火。”

水手捉住了把柄说：“夭夭，你才说不爱好看的东西，别的事不管，你倒看中我坳上那枫木树。还有小伙子坐在枫木树下唱歌，你在对河可惜听不着。你家橘子园才真叫好看，今年结多少！树枝也压断许多吧。结了万千橘子，可不请客！因为好看，舍不得！”

夭夭装作生气样子说：“满满，你真是拗手扳罾，我不同你说了。”

两姊妹是枫木坳对河萝卜溪滕家大橘子园滕长顺的女

儿，守祠堂的老水手也姓滕，是远房同宗。老水手原来就正是要到她家里去，找她们父亲说话的。

夭夭不说话时，老水手于是又想起“新生活”，他抱了一点杞忧，以为“新生活”一来，这地方原来的一切，都必然会要有些变化，夭夭姊妹生活也一定要变化。可是其时看看两个女的，却正在船边伸手玩水，用手捞取水面漂浮的瓜藤菜叶，自在从容之至。

过完渡，几个人一起下了船，沿河坎小路向着萝卜溪走去。

河边下午景色特别明丽，朱叶黄华，满地如锦如绣。回头看吕家坪市镇，但见嘉树成荫，千家村舍屋瓦上，炊烟四浮，白如乳酪，悬浮在林薄间。街尾河边，百货捐税局门前，一支高桅杆上，挂一条写有扁阔红黑大字体的长幡信，在秋阳微风中飘荡。几十只商船桅尖，从河坝边土坎上露出，使人想象得出那里河滩边，必正有千百纤夫，用谈笑和烧酒卸除了一天的劳累。对河大坳上，老水手住的祠堂前，那几株老枫木树挺拔耸立，各负戴一身色彩斑斓的叶子，真如几条动人的彩柱，……看来一切都象征当地的兴旺，尽管在无章次的人事管理上，还依然十分兴旺。

橘子园主人和一个老水手

辰河是沅水支流，在辰溪县城北岸和沅水汇流。吕家坪离辰溪县约一百四十里，算得是辰河中部一个腰站。既然是个小小水码头，情形也就和其他码头差不多。凡由辰河出口的黔东货物，桐油、木材、烟草、皮革、白蜡、水银，和染布制革必不可少的土靛青、五倍子，以及辰河上游两岸出产的竹、麻，与别的农产物，用船装运下行，花纱布匹、煤油、自来火、海味、白糖、纸烟和罐头洋货，用船装运上行，多得把船只停靠，在这个地方上“复查税”。既有省中委派来的收税官吏在此落脚，上下行船只停泊多，因此村镇相当大，市面相当繁荣。有几所规范宏大的榨油坊，每年出货上万桶桐油。有几个收买桐油山货的庄号，是汉口常德大号口分设的。有十来所祠堂，祠堂中照例金碧辉煌，挂了许多朱漆匾额，还迎面搭个戏台，可供春秋二季族中出份子唱戏。有几所庙宇，敬奉的是火神，伏波元帅，以及骑虎的财神，外帮商人集会的天后宫，象征当地人民的希望和理想。有十来家小客栈，和上过捐的“戒烟所”，专为便利跑差赶路人和小商人而准备。地方既是个水码头，且照例有一群吃八方的寄食者，近于拿干薪的额外局员，靠放小借款为生的寡妇，本地出产的大奶子大臀窑姐儿，备有字牌和象棋的茶馆……由于一部分闲钱，一部分闲人，以及多数人用之不尽的空闲时间，交互活动，使这小码头也就多有了几分生气。地方既有财有货，间或就又驻扎有一百八十名杂牌队伍，或保安团队，名为保护治安，事实上却多近于在此寄食。三八逢场，附近三五十里乡下人，都趁期来交换有无，携带了猪羊牛狗和家禽野兽，石臼和木碓，到场上来寻找主顾。依赖盐乡为生的江西、宝庆小商人，且带了冰糖、青盐、布匹、纸张、黄丝烟、爆竹，以及其他百凡杂货，就地搭棚子做生意。到时候走路来的，驾小木船和大毛竹编就的筏子来的，无不集合在一处。布匹花纱因为是人所必需之物，交易照例特别大。耕牛和猪羊与农村经济不可分，因为本身是一生物，时常叫叫咬咬，作生意时又要嚷嚷骂骂，加上盟神发誓，成交后还得在附近吃食棚子里去喝酒挂红，交易并且特别热闹。飘乡银匠和卖针线妇人，更忙乱得可观。银匠手气高的，多当场表演镀金发蓝手艺，用个小管子吹火焰作镶嵌细工，摊子前必然围上百十好奇爱美乡下女人。此外用“赛诸葛”名称算命卖卜的，用“红十字”商标拔牙卖膏药符水的，无不各有主顾。若当春夏之交，还有开磨坊的人，牵了黑色大叫骡，开油坊的人，牵了火赤色的大黄牯牛，在场坪一角，搭个小小棚子，用布单围好，竭诚恭候乡下人牵了家中騲马母牛来交合接种。野孩子从布幕间偷瞧西洋景时，乡保甲多忽然从幕中钻出，大声吆喝加以驱逐。当事的主持此事时，竟似乎比大城市“文明结婚”的媒人牧师还谨慎庄严。至于辰河中的行船人，自然尤乐于停靠吕家坪。因为说笑话，地名“吕家坪”，水手到了这里时，上岸去找个把妇人，口对口做点儿小小糊涂事，泄泄火气，照风俗不犯行船人忌讳。

吕家坪虽俨然一个小商埠，凡事应有尽有，三炮台香烟和荔枝龙眼罐头，可以买来送礼。但隔河临近数里，几个小村落中情形，可就完全不同了。这些地方照例把一切乡村景象好好保留下来，吕家坪所有，竟仿佛对之毫无影响。人情风俗都简直不相同。即如橘园中摘橘子时，过路人口渴吃橘子，在村子里可不必花钱，一到吕家坪镇上，便是极酸的狗矢柑，虽并不值钱，也有老妇人守在渡口发卖了。

萝卜溪是吕家坪附近一个较富足的村子。村中有条小溪，背山十里远发源，水源在山洞中，由村东流入大河。水路虽不大，因为长年不断流，水清而急，乡下人就利用环境，筑成一重一重堰坝，将水逐段潴汇起来，利用水潭蓄鱼，利用水力灌田碾米。沿溪上溯有十七重堰坝，十二座碾坊，和当地经济不无关系。水底下有沙子处全是细碎金屑，所以又名“金沙溪”。三四月间河中杨条鱼和鲫鱼上子时，半夜里多由大河逆流匍匐而上，因此溪上游各处堰坝水潭中，多鲫鱼和杨条鱼，味道异常鲜美。土地肥沃带沙，出产大萝卜，因此地名萝卜溪，十分本色。

萝卜溪人以种瓜种菜种橘子为业，尤其是橘子出名。村中几乎每户人家都有一片不大不小的橘园，无地可种的人家，墙边毛坑旁还总有几树橘柚。就中橘园既广大，家道又殷实，在当地堪称首屈一指的，应分得数滕长顺。在过渡处被人谈论的两姊妹，就是这人家两个女儿。

滕长顺原来同本地许多人一样，年青时两手空空的，在人家船上做短程水手，吃水上饭。到后又自己划小小单桅船，放船来往沅水流域各码头，兜揽商货生意，船下行必装载一点蔬菜，上行就运零碎杂货。因为年纪青，手脚灵便，一双手肯巴，对待主顾又诚实可靠，所以三五年后就发了旺，增大了船只，扩张了事业。先是作水手，后来掌舵把子，再后来且作了大船主。成家讨媳妇时，选中高村一个开糖坊的女儿，带了一份家当来，人又非常能干。两夫妇强健麻利的四只手不断的作，积下的钱便越来越多。这个人于是记起两句老话“人要落脚，树要生根”，心想像一把杓老在水面上漂，终不是个长久之计。两夫妇商量了一阵，又问卜打卦了几回，结果才决心在萝卜溪落脚，买了一块菜园，一栋房子。当家的依然还在沅水流域弄船，妇人就带孩子留家里管理田园、养猪养鸡。船向上行，装货到洪江时，当家的把船停到辰溪县，带个水手赶夜路回家来看看妇人和孩子。到橘园中摘橘子时，就辞去了别的主顾，用自己船只装橘子到常德府做买卖，同时且带家眷下行，看看下面世界。因为橘子庄口整齐，味道甜，熟人又多，所以特别容易出脱，并且得到很好的价钱。一个月回头时，就装一船辰河庄号上货物，把自己一点钱也办些本地可发落的杂货，回吕家坪过年。

自从民国以来，二十年中沅水流域不知经过几十次大小内战，许多人的水上事业，在内战时被拉船，封船，派捐，捉伕的结果，事业全毁了。许多油坊字号，也在兵匪派捐勒赎各种不幸中，完全破了产。世界既然老在变，这地方自然也不免大有今昔，应了俗话说的，“十年兴败许多人”。从这个潮流中淘洗，这个人却一面由于气运，一面由于才能，在种种变故里，把家业维持下来，不特发了家，而且发了人。妇人为他一共养了两个男孩，三个女孩，到现在，孩子已长大成人，讨了媳妇，作了帮手。因此要两个孩子各驾一条三舱四橹小鳅鱼头船，在沅水流域继续他的水上事业，自己便在家中看管田庄。女儿都许了人家，大的已过门，第二第三还留在家中。共有三个孙子，大的已满六岁，能拿了竹响篙看晒谷簟，赶鸭下河。当家的年纪已五十六岁，一双手巴了三四十年，常说人老了，骨头已松不济事了，要休息休息。可是遇家中碾谷米时，长工和家中人两手不空闲，一时顾不来，却必然挑起两大箩谷子向溪口碾坊跑，走路时行步如飞，不让年青小伙子占先。

这个人既于萝卜溪安家落业，在村子里做员外，且因家业、年龄和为人义道公正处，足称模范，得人信服，因此本村中有公共事业，常常做个头行人，居领袖地位。遇有什么官家事情，如军队过路派差办招待，到吕家坪乡公所去开会时，且常被推举作萝卜溪代表。又因为认识几个字，所以懂得一点风水，略明麻衣相法，会几个草头药方，能知道一点时事……，凡此种种，更增加了这个人在当地的重要性。

两个小伙子，小小的年龄时就跟随父亲在水上漂，一条沅水长河中什么地方有多少滩险，多少石头，什么时候什么石头行船顶危险麻烦，都记得清清楚楚。（至于船入辰河后，情形自然更熟习了。）加之父子人缘好，在各商号很得人信用，所以到他们能够驾船时，“小滕老板”的船只，正和老当家的情形一样，还是顶得称赞的船只。

至于几个女孩子，因为作母亲有管教，都健康能勤，做事时手脚十分麻利。终日在田地里太阳下劳作，皮肤都晒成棕红色。家庭中有大有小，父母弟兄姊妹齐全，因此性格畅旺，为人和善而真诚，欢喜高声笑乐，不管什么工作都像是在游戏，各在一种愉快竞争情形中完成。三个女儿就同三朵花一样，在阳光雨露中发育开放。较大的一个，十七岁时就嫁给了桐木坪贩朱砂的田家作媳妇去了，如今已嫁了四年。第二的现在还只十六岁，许给高村地方一个开油坊的儿子，定下的小伙子出了远门，无从完婚。第三的只十五岁，上年十月里才许人，小伙子从县立小学毕业后，转到省里师范学校去，还要三年方能毕业，结婚纵早也一定要在三年后了。三个女儿中最大的一个会理家，第二个为人忠厚老实，第三个长得最美最娇。三女儿身个子小小的，腿子长长的，嘴小牙齿白，鼻梁完整匀称，眉眼秀拔而略带野性，一个人脸庞手脚特别黑，神气风度却是个“黑中俏”。在一家兄弟姊妹中年龄最小，所以名叫夭夭。一家人凡事都对她让步，但她却乖巧而谦虚，不占先称强。因为心性天真而柔和，所以显得更动人怜爱，更得人赞美。

这一家人都俨然无宗教信仰，但观音生日，财神生日，药王生日，以及一切传说中的神佛生日，却从俗敬香或吃斋，出份子给当地办会首事人。一切附予农村社会的节会与禁忌，都遵守奉行，十分虔敬。正月里出行，必翻阅通书，选个良辰吉日。惊蛰节，必从俗做荞粑吃。寒食清明必上坟，煮腊肉社饭到野外去聚餐。端午必包裹粽子，门户上悬一束蒲艾，于五月五日午时造五毒八宝膏药，配六一散痧药，预备大六月天送人。全家喝过雄黄酒后，便换好了新衣服，上吕家坪去看赛船，为村中那条船呐喊助威。六月尝新，必吃鲤鱼、茄子和田地里新得包谷新米。收获期必为长年帮工酿一大缸江米酒，好在工作之余，淘凉水解渴。七月中元节，作佛事有盂兰盆会，必为亡人祖宗远亲近戚焚烧纸钱，女孩儿家为此事将有好一阵忙，大家兴致很好的封包，用锡箔折金银锞子，俟黄昏时方抬到河岸边去焚化。且作荷花灯放到河中漂去，照亡魂升西天。八月敬月亮，必派人到镇上去买月饼，办节货，一家人团聚赏月。九月重阳登高，必用紫芽姜焖鸭子野餐，秋高气爽，又是一番风味。冬天冬蛰，在门限边用石灰撒成弓形，射杀百虫。腊八日煮腊八粥，做腊八豆……总之凡事从俗，并遵照书上所有办理，毫不苟且，从应有情景中，一家人得到节日的解放欢乐和严肃心境。

这样一个家庭，不愁吃，不愁穿，照普通情形说来，应当是很幸福的了。然而不然。这小地方正如别的世界一样，有些事不大合道理的。地面上确有些人成天或用手，或用脑，各在职分上劳累，与自然协力同功，增加地面粮食的生产，财富的储蓄。可是同时就还有另外一批人，为了历史习惯的特权，在生活上毫不费力，在名分上却极重要，来用种种方法，种种理由，将那些手足贴地的人一点收入挤去。正常的如粮赋，粮赋附加捐，保安附加捐，……常有的如公债，不定期而照例无可避免的如驻防军借款，派粮，派捐，派夫役，以及摊派剿匪清乡子弹费，特殊的有钱人容易被照顾的如绑票勒赎，明火抢掠。总而言之，一年收入用之于“神”的若需一元，用之于“人”的至少得有二十元。家中收入多，特有的出项也特别多。

世界既然老在变，变来变去如像十八年的革命，轮到乡下人还只是出钱。这一家之长的滕长顺，就明白这个道理。

钱出来出去，世界似乎还并未变好，所以就推为“气运”。乡下人照例凡是到不能解决无可奈何时，差不多都那么用“气运”来抵抗它，增加一点忍耐，一点对不公平待遇和不幸来临的适应性，并在万一中留下点希望。天下不太平既是“气运”，这道理滕长顺已看得明白，因此父子母女一家人，还是好好的把日子过下去。亏得是人多手多，地面出产多，几只“水上漂”又从不失事，所以在一乡还依然称“财主”。世界虽在变，这一家应当进行的种种事情，无不照常举办，婚丧庆吊，年终对神的还愿，以及儿婚女嫁的应用东东西西，都准备的齐齐全全。

明白世界在变，且用“气运”来解释这在变动中临到本人必然的忧患，勉强活下去的，另外还有一个人，这个人就是在枫木坳上坐坳守祠堂，关心“新生活”快要来到本地，想去报告滕长顺一声的老水手。这个人的身世如一个故事，简单而不平凡，命运恰与陆地生根的滕长顺两相对照。年青时也吃水上饭，娶妻生子后，有两只船作家当，因此自己弄一条，雇请他人代弄一条，在沅水流域装载货物，上下往来。看看事业刚顺手，大儿子到了十二岁，快可以成为一个帮手，前途大有发展时，灾星忽然临门，用一只看不见的大手，不拘老少，却一把捞住了。为了一个西瓜，母子三人在两天内全害霍乱病死掉了，正如同此后还有“故事”，却特意把个老当家的单独留下。这个人看看灾星落到头上来了，无可奈何，于是卖了一只船，掉换三副大小棺木，把母子三人打发落了土。自己依然勉强支撑，用“气运”排遣，划那条船在沅水中行驶。当初，尚以为自己年纪只四十多一点，命运若转好，还很可以凭精力重新干出一份家业来。但祸不单行，妇人儿子死后不到三个月，剩下那只船满载桐油烟草驶下常德府，船到沅水中部青浪滩，出了事，在大石上一磕成两段，眼睛睁睁的看到所有货物全落了水，被急浪打散了。这个人空捞着一匹桨，又急又气，浮沉了十余里方拢岸。到得岸上后，才知道，不仅船货两失，押货的商人也被水淹死了，八个水手还有两个失了踪。这一来，真正是一点老根子都完了。装货油号上的大老板，虽认为行船走马三分险，事不在人在乎天，船只失事实只是气运不好，对于一切损失并不在意。还答应另外借给他三百吊钱，买一只小点的旧船，做水上人，找水上饭吃，慢慢的再图扳本。可是一连经过这两次打击，这个人自己倒信任不过自己，觉得一切都完了，再干也不会有什么好处了。因此同别的失意人一样，只打量向远方跑。过不多久，沅水流域就再也见不着这个水手，谁也不知道他的去处。渐渐的冬去春来，四时交替，吕家坪的人自然都忘记这么一个人了。

大约经过了十五年光景，这个人才又忽然出现于吕家坪。初回来时，年纪较青的本地人全不认识，只四十岁以上的人提起时才记得起。对于这个人，老同乡一望而知这十余年来在外面生活是不甚得意的。头发业已花白，一只手似乎扭坏了，转动不什么灵便，面貌萎悴，衣服有点拖拖沓沓，背上的包袱小小的，分量也轻轻的。回到乡下来的意思，原来是想向同乡告个帮，做一个会，集五百吊钱，再打一只船，来水上和二三十岁小伙子挣饭吃。照当地习惯，大家对于这个会都乐意帮忙，正在河街上一个船总家集款时，事情被滕长顺知道了。滕长顺原来与之同样驾船吃水上饭，现在看看这个远房老宗兄铢羽回来，像是已经倦于风浪，想要歇歇的样子。人既无儿无女，无可依靠，年纪又将近六十，因此向他提议：

“老大爷，我看你做水鸭子也实在够累了，年纪不少了，一把骨头不管放到那里去，都不大好。倒不如歇下来，爽性到我家里去住，粗茶淡饭总有一口。世界成天还在变，我们都不中用了，水面上那些事让你侄儿他们去干好。既有了他们，我们乐得轻轻松松吃一口酸菜汤泡饭。你只管到我那里去住，我要你去住，同自己家里一样，不会多你的。”

老水手眯着小眼睛看定了长顺，摇摇那只扭坏了的臂膊，叹一口气，笑将起来。又点点头，心想“你说一样就一样”。因此承认长顺的善意提议，当天就背了那个小小包袱，和长顺回到萝卜溪的橘子园。

住下来虽说作客，乡下人照例闲不得手，遇事总帮忙。而且为人见事多，经验足，会喝杯烧酒，性情极随和，一家大小都对这个人很好，把他当亲叔叔一般看待，说来尚称相安。

过了两年，一家人已成习惯后，这个老水手却总像是不能习惯。这样寄居下去可不成，人老心不老，终得要想个办法脱身。但对于驾船事情，真如长顺所说，是年纪青气力壮的小伙子的事情，快到六十岁的人已无分了。当地姓滕宗族多，弄船的，开油坊油号的，种橘子树的，一起了家，钱无使用处时，总得把一部分花在祠堂庙宇方面去，为祖宗增光，儿孙积福，并表扬个人手足勤俭的榜样。公祠以外还有私祠。公祠照例是分支派出钱作成，规范相当宏大，还有些祠田公地，可作祭祀以外兴办义务学校用。私家祠堂多由个人花钱建造，作为家庙。其时恰恰有个开洪发号油坊起家的滕姓寡妇，出了一笔钱，把整个枫树坳山头空地买来，在坳上造了座祠堂。祠堂造好后要个年纪大的看守，还无相当人选。长顺为老水手说了句好话，因此这老水手就成了枫树坳上坐坳守祠堂人。祠堂既临官道，并且濒河，来往人多，过路人和弄船人经过坳上时，必坐下来歇歇脚，吸一口烟，松松肩上负担。祠堂前本有几株大枫木树，树下有几列青石凳子，老水手因此在树下摆个小摊子，卖点零吃东西。对于过路人，自己也就俨然是这坳上的主人，生活下来比在人家作客舒适得多。间或过河到长顺家去看看，到了那里，坐一坐，谈谈本乡闲事，或往牛栏边去看看初生小牛犊，或下厨房到灶边去烧个红薯，烧个包谷棒，喝一碗糊米茶，就又走了。也间或带个小竹箩赶赶场，在场上各处走去，牛场，米场，农具杂货场，都随便走去看看，回头再到场上卖狗肉牛杂碎摊棚边矮板凳上坐坐，听生意人谈谈各样行市，听弄船人谈谈下河新闻，以及农产物下运水脚行情，一条辰河水面上船家得失气运。遇到县里跑公事人，还可知道最近城里衙门的功令，及保安队调动消息。天气晚了，想起“家”了，转住处时就捎点应用东西——一块巴盐，一束烟草，或半葫芦烧酒。这个烧酒有时是沿路要尝尝看，尝到家照例只剩下一半的。由于生活不幸，正当生发时被恶运绊倒了脚，就爬不起来了。老年孤独，性情与一般吕家坪人比较起来，就好像稍微有点儿古怪。由于生活经验多，一部分生命力无由发泄，因此人虽衰老了，对于许多事情，好探索猜想，且居然还有点童心。混合了这古怪和好事性情，在本地人说来，竟成为一个特别人物。先前一时且有人以为他十多年来出远门在外边，若不是积了许多财富，就一定积了许多道理，因此初回来时，大家对他还抱了一些好奇心。但乡下人究竟是现实主义者，回来两年后，既不见财富，又听不出什么道理，对于这个老水手，就俨然不足为奇，把注意力转到别一方面去了。把老水手认识得清楚，且充满了亲爱感情，似乎只长顺一家人。

老水手人老心不老，自己想变变不来了，却相信《烧饼歌》上几句话，以为世界还要大变。不管是好是坏，总之不能永远“照常”。这点预期四年前被共产党和中央军陆续过境证实了一部分，因此他相信，还有许多事要陆续发生，那个“明天”必不会和“今天”相同。如今听说“新生活”要来了，实在相当兴奋，在本地真算是对“新生活”第一个抱有幻想的人物。事实呢，世界纵然一切不同，这个老水手的生命却早已经凝固了。这小地方本来呢，却又比老水手所梦想到的，变化的还要多。

老水手和长顺家两个姑娘过了渡，沿河坎小路向萝卜溪走去时，老水手还是对原来那件事不大放心，询问夭夭：

“天天，你今天和你二姊到场上去，场上人多不多?”

天天觉得这询问好笑，因此反问老水手：“场上人怎么不多，满满?”

“我问你，保安团多不多?”

二姑娘说：“我听镇上人说，场头上还有人在摆赌，一张桌子抽两块钱，一共摆了二十张桌子。他们还说队长佩了个盒子炮，在场上面馆里和团总喝酒。团总脸红红的，叫队长亲家长亲家短，不知说什么酒话。”

老水手像是自言自语：“还摆赌？这是什么年头，要钱不要命!”

天天觉得希奇，问老水手：

“怎么不要命？又不是土匪……”

老水手皱起眉毛，去估量场上队长和团总对杯划拳情形时，天天就从那个神情中，记起过去一时镇上人和三黑子对水上警察印象的褒贬。因为事情不大近人情，话有点野，说不出口，说来恐犯忌讳，所以只是笑笑。

老水手说：“天天，你笑什么？你笑我老昏了头是不是?”

天天说：“我笑三黑子，不懂事，差点惹下一场大祸。”

“什么事情?”

“是个老故事，去年的事情，满满你听人说过的。”

老水手明白了那个事情时，也不由得不笑了起来。可是笑过后却沉默了。

原来保安团防驻扎在镇上，一切开销都是照例，好在人数并不多，且有个水码头，号口生意相当大，可以从中调排，挹彼注此，摊派到村子里和船上人，所以数目都不十分大。可是水上警察却有时因为派来剿匪，或护送船帮，有些玩意儿把划船的弄得糊糊涂涂，不出钱不成，出了钱还是有问题。三黑子为人心直，有一次驾船随大帮船靠辰河一个码头，护船的队伍听说翁子洞有点不安静，就表示这大帮船上行责任太大，不好办。可是护送费业已缴齐，船上人要三黑子去办交涉，说是不能负责任，就退还这个钱，大家另想办法。交涉不得结果，三黑子就主张不用保护，把船冒险上行，到出麻烦时再商量。一帮船待要准备开头时，三黑子却被扣了下来。他们意思是要船帮另外摊点钱，作为额外，故意说河道不安靖，难负责任。明知大帮船决不能久停在半路上，只要有人一转圜，再出笔钱，自然就可以上路了。如今经三黑子一说，那么一来等于破了他们的计策。所以把他扣下来，追问他有什么理由敢冒险。且恐吓说事情不分明，还得送到省里去，要有个水落石出，这帮船方能开行。末了还是年老的见事多，知道了这只是点破了题，使得问题成个僵局，僵下去只是船上人吃亏，才作好作歹进行另外一种交涉，方能和平了事。

想起这些事，自然使乡下人不快乐，所以老水手说：“快了，快了，这些不要脸家伙到我们这里洋财也发够了，不久就会要走路的。有别的人要来了！”

夭夭依然不明白是什么意思，停在路旁，问老水手：“满满，谁快要到我们这里来？你说个明白，把人闷到葫芦里不好受！”

老水手装作看待小孩子神气：“说来你也不会明白，我是王半仙，捏手指算得准，说要来就要来的。前年红军来了，中央军又来了，你们逃到山里去两个月才回家。不久又要走路。不走开，人家会把你爹当王四癞子办，吊起骡子讲价钱，不管你三七二十一，伸出手来，‘大爷要钱！’不把不成。一千两千不够，说不得还会把你们陪嫁的金戒指银项圈也拿去抵账！夭夭，你舍得舍不得？……该死的，发瘟的，就好了他们！”

二姑娘年纪大些，看事比较认真，见老水手说得十分俨然，就低声问他：“满满，不是下头南军和北军又开了火，兵队要退上来？”

老水手说："不打仗，不是军队，来的那个比军队还要厉害！"

"什么事情？他们上来作什么？地方保安团有枪，他们不冲突吗？"

"嗨，保安团！保安团算什么？连他们都要跑路，不赶快跑就活捉张三，把他们一个一个捉起来，结算二十年老账。"

夭夭说："满满，你说的当真是什么？闭着个口嚼蛤蜊，弄得个人糊糊涂涂，好像闷在鼓里，耳朵又老是嗡嗡的响，响了半天，可还是咚咚咚。"

几个快要走到萝卜溪石桥边时，夭夭见父亲正在园坎边和一个税局中人谈话，手攀定一枝竹子，那么摇来晃去，神气怪自在从容。税局中人是来买橘子，预备托人带下桃源县送人的。有两个长工正拿竹箩上树摘橘子。夭夭赶忙走到父亲身边去："爹爹，守祠堂的满满，有要紧话同你说。"

长顺已将近有半个月未见到老水手，就问他为什么多久不过河，是不是到别处去。且问他有什么事情。老水手因税局中人在身旁，想起先前一时在镇上另外那个写信师爷大模大样的神气，以为这件事不让他们知道，率性尽他们措手不及吃点亏，也是应该有的报应，便不肯当面即说，只支支吾吾向一株大橘子树下走去。长顺明白老水手性情，所谓要紧话，终不外乎县里的新闻，沿河的保安队故事，不会什么真正要紧，就说：

“大爷，等一会儿吧。夭夭你带满满到竹园后面去，看看我们今年挖的那个大窖。”长顺回头瞬眼看到二姑娘背笼中东东西西，于是又笑着说：“二妹，你怎么又办了多少货！你真是要开杂货铺！我托你带的那个大钓钩，一定又忘记了，是不是？你这个人，要的你总不买，买的都不必要，将来不是个好媳妇。”

长顺当客人面责骂女儿，语气中却充满温爱，仿佛像一个人用手拍小孩子头时一样，用责罚当作爱抚。所以二姑娘听长顺说下去，还只是微笑。

提起钓钩时，二姑娘当真把这件事又忘了，回答他父亲：“这事我早说好，要夭夭办。夭夭今天可忘了。”

夭夭也笑着，不承认罪过。“爹，你亲自派我的事，我不会忘记。二姊告我的事，杂七杂八，说了许多。一面说，一面又拉我到场上去看卖牛，我就只记得小牛，记不得鱼了。太平溪田家人把两条小花牛牵到场上去出卖，有人出二十六块钱，还不肯放手！他要三十。我有钱，我就花三十买它来。好一对牛，长得真好看！”

长顺说："天天，你就会说空话。你把牛买来有什么用。"

天天："牛怎么没用？小时好看，长大了好耕田！"

"人长大了呢，天天？"爹爹意思在逗天天，因为人长大了应合老话说的"男大当婚，女大当嫁"。天天就得嫁出去。

天天领悟得这句笑话意思，有点不利于己，所以不再分辩，拾起地下一线狗尾草，衔在口中，直向竹林一方跑去。二姑娘口中叫着"天天，天天"，也笑笑的走了。老水手却留在那里看他们下橘子，不即去看那个新窖。

税局中人望定长顺两个女儿后身说：

"滕老板，你好福气，家发人兴。今年橘子结得真好，会有两千块钱进项吧，发一笔大财，真是有土斯有财！"

长顺说："师爷，你那知道我们过日子艰难！这水泡泡东西，值什么钱，有什么财发？天下不太平，清闲饭不容易吃，师爷你那知我们乡下人的苦处。稍有几个活用钱，上头会让你埋窖？"

那税局中人笑将起来，并说笑话："滕老板，你好像是怕我开借，先说苦，苦，苦，用鸡脚黄连封住我的口，免得我开口。谁不知道你是萝卜溪的'员外'？要银子，窖里怕不埋得有上千上万大元宝！"

"我的老先生，窖里是银子，那可好了。窖里全是红薯！师爷，说好倒真是你们好，什么都不愁，不怕，天塌了有高长子顶，地陷了有大胖子填。吃喝自在，日子过得好不自在！要发财，积少成多，才真容易！"

"常言道：这山望见那山高。你那知道我们的苦处。我们跟局长这里那里走，还不是一个'混'字，随处混！月前局长不来，坐在铜湾溪王寡妇家里养病，谁知道他是什么病？下面有人来说，总局又要换人了，一换人，还不是上下一齐换，大家卷起行李铺盖滚蛋！"

老水手听说要换人，以为这事也许和"新生活"有点关系，探询似的插嘴问道："师爷，县里这些日子怕很忙吧？"

"我说他们是无事忙。"

"师爷，我猜想一定有件大事情。……我想是真的……我听人说那个，一定是……"老水手趑趑趄趄，不知究竟怎么说下去。他本不想说，可又不能长久憋在心上。

长顺以为新闻不外乎保安团调防撤人。"保安团变卦了吗？"

"不是的。我听人说，'新生活'快要来了！"

他本想把"新生活"三字分量说得重重的，引起长顺注意，可是不知为什么到出口时反而说得轻了些。税局中人和橘子园主人同声惊讶的问："什么，你说……新生活要来了吗？"事实上惊讶的原因，只是"新生活"这名词怎么会使老水手如此紧张，两人都不免觉得奇怪。两人的神气，已满足了老水手的本意，因此他故意作成千真万确当神发誓的样子说："是的，是的，那个要来了。他们都那么说！我在坳上还亲眼看见一个侦探，扮作玩猴子戏的，问我到县里还有多远路，问明白后就忙匆匆走了。那样子是个侦探，天生贼眉贼眼，好像正人君子委员的架式，我赌咒说他是假装的。"

两个人听得这话不由笑将起来，新生活又不是人，又不是党，来就来，派什么侦探？怕什么？值得大惊小怪！两人显然耳朵都长一点，明白下边事情多一点，知道新生活是什么东西的，并不觉得怎么吓怕的。听老水手如此说来，不免为老水手的慌张处好笑。

税局中人是看老《申报》的，因此把所知道的新事情说给他听。但就所知说来说去，到后自己也不免有点"茅包"了，并不十分了解新闻的意思，就不再说了。长顺十天前从弄船人口中早听来些城里实行新生活运动的情形，譬如走路要向左，衣扣得扣好，不许赤脚赤背膊，凡事要快，要清洁……如此或如彼，这些事由水手说来，不觉得危险可怕，倒是麻烦可笑。请想想，这些事情若移到乡下来，将成个什么。走路必向左，乡下人怎么混在一处赶场？不许脱光一身，怎么下水拉船？凡事要争快，过渡船大家抢先，不把船踏翻吗？船上滩下滩，不碰撞打架吗？事事物物要清洁，那人家怎么做霉豆腐和豆瓣酱，浇菜用不用大粪？过日子要卫生，乡下人从那里来卫生丸子？纽扣要扣好，天热时不闷人发痧？总而言之，就条例言来都想不通，做不到。乡下人因此转一念头：这一定是城里的事情，城外人即不在内。因为弄船人到了常德府，进城去看看，一到衙门边，的的确确有兵士和学生站在街中干涉走路扣衣扣，不听吩咐，就要挨一两下，表示不守王法得受点处分。一出城到河边，傍吊脚楼撒尿，也就管不着了。因此一来，受处分后还是莫明其妙，只以为早上起来说了梦，气运不好罢了。如今听老水手说这事就要来乡下，先还怕是另外得到什么消息，长顺就问他跟谁听来的。老水手自然说不具体，只说“一定是千真万真”。说到末了，三个人不由得都笑了。因为常德府西门城外办不通的事，吕家坪乡下那会办得通。真的来，会长走错了路，就得打手心了。一个村子里要预备多少板子！

其时两个上树摘橘子的已满了筐，带下树来。税局中人掏出两块钱递给长顺，请他笑纳，表个意思。长顺一定不肯接钱，手只是摇。

"师爷，你我自己人，这把钱？你要它，就挑一担去也不用把钱，橘子结在树梢上，正是要人吃的！你我不是外人，还见外！"

税局中人说："这不成，我自己要吃，拿三十五十，不算什么。我这是送人的！借花献佛，不好意思。"

"送礼也是一样的。不嫌弃，你下头有什么人要送，尽管来挑几担去。这东西越吃越发。"

税局中人执意要把钱，橘园主人不肯收。"师爷，你真是见外我姓滕的不够做朋友！"

"滕老板，你不明白我。我同你们上河人一样脾气，肠子直，不会客气。这次你收了，下一次我再来好不好？"

老水手见两人都直性，转不过弯来，推来让去终不得个了结，所以从旁打圆成说："大爷，你看师爷那么心直，就收了吧。"

长顺过意不去，因此又要长工到另外一株老树上去，再摘五十个顶大的添给师爷。这人急于回镇上，说了几句应酬话，长工便跟在他身后，为把一大箩橘子扛走了。

老水手说："这师爷人顶好，不吃烟，不吃酒。听说他祖宗在贵州省做过督抚。"

长顺说："人一好就不走运。"

天夭换了毛蓝布衣服，拉了只大白狗，从家里跑来，见他父亲还在和老水手说话，就告他父亲说："爹，满满说什么'新生活'要来了，我们是不是又躲到齐梁桥洞里去？"

长顺神气竟像毫不在意："来就让他来好，夭夭，我们不躲他！"

"不怕闹吗？"

长顺忍不住笑了："夭夭，你怕你就躲，和满满一块儿去。我不躲，一家人都不躲。我们不怕闹！它也不会闹！"

夭夭眼睛中现出一点迷惑，"怎么回事？"要老水手为答解。

老水手似乎有点害羞，小眼睛巴睒巴睒的，急嚷着说：

"我敢打赌，赌个小手指，它会要来的！夭夭，你爹懂阴阳，今年六月里涨水，坝上金鲤鱼不是跑出大河到洞庭湖去了吗？这地方今年不会太平，打十回清醮，烧二十四斤檀香，干果五供把做法事的道士胀得昏头昏脑，也不会过太平年。"

长顺笑着说："那且不管它，得过且过。我们还是家里吃酒去吧。有麂子肉和菌子，炒辣子吃。"

老水手输心不输口，还是很固执的说："长顺大爷，我敢同你赌四个手指，一定有事情，要变卦。算不准，我一口咬下它。”

夭夭平时很信仰她爹爹，见父亲神气泰然，不以为意，因此向老水手打趣说：“满满，你好像昨天夜里挖了一缸金元宝，只怕人家拦路抢劫，心里总虚虚的。被机关打过的黄鼠狼，见了碓关也害怕！新生活不会抢你金元宝的！”

老水手举起那只偏枯不灵活手臂，向对河坳上那一簇红艳艳老枫木树，用笑话回答夭夭说的笑话：“夭夭，你看，那是我的家当！人说枫香树下面有何首乌，一千年后手脚生长齐全，还留个小辫子，完全和人一样，这东西大月亮天还会到处跑，走路飞快！挖得了它煮白毛乌骨鸡吃，就可以长生不老。我那天当真挖得了它，一定炖了鸡单单请你吃，好两人上天做神仙，仙宫里住多有个熟人，不会孤单！今天可饿了，且先到你家吃麂子肉去吧。”

另外一个长工相信传说，这时却很认真的说：“老舵把子怎不请我呢？做神仙住大花园里，种蟠桃也要人！”

“那当然。我一定要请你，你等着！”

“我吃个脚拇指就得了。”

话说得憨而趣，逗引得大家都发了笑。

几个人于是一齐向家中走去。

因为老水手前一刻曾提起过当地“风水”，长顺是的确懂那个的，并不关心金鲤鱼下洞庭湖，总觉得地方不平凡，来龙去脉都有气势，树木又配置得恰到好处，真会有人材出来。只是时候还不到。可是将来应在谁身上？不免令人纳闷。

吕家坪的人事

吕家坪正街上，同和祥花纱号的后屋，商会会长住宅偏院里。小四方天井中，有个酱紫色金鱼缸，贮了满缸的清水，缸中水面上搁着个玲珑苍翠的小石山。石山上阴面长有几簇虎耳草，叶片圆圆的，毛茸茸的。会长是个五十岁左右的二号胖子，在辰溪县花纱字号作学徒出身，精于商业经营，却不甚会应酬交际。在小码头作大老板太久，因之有一点隐逸味，有点泥土气息。其时手里正瘪着一支白铜镂花十样锦水烟袋，与铺中一个管事在鱼缸边玩赏金鱼，喂金鱼食料谈闲天。两人说起近两月来上下码头油盐价值的起跌以及花纱价入秋看涨，桐油价入冬新货上市看跌情形。前院来了一个伙计，肩上挂着个官青布扣花褡裢，背把雨伞，是上月由常德押货船上行，船刚泊辰溪县，还未入麻阳河，赶先走旱路来报信的。会长见了这个伙计，知道自己号上的船已快到地，异常高兴。

“周二先生，辛苦辛苦。怎么今天你才来！刚到吗？船到了吗？不坏事吗？”

且接二连三问了一大串沅水下游事情。

到把各事明白后，却笑了。因为这伙计报告下面事情时，就说到新生活实施情形。常德府近来大街上走路，已经一点不儿戏。每逢一定日子，街上各段都有荷枪的兵士，枪口上插一面小小红绿旗帜，写明“行人向左”，要大家向左走。一走错了就要受干涉。礼拜天各学校中的童子军也一齐出发，手持齐眉棍拦路，教育上街市民，取缔衣装不整齐的行路人。衙门机关学堂里的人要守规矩，划船的一上岸进城也要守规矩。常德既是个水码头，整千整万的水手来来去去，照例必入城观观光，办点零用货物，到得城中后，忙得这些乡下人真不知如何是好。出城后来到码头边，许多人仿佛才算得救，恢复了自由。会长原是个老《申报》读者，二十年来天下大事，都是从老《申报》上知道的。新生活运动的演说，早从报纸看到了。如今笑的却是想起常德地方那么一个大码头，船夫之杂而野性，已不可想象，这些弄船人一上岸，在崭新规矩中受军警宪和小学生的指挥调排，手忙脚乱会到何等程度，说不定还以为这是“革命”！

管事的又问那伙计："二先生，你上来时，桃源县周溪木排多不多？洪江刘家的货到了不到？汉口庄油号上办货的看涨看跌？"

伙计一一报告后，又向会长轻轻的，很正经的说：

"会长，我到辰州听人说省里正要调兵，不知是什么事情。兵队都陆续向上面调，人马真不少！你们不知道吗？我们上面恐怕又要打仗了，不知打什么仗！"

会长说："是中央军队？省中保安队？……怕是他们换防吧。"

"我弄不清楚。沿河一带可看不出什么。只辰州美孚洋行来了许多油，行里仓库放不下，借人家祠堂庙宇放，好几个祠堂全堆满了。有人说不是油，是安全炸药，同肥皂一样，放火里烧也不危险。有人说明年五月里老蒋要带兵和日本打一仗，好好的打一仗，见个胜败。日本鬼子逼政府投降，老蒋不肯降。不降就要打起来。各省带兵的主席都赞成打！我们被日本人欺侮够了，不打一仗事情不了结。"

会长相信不过。"那有这种事？我们要派兵打仗，怎么把兵向上调？我看报，《申报》上就不说起这件事情。影子也没有！"《申报》到地照例要十一二天，会长还是相信国家重要事总会从报上看得出。报上有的才是真事情，报上不说多半不可靠。

管事的插嘴说：“唉，会长，老《申报》好些事都不曾说！芷江县南门外平飞机场，三万人在动手挖坟刨墓，报上就不说！报上不说是有意包瞒，不让日本鬼子知道。知道了事情不好办。”

“若说飞机场，鬼子那有不知道？报上不说，是报馆访事的不知道，衙门不让人泄露军机。鬼子鬼伶精，到处都派得有奸细！”

管事说：“那打仗调兵事情，自然更不会登报了。”

会长有点不服，拿出大东家神气：“我告你，你们不知道的事情可不要乱说。打什么仗？调什么兵？……君子报仇三年，小人报仇眼前。中国和日本的账目，委员长心中有数，慢慢的来，时间早咧。我想还早得很。”末了几句话竟像是对自己安慰而发，却又要从自己找寻一点同情。可是心中却有点不安定。于是便自言自语说：“世界大战要民国三十年发生，现在才二十五年，早得很！《大公报》上就说起过！”

管事的扫了兴，不便再说什么了，正想向外院柜台走去。会长忽记起一件事情，叫住了他：

“吴先生，我说，队上那个款项预备好了没有？他们今天会要来取它，你预备一下，还要一份收据。——作孽作孽，老爷老爷。”

管事说：“枪款吗？早送来了，我忘记告你。他们还有个空白收据！王乡长说，队长派人来提款时，要盖个章，手续办清楚，了一重公案。请会长费神说一声。”

会长要他到柜上去拿收据来看看。收据那么写明：

> 保安队第××队队长，今收到麻阳县明理乡吕家坪乡公所缴赔枪枝子弹损失洋二百四十元整。

会长把这个收据过目后，轻轻的叹了一口气，“作孽！”便把收据还给了管事。

走到堂屋里去，见赶路来的伙计还等待在屋檐前。

会长轻声的问：“二先生，你听什么人说省里在调动军队？可真有这件事？”

伙计说：“辰溪县号上人都那么说。恐怕是福音堂牧师传的消息，他们有无线电，天下消息都知道。”伙计见东家神气有点郁郁不乐，因此把话转到本地问题上来。“会长，这两个月我们吕家坪怎么样？下面都说桐油还看涨，直到明年桃花油上市，只有升起，不会下落。今年汉口柑橘起价钱，洋装货不到。一路看我们麻阳河里橘子园真旺相，一片金，一片黄金！”

会长默了一会：“都说地方沾了橘子的光，那知道还有别的人老要沾我们的光？这里前不多久……不讲道理，有什么办法。”

伙计说：“不是说那个能干吗？”

“就是能干，才会铺排这样那样！……上次考查萝卜白菜和水果的委员过路，会上请酒办招待，那一位就说：‘委员，这地方除了橘子树多，什么都不成，闷死人！’委员笑眯眯的说：‘橘子很补人，挤水也好吃！’好，大家都挤下去，好在橘子树多，总挤不干。可是挤来挤去也就差不多了！”

“局长可换了人？”

“怎么换人？时间不到，不会换人的。都有背脊骨，轻易不会来，来了不会动。不过这个人倒也还好，豪爽大方，很会玩。比那一位皮带带强。既是包办制度，牙齿不太长，地方倒阿弥陀佛，菩萨保佑！”

“到辰州府我去看望四老，听他说××来的那一位，才真有手段！什么什么费，起码是半串儿，丁拐儿，谁知道他们放了多少枪，打中了猫头鹰，九头鸟？那知强中更有强中手，××××长字号有个老婆，腰身小小的，眉毛长长的，看人时一对眼睛虚虚的，下江人打扮，摩登风流，唱得一口好京戏，打得一手好字牌，不久就和×××打了亲家（是干亲家湿亲家只有他自己知道，外人那知道?)，合手儿抬义胜和少老板轿子，一夜里就捞了‘二方’，本来约好平分……过不久，那摩登人儿，却把软的硬的一卷，坐了汽车，闪不知就溜下武昌去了，害得×××又气又心疼。捏了鼻子吃冲菜，辣得个开口不得。现眼现报。是当真事情。……我过泸溪县时，还正听人说那一位×××在尤家巷一个娘舅家里养病。这几年的事情，不知是什么，人人都说老总统一了中国，国家就好了。前年追共产党，在省里演说，还说要亲手枪毙几个贪官污吏。他一个人只生一双手两只眼睛，能看见多少，枪毙多少!”

会长说：“不要说老总，这个人办事倒认真，一天忙得像碾盘上石滚子，不得个休息。我看老《申报》，说他不久又要坐飞机上四川开会，是十六号报纸说的！这时一定已经到了。”

两个人正天上地下谈说国家大事和地方小事，只听得皮鞋声响，原来说鬼有鬼，队长和一个朋友来了。会长一见是队长，就装成笑脸迎上前去，知道来意是提那笔款项：“队长，好几天不见你了。我正想要人来告个信，你那个乡公所已经送来了。”回头就嘱咐那伙计：“你出去告吴先生，把钱拿来，请队长过手。”

一面让坐，一面叫人倒茶拿烟奉客。坐定后，会长试从队长脸上搜索，想发现一点什么。“队长，这几天手气可好？我看你印堂红红的。”

队长一面划火柴吸烟，一面摇头，喷了口烟气后，用省里话说：“坏透了，一连四五场总姓‘输’名‘到底’。我这马上过日子的人，好像要坐轿子神气。天生是马上人，武兼文，不大好办！”他意思是他人合作行骗，三抬一，所以结果老是输。

会长说：“队长你说笑话。谁敢请你坐轿子，不要脑壳！有几个脑壳！”

另外同来那位，看看像是吃过公务饭的长衫客，便接口说：“输牌不输理，我要是搭伙平分，当裤子也不抱怨你。”接着这个人就把另一时另一个场面，绘影绘声的铺排出来，四家张子都记得清清楚楚，手上桌上牌全都记得清清楚楚，说出来请会长评理。会长本想请教贵姓台甫，这一来倒免了。于是随意应和着说：“当真是的，这位同志说得对，输牌不输理。这不能怪人，是运气。”

队长受称赞后，有点过意不去，有点忸怩：“荷包空了谁讲个理字？这个月运气不好，我要歇歇手！”

那人说：“你只管来，我敢写包票，你要翻本！”

正说着，号上管事把三小叠法币同一纸收据拿来了，送给会长过目，面对队长笑眯眯的：“大老爷，手气可好？你老牌张子太厉害，我们都赶不过！这是京上学来的，是不是？”

队长要理不理，随随便便的做了个应酬的微笑，并不作答。会长将钞票转交给他，请过目点数。队长只略略一看，就塞到衣口袋里去了，因此再来检视那张收据。

收据被那同来朋友冷眼见到时，队长装作大不高兴神气，皱了皱那两道英雄眉：“这算什么？这个难道还要我盖私章吗？会长，亏得是你，碍你们的面子，了一件公事。地方上莫不以为这钱是我姓宗的私人财产吧，那就错了，错了。这个东西让我带回去研究研究看。”

会长知道意思，是不落证据到人手上。乡下人问题就只是缴钱了事，收据有无本不重要，因此敲边鼓凑和说：“那不要紧，改天送来也成。他们不过是要了清一次手续，有个报销，并无别的意思。”且把话岔开说：“队长，你们弟兄上次赶场，听说在老营盘地方，打了一只野猪，有两百斤重，好大一只野猪！这畜生一出现，就搅得个庄稼人睡觉不安，这么一来，可谓为民除一大害，真是立功积德！我听人说野猪还多！”会长好像触着了忌讳，不能接说下去。

提起野猪，队长好像才想起一件事情。“嗨，会长，你不说起它，我倒忘了。我正想送你一腿野猪肉！”又转向那同来长衫朋友说，“六哥，你还不知道我们这个会长，仁义好客，家里办的狗肉多好！泡的药酒比北京同仁堂的还有劲头。”又转向会长说，“局里今天请客，会长去不去？”

会长装作不听清楚，只连声叫人倒茶。

又坐了一会儿，队长看看手腕上的白金表，便说事情忙，还有公事要办，起身走了。那清客似的朋友，临时又点了支烟，抓起了他那顶破呢帽，跟随队长身后走到天井中时，用一个行家神气去欣赏了一会儿金鱼缸上的石山，说：“队长，你看，你看，这是‘双峰插云’，有阴有阳，带下省里去，怕不止值三百块钱！”

队长也因之停在鱼缸边看了那么一忽儿，却说道：“会长，你这石山上虎耳草长得好大！这东西贴鸡眼睛，百灵百验。你试试看，很好的！”

真应了古人说的：贤者所见，各有不同。两个伟人走后，会长站在天井中鱼缸旁只是干笑，心里却想起老营盘的野猪，好像那个石山就是个野猪头，倒放在鱼缸上。

吕家坪镇上只一条长街，油号，盐号，花纱号，装点了这条长街的繁荣。这三种庄号照例生意最大，资本雄厚，其余商业相形之下，殊不足数。当地橘子园虽极广大，菜蔬杂粮产量虽相当多，却全由生产者从河码头直接装船，运往下游，不必需另外经由什么庄号上人转手。因此一来，橘子园出产虽不少，生意虽不小，却不曾加入当地商会。换言之，也就可说是不被当地人看作“商业”。庄号虽搁下百八十万本钱，预备放账囤货，在橘子上市时，可从不对这种易烂不值钱货物投资，定下三五十船橘子，向下装运，与乡下人争利。税局凡是用船装来运去的，上税时经常都有个一定规则，对于橘柚便全看办事人兴致，随便估价。因为货物本不在章程上，又实在太不值钱。

商会会长的职务，照例由当地几种大庄号主人担任。商会主要的工作，说不上为商家谋福利，倒全是消极的应付：应付县里，应付省中各厅下乡过路的委员，更重要事情，就是应付保安队。商会会长平时本不需要部队，可是部队却少不了他们，公私各事都少不了。举凡军队与民间发生一切经济关系，虽照例由乡区保甲负责，却必需从商会会长转手。期票信用担保，只当地商会会长可靠。部队正当的需要如伙食杂项供应，不正当的如向省里商家拨划特货的售款，临时开借，商会会长职务所在，这样或那样，都得随事帮忙。

商会会长的重要性，既在此而不在彼，因此任何横行霸道蛮不讲理的武装人物，对会长总得客气一些。作会长的若为人心术不端，自然也可运用机会，从中博取一点分外之财。居多会长名分倒是推派到头上，辞卸不去，忍受麻烦，在应付情形下混。地方不出什么事故，部队无所借口，麻烦还不至于太多。事情繁冗，问题来临办不好时，就坐小船向下河溜，一个不负责。商人多外来户，知识照例比当地农民高一些，同是小伟人向乡下人惯使的手段，用到商号中人面前时，不能不谨慎些。因此商会会长的社会地位，比当地小乡绅似乎又高一着。

本地两年来不发生内战，无大股土匪出现，又无大军过境，所以虽驻下一连保安队，在各种小问题上向乡下人弄几个小钱，地方根基甚好，商务上金融又还活泼，还算是受得了，作会长的也并不十分为难。

萝卜溪大橘子园主人长顺，是商会会长的干亲家。因前一天守祠堂老水手谈及的事情，虽明知不重要，第二天依然到镇上去看会长，问问长沙下河情形。到时正值那保安队队长提枪款走后一忽儿，会长还在天井中和那押船管事谈说下河事情。

会长见到长顺就说："亲家，我正想要到萝卜溪来看你去。你好，几个丫头都好！"

长顺说："大家都好，亲家，天气晴朗朗的，事情不忙，怎不到我家去玩半天？"一眼望见那个伙计，认得他，知道他是刚办货回来的。"周管事，你怎么就回来了？好个神行太保。看见我家三黑子船没有？他装辰溪县大利通号上的草烟向下放，十四中午开头，算算早过桃源县了。十月边湖里水枯，有不有洋船过湖？"

那管事说："我在箱子岩下面见你家三黑子站在后梢管舵，十二个水手一路唱歌摇橹向下走，船像支箭快。我叫喊他：三哥，三哥，你这个人，算盘珠子怎么划的？怎不装你家橘子到常德府去做生意？常德人正等待麻阳货，'拉屎抢头一节'，发大财，要赶快！听我那么说，他只是笑。要我告家里，月底必赶回来。二哥的船听傅家驼子说，已上洪江，也快回来了吧。"

会长说："亲家，人人都说你园里今年橘子好，下河橘子价钱又高，土里长金子，筛也不用筛，只从地下捡起来就是。"

长顺笑着，故意把眉毛皱皱："土里长金子，你说得好！

可是还有人不要那一片土，也能长金子的！（他意思实有所指，会长明白。）亲家我说你明白，像我那么巴家，再有一百亩地，还是一个‘没奈何’，尿脬上画花，外面好看，里面是空的。就是上次团上开会那个玩意儿，乡长一开口就要派我出五十，说去说来还是出四十块钱。这半年大大小小已派了我二三十回（他将手爪一把抓拢，作个手式，表示已过五百），差不多去了个‘抓老官’数目，才免带过。这个冬天不知道还要有几次，他们不会让我们清清静静过一个年的。试想想看，巴掌大一片土地，刮去又刮来，有多少可刮的油水？亲家你倒逍遥自在，世界好，留到这里享福；世界不好，坐船下省去，一个不管，青红皂绿通通不管。像我们呢，同橘子树一样，生根在土里五尺，走不动路，人也摇摇，风也摇摇。好，你摇吧，我好歹得咬紧牙齿，挨下去！”

会长说：“亲家，树大就经得起攀摇。中国在进步，《申报》上说得好，国家慢慢的有了中心，什么事都容易办。要改良，会慢慢改良的！”

“改良要钱的方法，钱还是要，我们还是挨下去，让这些人榨挤，一个受不了！”

会长慨乎其言之，说：“我的哥，我们还不是一个样子，打肿了脸装胖？我能走，铺子字号不能走，要钱还是得拿出来。老话说：‘王把总请客，坐上筵席收份子，一是一，二是二，含糊不得。’我是个上了场面的人，那一次逃得脱？别人不知道，你知道。”

“那枪款可拿走了？”

“刚好拿走，队长自己来取的。区里还有个收条，请他盖章，了清手续，有个报销。队长说：‘拿回去办，会长你信我吧。’我自然只好相信。他拿回去还要研究研究呢。研究到末后，你想是怎么样？”

“怪道我在街头见他很豪劲，印堂红红的，像有什么喜事。和我打招呼，还说要下萝卜溪来吃橘子！”

“这几年总算好，政府里有人负责，国家统了一，不必再打仗了，大家可吃一口太平饭，睡觉也不用担心。阿弥陀佛，罢了。出几个钱，罢了。”

周伙计插嘴说：“我们这里那一位，这一年来会不会找上五串了吧。”

会长微笑点点头：“怕不是协叶合苏？”

“那当然！”长顺说，“虽要钱，也不能不顾脸面。这其中且有好有歹，前年有个高岘满家人，带队伍驻横石滩，送他钱也不要！”

那个押船的伙计，这次上行到沅陵，正被赶上水警讹诈了一笔钱，还受了气，就说：“最不讲理是那些水上副爷，什么事都不会作，胆量又小，从不打过匪，就只会在码头上恐吓船上人。凡事都要钱。不得钱，就说你这船行迹可疑，要‘盘舱’，把货物一件一件搬出放到河岸边滩上，仔细检查。不管干的湿的都扎一铁签子。你稍说话，他就愣住两只眼睛说：‘邪，怎么，你违抗命令，不服检查？把船给我扣了，不许动。’末了自然还是那个玩意儿一来就了事。打包票，只有‘那个’事事打得通！在××××的一位，为人心直口快，老老实实，对船帮上人说：‘我们来到你这鬼地方受罪，为什么？不是为……！’可是荷包满了有什么用？还不是打几颗金戒指，镶两颗金牙齿。再不然喝半斤闷胡子，胀得头晕晕的后，就跑到尤家巷小婊子处坐双台席面，去充阔摆格，哗啦哗啦送给小婊子。家中倒不用管，自有办法。天有眼睛，自然一报还一报。”

会长说：“那些人就是这种样子，凡事一个不在乎。唱戏唱张古董借妻，他们看戏不笑，因为并不觉得好笑。总而言之，下面的人，下边的事情，和我们上河样样都不同。你笑他做乌龟，他还笑我们古板，蛮力蛮气，不通达世务。”

萝卜溪橘子园主人，对这类社会人情风俗习惯问题，显然不如他对于另外一件事情发生兴趣。他问那押船伙计：

"周管事，下河有些什么新闻。听说走路不许挨撞，你来我往各走一边，是不是真事情?"

伙计说："你说新生活吗？那是真事情。常德府专员已经接到了省里公事，要办新生活，街上到处贴红绿纸条子，一二三四五写了好些条款，说是老总要办的。不照办，坐牢、打板子、罚款。街上有人被罚立正，大家看热闹好笑！看热闹笑别人的也罚立正。一会儿就是一大串。那个兵士自己可不好意思起来，忍不住笑，走开了。"

"你听他们说，要上来不上来?"

这事伙计可说不明白了，会长看《申报》却知道。会长以为这是全国都要办的事情，一时间可不会上来。纵上河要办，一定是大城里先办，乡下不用办。就说省里，老总到了什么地方，那地方就办得认真，若人不在那边，军部党部都热闹不起劲。他的推测是根据老《申报》的小社评表示的意见。他见橘子园主人有点不放心，就说："亲家，这你不用担心，不会派款的。报上早说过了。委员长有过命令，不许借此为名，苛索民间。演说辞也上过报，七月廿号的日子，你不看到过？话说得很有道理，这是国家一件大事！"

长顺说："我以为这事乡下办不通。"

会长说："自然喽，城里人想起的事情，有几件事乡下办得通？……我说，亲家，你橘子今年下了多少？听管事说常德府货俏得很，外国货到汉口不多，你赶忙装几船下去，莫让溆浦人占上风抢先！”

长顺笑了起来：“还是让溆浦人占上风，忙不了。我还要等黑子两兄弟船回来，装橘子下去，我也去看看常德府的新生活，办点年货。”

“是不是今年冬腊月二姑娘要出门，到王保董家做媳妇？那我们就有酒吃了。”

“那里那里，事情还早咧。姑爷八月间来信说，年纪小，不结婚。是你干女儿夭夭，想要我带她下常德府看看，说隔了两年，世界全变了，不去看看，将来去走路也不懂规矩，被人笑话！”

会长说：“你家夭夭还会被人笑话吗？她精灵灵的，天上地下什么不懂，什么不会？上回我在铺子上，和烟溪人谈生意，她正在买花线，年轻人眼睛尖，老远见我就叫‘干爹！干爹！’我说：‘夭夭，一个月不见你，你又长大了。你一个夏天绣花要用几十斤丝线？为什么总不到我家里来同大毛姊玩？’她说：‘我忙咧。’‘你一个小毛丫头，家里有什么事要你忙？忙嫁妆，日子早咧。二姊姊不出门，爹爹那舍得你！’说得她脸红红的，丝线不买就跑了。要她喝杯茶也不肯。这个小精怪，主意多端，干爹还不如她！”

长顺听会长谈起这个女儿的故事，很觉得快乐，不由得不笑将起来。“夭夭嘎，生成就是个小猴儿精，什么都要动动手。不管她的事也动动手。自己的事呢，谁也不让插手，通通动不得，要一件一件自己来。她娘也怕她，不动她的。一天当真忙到晚，忙些什么事，谁知道。”

“亲家，你别说，她倒真是一把手。俗话说，洛阳桥是人造的，是鲁般大师傅两只手造的。夭夭那两只手，小虽小，会帮男子兴家立业的。可惜我毛毛小，无福气，不然早要他向你磕头，讨夭夭做媳妇！”

“亲家你说得她好。我正担心，将来那里去找制服她的人。田家六喜为人忠厚老实，会更惯坏了她。”

两人正怀着一分温暖情感，谈说起长顺小女儿夭夭的一切，以为夭夭在家里耳朵会红。那保安队长，却带了个税局里的稽核，一个过路陌生军官，又进屋里来了。一见会长就开口说：“会长，我们来打牌，要他们摆桌子到后厅里吧。”且指定同来那个陌生人介绍：“这是我老同学，在明耻中学就同学，又同在军官学校毕业，现在第十三区司令部办事，是个伟人！”

这种介绍使得那个年青军官哭笑皆非，嘴角缩缩：“嗨，伢俐，个么朽，放大炮，伤脑筋!”从语气中会长知道这又是个叫雀儿。

商会会长的府上，照例是当地要人的俱乐部。一面因为预备吃喝，比较容易，一面是大家在一处消遣时，玩玩牌不犯条款，不至于受人批评。主要的或许倒是这些机关上人与普通民众商家，少不了有些事情发生，商会会长照例处于排难解纷地位。会长个人经营的商业，也少不得有仰仗军人处，得特别应酬应酬。所以商会会长照例便成了当地“小孟尝”，客来办欢迎，茶烟款待外，还预备得有扑克牌和麻雀牌，可以供来客取乐。有时炕床上且得放一套鸦片烟灯枪，吸鸦片烟在当地已不时髦，不过玩玩而已。到吃饭时，还照例有黄焖母鸡、鱿鱼炒肉丝、暴腌肉炒辣子、红烧甲鱼等等可口菜肴端上桌子来。为的是联欢，有事情时容易关照。会长自己即或事忙不上场，也从无拒绝客人道理。可是这一回却有了例外，本不打量出门，倒触景生情，借故说是要过萝卜溪去办点事情，一面口说“欢迎欢迎”，叫家中用人摆桌子，一面却指着橘子园主人说：“队长，今天我可对不起，不能奉陪！我要到他们那里看橘子去。”虽说对客人表示欢迎，可是三缺一终不成场面。主人在家刚好凑数，主人不在家，就还得另外找一角。几个客人商量了一会，税局中那个出主意，认为还是到税局方便，容易凑角色。因此三个人稍坐坐，茶也不喝，就一串鱼似的走了。

长顺见这些公务员走去后，对会长会心微笑。会长也笑笑，把头摇摇。

长顺说："会长，那就当真到我家里喝酒去，我有肥麂子肉下酒！好在下河船还到不了，这几天你不用忙。"

会长说："好，看看你橘子园去。我正要装船橘子下省去送人，你卖一船橘子把我吧。不过，亲家我们先说好，要接我的钱，不许夭夭卖乖巧，把钱退来还去不好看！"

橘子园主人笑着说："好好，一定接钱！我们公平交易做一次生意。"

不多久，两个人当真就过河下萝卜溪。

长街上只见本地人一担一箩挑的背的全是橘子，到得河边时，好些橘子和萝卜都大堆大堆搁在干涸河滩上，等待上船。会长向一个站在橘山边的本地人询问道："大哥，你这个多少钱一百斤？"那人见会长问他，只是摇头憨笑："会长，不好卖！一块钱五十斤，十八两大秤，还卖不掉！你若要我送些大的好的到宝号上去，我家里高村来的货，有碗口大，同蜂糖一样甜，保你好吃。"

"你这个是酸的甜的？"

“甜得很。会长你试试看。”

“萝卜呢?”

那人只是干笑。因为萝卜太不值钱了，不便回答。萝卜从水路运到四百里外的地方去，还只值一块钱一百斤，这地方不过三四毛钱一百斤罢了。

其时有几个跑远路差人，正从隔河过渡，过了河，上岸一见橘子，也走过来问橘子价钱。那本地人说：“副爷，你尽管吃，随便把钱。你要多少就拿多少去!”

几个人似乎不大理会得生意人的好意，以为是怕公事上人，格外优待，就笑着蹲身拣选橘子。选了约莫二十个顶大的，放在一旁，取出两手钱票子作为货价，送给那本地人。那人不肯接钱。谁知却引起了误会，以为不接钱是嫌钱少，受了侮辱，气势愤愤的说：“两毛钱你还嫌少吗？你要多少!”

那人本意是东西不值钱，让这些跑路的公事上人白吃，不必破费。见他们错怪了人，赶忙把票子捏在手上，笑脸相迎的说：“副爷，不是嫌少，莫见怪！……橘子多，不值钱，我不好意思收你的钱!”

就中一个样子刁狡，自以为是老军务，什么都懂，瞒不了他。又见长顺等在旁边微笑，还不大服气，就轻声的骂那个卖橘子的，骂给长顺、会长听。

“你妈个……把了你钱还嫌少！现钱买现货，老子还要你便宜？”这一来，本地人不知说什么好，就不再接口了。几个人将橘子用手巾帽子兜住，另外又掉换了四个顶大的橘子，扬长不顾走了。

那卖橘子的把几张肮脏的小角票拈在手上摇摇，不自然的笑着，自言自语的说：“送你吃你不吃，还怪人。好一个现钱买现货，钱从那里来的？羊毛出在羊身上，还不是湘西人大家有分。”

长顺说：“大哥，算了吧。他不懂你好心好意，不领情。一定是刚从省里来的，你看神气看得出。这种人你还和他争是非？”

那人说：“他们那么不讲理，一开口就骂人，我才不怕他！委员长到这里来也得讲道理！保安队，沙脑壳，碰两下还不是一包水？我怕你？”

两个人看看这小生意人话说的无意义，冬瓜胡芦一片藤，有把在当地十年来所受外乡人欺压的回忆牵混在一起情形，因此不再理会，就上了渡船。

弄渡船的认得会长和长顺，不再等待别的人客，就把船撑开了。

长顺说："亲家，你到了几只船？怕不有上万货物吧。"

会长说："船还在潭湾，三四天后才到得了，大小一共六只。这回带得有好海参——大乌开，大金钩虾，过几天我派人送些来。"渡船头舱板上全是橘子，会长看见时笑笑的问那弄渡船的："大哥，你那里来这么些橘子？"

站在船尾梢上用桨划水的老者，牙齿全脱光了，嘴瘪瘪的，一面摇船一面笑。"有人送我的，会长。你们吃呀！先前上岸那几个副爷，我要他们吃，他们以为我想卖钱，不肯吃，话听不明白，正好像逢人就想打架的样子，真好笑。"于是咕喽咕喽无机心的笑着。

会长和长顺同时记起河滩上那件事情，因此也笑着。长顺说："就是这样子，说我们乡下人横蛮无理，也是这种人。以为我们湘西人全是土匪，也是这种人。"

摘橘子

萝卜溪滕家橘子园，大清早就有十来个男男女女，爬在树桠间坐定，或用长竹梯靠树摘橘子。人人各把小萝小筐悬挂在树枝上，一面谈笑一面工作。夭夭不欢喜上树，便想新主意，自出心裁找了枝长竹杆子，杆端缚了个小小捞鱼网兜，站在树下去搜寻，专拣选树尖上大个头，发现了时，把网兜贴近橘子，摇一两下，橘子便落网了，于是再把网兜中橘子倒进竹筐中去。众人都是照规矩动手，在树桠间爬来转去很费事，且大大小小都得摘。夭夭却从从容容，举着那枝长竹杆子，随心所欲到处树下走去，选择中意的橘子。且间或还把竹杆子去撩拨树上的嫂嫂和姊姊，惊扰他们的工作。选取的橘子又大又完整，所以一个人见得特别高兴。有些树尖上的偏枝的果实，更非得她来办不可，因之这里那里各处走动。倒似乎比别人忙碌了些。可是一时间看见远处飞来了一只碧眼蓝身大蜻蜓，就不顾工作，拿了那个网兜如飞跑去追捕蜻蜓，又似乎闲适从容之至。

嫂嫂姊姊笑着，同声喊叫："夭姑，夭姑，不能跑，不许跑！"

夭夭一面跑一面却回答说："我不跑，蜻蜓飞了。你同我打赌，摘大的，看谁摘得最多。那些尖子货全不会飞，不会跑，等我回来收拾它！"

总之，夭夭既不上树，离开树下的机会自然就格外多。一只蚱蜢的振翅，或一只小羊的叫声，都有理由远远的跑去。她不能把工作当工作，只因为生命中储蓄了能力太多，太需要活动，单只一件固定工作羁绊不住她。她一面摘橘子还一面捡拾树根边蝉蜕。直到后来跑得脚上两只鞋都被露水湿透，裤脚鞋帮还胶上许多黄泥，走路已觉得重重的时候，才选了一株最大最高的橘子树，脱了鞋袜，光着个脚，猴儿精一般快快的爬到树顶上去，和家中人从数量上竞赛快慢。

橘子园主人长顺，手中拈着一只长长的软软的紫竹鞭烟杆，在冬青篱笆边看家中人摘橘子。有时又走到一株树下去，指点指点。见夭夭已上了树，有个竹筐放在树下，满是特号大火红一般橘子。长顺想起商会会长昨天和他说的话，仰头向树枝高处的夭夭招呼：

“夭夭，你摘橘子不能单拣大的摘，不能单拣好的摘，要一视同仁，不可稍存私心。都是树上生长的，同气连理，不许偏爱！现在不公平，将来嫁到别人家中去做媳妇，做母亲，待孩子也一定不公平。这样子可不大好！”

夭夭说：“爹爹，我就偏要摘大的。我才不做什么人妈妈婆婆！我就做夭夭，做你的女儿，偏心不是过错！他们摘橘子卖给干爹，做生意总不免大间小，带得去的就带去。我摘的是预备送给他，再尽他带下常德府送人。送礼自然要大的，整庄的，才好看！十二月人家放到神桌前上供，金煌煌的，观音财神见它也欢喜！”

二姑娘在另外一株树上接口打趣说：

“夭夭，你原来是进贡，许下了什么愿心？我问你。”

夭夭说：“我又不想做皇帝正宫娘娘，进什么贡？你才要许愿心，巴不得一个人早早回来，一件事早早圆功！”

另外较远一株树上，一个老长工正爬下树来，搭口说：“子树上厚皮大个头，好看不中吃。到了十二月都成绣花枕头，金镶玉，瓤子里同棉花絮差不多，干瘪瘪的。外面光，不成材。”

夭夭说：“松富满满你说的话有道理。可是我不信。我选好看的就好吃，你不信，我同你打赌试试看。”

长顺正将走过老伴那边去，听到夭夭的话语，回过头来说："夭夭，你赶场常看人赌博，人也学坏了。近来动不动就说要赌点什么。一个姑娘家，有什么可赌的？"

夭夭被爹教训后不以为意，一时回答不出，却咕叽咕叽的笑。过一会，看爹爹走过去远了，于是轻轻的说："辰溪县岩鹰洞有个聚宝盆，一条乌黑大蟒蛇守定洞门口，闲人免入，谁也进不去。我那一天爬到洞里去把它偷了来，想要什么就有什么。只要我会想，就一定有万千好东西从盆里取出来，金子银元宝满箱满柜，要多少有多少，还怕和你们打赌？"

另外一个嫂嫂说："聚宝盆又不是酱油罐，你那能得到？作算你有本领，当真得到了它，不会念咒语，盆还是空的，宝物不会来的！"

夭夭说："我先去齐梁桥齐梁洞，求老师父传诵咒语，给他磕一百零八个响头，拜他做师父，他会教给我念咒语。"

嫂嫂说："好容易的事！做徒弟要蹲在烧丹炉灶边，拿芭蕉扇煽三年火，不许动，不许眏眼睛，你个猴儿精做得到？"

老长工说："神仙可不要像夭夭这种人做徒弟。三脚猫，蹦蹦跳，翻了他的鼎灶，千年功行，化作飞灰。"

天天说：“邪嗨，唐三藏取经大徒弟是什么人？花果山，水帘洞，猴子王，孙悟空！”

“可是那是一只真正有本领的猴子。”

“我也会爬树，爬得很高！”

“老师父又不要你偷人参果，会爬树有什么用？”

“我敢和你打赌。只要我去，他鉴定我一番志诚心，一定会收我做徒弟。”

“一定收？他才不一定！收了你头上戴个紧箍咒，咒语一念，你好受；当年齐天大圣也受不了，你受得了？”

“我们赌点什么看，随你赌什么。”

父亲在另外一株树下听到几个人说笑辩嘴，仰头对天天说：“天天，你又要打赌，聚宝盆还得不到，拿什么东西输给人？我就敢和你打赌，我猜你得不到聚宝盆。且待明天得到了，带回家来看看，再和别人打赌并不迟！”

把大家都说笑了。各人都在树上高处笑着，摇动了树枝，这里那里都有赤红如火橘子从枝头下落。天天上到最高枝，有意摇晃得尤其厉害，掉落下的橘子也就分外多。照规矩掉下地的橘子已经受损，另外放在一处，留给家里人解渴，长顺一面捡拾树下的橘子，一面说：

“上回省里委员过路，说我们这里橘子像‘摇钱树’。天夭得不到聚宝盆，倒先上了摇钱树。”

夭夭说：“爹爹，这水泡泡东西值什么钱？”

长顺说：“货到地头死，这里不值钱，下河可值钱。听人说北京橘子五毛钱一个，上海一块钱两斤。真是树上长钱！若卖到这个价钱，我们今年就发大财了。”

“我们园里多的是，怎么不装两船到上海去卖？”

“夭夭，去上海有多远路，你知道不知道？两个月船还撑不到，一路上要有三百二十道税关，每道关上都有个稽查，伸手要钱，一得罪了他，就说，今天船不许开，要盘舱检查。我们有多少本钱作这种蠢事情。”

夭夭很认真的神气说：“爹爹，那你就试装一船，带我到武昌去看看也好。我看什么人买它，怎么吃它，我总不相信！”

另外一个长工，对于省城里来的委员，印象不大好。以为这些事也是委员传述的，因此参加这个问题的讨论，说：“委员的话信不得。他什么都不知道！他告我们说：‘外国洋人吃的鸡不分公母，都是三斤半重，小了味道不鲜，大了肉老不中吃。’我告他：‘委员，我们村子里阉鸡十八斤重，越喂得久，越老，越肥，越好吃。’他说：‘天下那有这种事！’到后把我家一只十五斤大阉鸡捉上省里研究去了。他可不知道天下书本上没有的事，我吕家坪萝卜溪就有，一件一件的放在眼里，记在心上，委员那会知道。”

当家的长顺，想起烂泥地方人送萝卜到县城里去请赏，一村子人人都熟知的故事，哈哈大笑，走到自己田圃里看菜秧去了。

大嫂子待公公走远后，方敢开口说笑话，取笑夭夭说：“夭姊，你六喜将来在洋学堂毕了业，回来也一定是个委员！”六喜是夭夭未婚夫的小名，现在省里第三中学读书，还是去年插的香。

老长工帮腔下去说：“作了委员，那可不厉害！天下事心中一本册，无所不知。可就不知道我吕家坪事情。阉鸡有十七斤重，橘子卖两块钱一挑。”

夭夭的三黑嫂子也帮腔说笑话：“为人有才学，一颗心七窍玲珑，自然凡事心中一本册！”

那大嫂子有意撩夭夭辩嘴，便说：“嗨，一颗心子七窍玲珑，不算出奇。还有人心子十四个窍，夭姊你说是不是？”她指的正是夭夭，要夭夭回答。

夭夭说：“我说不是！”

三黑嫂子为人忠厚老实，不明白话中意思，却老老实实询问夭夭，下省去时六喜到不到河上来看她。因为听人说上了洋学堂，人文明开通了，见面也不要紧。

夭夭对于这种询问明白是在作弄她，只装不曾听到，背过身去采摘橘子。橘子满筐后，便溜下树来倒进另外一个空箩里去。把事情作完时，在树下很认真似的叫大嫂说：

“大嫂大嫂，我问你话！”

大嫂子说：“什么话？”

夭夭想了想，本待说嫂嫂进门时，哥哥不在家，家中用雄鸡代替哥哥拜堂圆亲的故事，取笑取笑。因为恰恰有个长工来到身边，所以便说：“什么画，画喜鹊噪梅。”说完，自己笑着，走开了。

住对河坳上守祠堂的老水手，得到村子里人带来的口信，知道长顺家卖了一船橘子给镇上商会会长，今天下树，因此赶紧渡河过萝卜溪来帮忙。夭夭眼睛尖，大白狗眼睛更尖，老水手还刚过河，人在河坎边绿竹林外，那只狗就看准了，快乐而兴奋，远远的向老水手奔去。夭夭见大白狗飞奔而前，才注意到河坎边竹林子外的来人，因此也向那方面走去，在竹林前见老水手时，夭夭说：“满满，你快来帮我们个忙！”

这句话含义本有两种，共同工作名为帮忙，橘子太多要人吃，照例也说帮忙。乡下人客气笑话，倒常常用在第二点。所以老水手回答夭夭说：

"我帮不了忙！夭夭。人老了，吃橘子不中用了。一吃橘子牙齿就发酸。烂甜杏子不推辞，一口气吃十来个，眼睛闭闭都不算好汉。"话虽如此说，老水手到了橘园里，把头上棕叶斗笠挂到扁担上后，即刻就参加摘橘子工作，一面上树一面告给他们，年青时如何和人赌吃狗矢柑，一口气吃二十四个，好像喝一坛子酸醋，全不在乎。人老来，只要想想牙龈也会发疼。

夭夭在老水手树边，仰着个小头："满满，我想要我爹装一船橘子到汉口去，顺便带我去，我要看看他们城里人吃橘子怎么下手。用刀子横切成两半，用个小机器挤出水来放在杯子里，再加糖加水吃，多好笑！他们怕什么？一定是怕橘子骨骨儿卡喉咙，咽下去从背上长橘子树！我不相信，要亲眼去看看。"

老水手说："这东西带到武昌去，会赔本的。关卡太多了，一路上税，一路打麻烦，你爹发不了财的。"

夭夭说："发什么财？不赔本就成了。我要看看他们是不是花一块钱买三四个橘子，当真是四个人合吃一个，一面吃一面还说：'好吃，好吃，真真补人补人！'我总不大相信！"

老水手把额纹皱成一道深沟，装作严肃却忍不住要笑笑。“他们城里人吃橘子，自然是这样子，和我们一块钱买两百个吃来不同！他们舍不得皮上经络，就告人说：‘书上说这个化痰顺气。’到处是痰多气不顺的人，因此全都留下化痰顺气了。真要看，等明年六喜哥回来，带你到京城里三贝子花园去看。那里羊也吃橘子，大耳朵毛兔也吃橘子，补得精精神神。”

夭夭深怕人说到自己忌讳上去，所以有意挑眼：“满满，你大清早就放快，鹿呀马呀牛黄八宝化痰顺气呀！三辈子五倍子，我不同你说了！”话一说完，就扬长走过爸爸身边看菜秧去了。

二姑娘却向老水手分疏：“满满，你说的话犯夭夭一人忌讳，和我们不相干。”

长顺问夭夭：“怎么不好好做事，又三脚猫似的到处跑跑跳跳？”

夭夭借故说：“我要回家去看看早饭烧好了没有。满满来了，炖一壶酒，煎点干鱼，满满欢喜吃酒吃鱼！等等没有吃，爹爹你又要说我。”

夭夭走后，长顺回到了河下，招呼老水手。老水手说：“大爷，我听人说你卖了一船橘子给会长，今天下船，我来帮忙。”

“有新闻没有?”当家的话中实有点说笑意思，因为村子里唯有老水手爱打听消息，新闻格外多，可是事实上这些新闻，照例又是并不值得大惊小怪的。因这点好事性情，老水手在当地熟人看来，也有趣多了。

老水手昨天到芦苇溪赶场，抱着“一定有事”的期望态度，到了场上。各处都走遍后，看看还是与平时一样，到处在赌咒发誓讲生意。除在赌场上见几个新来保安队副爷，狗扑羊殴打一个米经纪，其余真是凡事照常。因为被打的是个米经纪，平时专门剥削生意人，所以大家乐得看热闹袖手旁观。老水手预期的变故既不曾发生，不免小小失望。到后往狗肉摊边一坐，一口气就吃了一斤四两肥狗肉，半斤烧酒，脚下轻飘飘的，回转枫树坳。将近祠堂边时，倒发现了一件新鲜事情。原来镇上烧瓦窑的刘聋子，不知带了什么人家的野娘儿们，在坳上树林里撒野，不提防老水手赶场回来的这样早，惊窜着跑了。

老水手正因为喝了半斤烧酒，血在大小管子里急急的流，兴致分外好。见两个人向山后拼命跑去时，就在后面大声嚷叫：“烧瓦的，烧瓦的，你放下了你那瓦窑不管事，倒来到我这地方取风水，清天白日不怕羞，真正是岂有此理！你明天不到祠堂来挂个红，我一定要禀告团上，请人评评理！”可是烧瓦的刘老板，是镇上出名的聋子，老水手忘了聋子耳边响炸雷，等于不说。醉里的事今早上已忘怀了，不是长顺提及“新闻”，还不会想起它来。

老水手笑着说：“大爷，没有别的新闻。我昨天赶芦苇溪的场，吃了点‘汪汪叫’，喝了点‘闷糊子’，腾云驾雾一般回来时，若带得有一面捉鹌鹑的摇网，一下子怕不捉到了一对‘梁山伯祝英台’！这一对扁毛畜生，胆敢在我屋后边平地砌窠！”

身旁几个人听来，都以为老水手说的是雀鸟，不作意笑着。因为这种灰色长尾巴鸟类，多成对同飞同息，十分亲爱，乡下人传说是故事中“梁山伯祝英台”，生前婚姻不遂死后的化身。故事说来虽极其动人，这雀鸟样子声音可都平平常常。一身灰扑扑的杂毛，叫时只会呷呷呷，一面飞一面叫，毫无动人风格。捉来养在家中竹笼里，照例老不驯服，只会碰笼。

本身既不美观，又无智慧或悦耳声音，实在没有什么用处。老秀才读了些旧书，却说这就是古书上说的“鸩鸟”，赶蛇过日子，土名“蛇呷雀儿”，羽毛浸在酒中即可毒人。因此这东西本地人通不欢喜它。

老水手于是又说笑：“我还想捉来进贡，送给委员去，让委员见识见识!”

大家不明白老水手意思所在，老水手却因为这件事只有自己明白，极其得意，独自莞尔而笑。

一村子里人认为最重大的事情，政治方面是调换县长，军事方面是保安队移防，经济方面是下河桐油花纱价格涨落，除此以外，就俨然天下已更无要紧事情。老水手虽说并无新闻，一与橘子园主人谈话，总离不了上面三个题目。县长会办事，还得民心，一时不会改动。保安队有时什么变故发生，多在事后方知道，事前照例不透消息。传说多，影响本地人也相当严重的，是与沿河人民生活关系密切的桐油。看老《申报》的，弄船的，号口上坐庄的，开榨油坊的，挖山的，无人不和桐油有点关连。这两个人于是把话引到桐油上来，长顺记起一件旧事来了。今年初就传说辰州府地方，快要成立一个新式油业公司，厂址设在对河，打量用机器榨油，机器熬炼油，机器装油，……总而言之一切都用机器。凡是原来油坊的老板、掌捶、管榨，烧火看锅子，蒸料包料，以及一切杂项工人和拉石碾子的大黄牯牛，一律取消资格，全用机器来代替。乡下人无知识，还以为这油业公司一成立，一定是机器黄牛来作事，省城里派来办事的人，就只在旁边抱着个膀子看西洋景。

这传说初初被水上人带到吕家坪时，原来开油坊的人即不明白这对于他们事业有何不利，只觉得一切用机器，实在十分可笑。从火车轮船电光灯，虽模糊意识到“机器”是个异常厉害的东西。可是榨油种种问题，却不相信机器人和机器黄牛办得了。因为蒸料要看火色，全凭二十年经验才不至于误事，决不是儿戏。机器是铁打的，凭什么经验来作？本领谁教他？总之可笑处比可怕处还多。传说难证实，从乡下人看来，倒正像是办机器油坊的委员，明知前途困难，所以搁下了的。

长顺想起了这公司“旧事重提”的消息，就告给老水手说：

“前天我听会长说，辰州地方又要办那个机器油坊了。办成功他们开张发财，我们这地方可该歪，怕不有二三十处油坊，都得关门大吉！”

老水手说：“那怕什么？他们办不好的！”

“你怎么知道办不好？有五百万本钱，省里委员，军长，局长，都有股份。又有钱，又有势，还不容易办？”

“我算定他们办不好。做官的人那会办事？管事的想捞几个钱，打杂的也想捞几个钱，捞来捞去有多少？我问你。纵勉勉强强开办得成，机器能出油，我敢写包票，油全要不得。一定又脏又臭，水色不好，沉淀又多，还搀了些米汤，洋人不肯收买它，他们要赔本，关门。大爷你不用怕，让他们去试试看，不到黄河心不死，这些人能办什么事！成块银子丢到水里去，还起个大泡，丢到油里去，不会起泡，等于白丢。”

长顺摇摇头，对这官民争利事结果可不那么乐观。“他们有关上人通融，向下运还便利，又可定官价买油收桐子，手段很厉害！自己机器不出油，还可用官价来收买别家的油，贴个牌号充数，也不会关门！”

老水手举起手来打了个响榧子：“唉嗨，我的大爷，什么厉害不厉害？你不看辰溪县复兴煤矿，他们办得好办不好？他们办我们也办，一个‘哀（挨）而不伤’。他们办不好的！”

“古人说，官不与民争利，有个道理。现在不同了，有利必争。”

说到这事话可长了。三十年前的官要面子，现在的官要面子也要一点……往年的官做得好，百姓出份子造德政碑万民伞送“青天”。现在的官做不好，还是要民众出份子登报。“登了报，不怕告”，告也不准账。把状纸送到专员衙门时，专员会说：“你这糊涂乡下人，已经出名字登报，称扬德政，怎么又来禀告父母官？怕不是受人愚弄刁唆吧。”完事。官官相卫告不了，下次派公债时，凡禀帖上有名有姓的，必点名叫姓多出一百八十。你说捐不起，拿不出，委员会说：“你上回请讼棍写禀帖到专员衙门控告父母官，又出得起钱！”不认捐，反抗中央功令，押下来，吊起骡子讲价钱，不怕你不肯出。

不过长顺是个老《申报》读者，目击身经近二十年的变，虽不大相信官，可相信国家。对于官永远怀着嫌恶敬畏之忱，对于国家不免有了一点儿“信仰”。这点信仰和他的家业性情相称，且和二十年来所得的社会经验相称。他有种单纯而诚实的信念，相信国家有了“老总”究竟好多了。国运和家运一样，一切事得慢慢来，慢慢的会好转的。

话既由油坊而起，老水手是个老《申报》间接读者，于是推己及人忖度着：“我们那个老总，知不知道这里开油业公司的事情？我们为什么不登个报，让他从报上知道？他一定也看老《申报》。他还派人办《中央日报》，应当知道！”

长顺对于老水手想象离奇处皱了皱眉：“他坐在南京城，不是顺风耳，千里眼，那知道我们乡下这些小事情。日本鬼子为北方特殊化，每天和他打麻烦，老《申报》就时常说起过。这是地方事件，中央管不着。”

说来话长，只好不谈。两人都向天空看了那么一眼。天上白云如新扯棉絮，在慢慢移动。河风吹来凉凉的。只听得有鹌鹑叫得很快乐，大约在河坎边茅草蓬里。

二姑娘在树上插嘴说话："满满明天你一早过河来，我们和夭夭上山舀鹌鹑去。夭夭大白狗好看不中用，我的小花子狗，你看它相貌看不出，身子一把柴瘦得可怜，神气萎琐琐的，在草窠里追扁毛畜生时，可风快！"

老水手说："上什么山，花果山？你要捉鹌鹑，和夭夭跟我到三里牌河洲上去，茅草蓬蓬里要多少！又不是捉来打架，要什么舀网？只带个捕鱼的撒手网去，向草窠中一网撒开去，就会有一二十只上手！我亲眼看过高村地方人捉鹌鹑，就用这个方法，捉了两挑到吕家坪来卖。高村人见了那么多鹌鹑，问他从什么地方得来的。说笑话是家里孵养的。"

长顺说："还有省事法子，芷江人捉鹌鹑，只把个细眼网张在草坪尽头，三四个人各点个火把，扛起个大竹枝，拍拍的打草，一面打一面叫'姑姑姑，咯咯咯'，上百头鹌鹑都被赶向网上碰，一捉就是百八十只，全不费事！"

二姑娘说："爹你怎么早不说，好让我们试试看？"又说："那好极了，我们明天就到河洲上去试试，有灵有验，会捉上一担鹌鹑！"

老水手说："这不出奇，还有人在河里捉鹌鹑！一面打鱼一面捉那个扁毛畜生。"

提起打鱼，几个人不知不觉又把话题转到河下去。老水手正想说起那个蛤蟆变鹌鹑的荒唐传说，话不曾开口。

夭夭从家中跑了来，远远的站在一个土堆子上，拍手高声叫喊：

"吃饭了！吃饭了！菜都摆好了，你们快快来！"

最先跑回去的是那只大白狗，几个小孩子。

老水手到得饭桌边时，看看桌上的早饭菜，不特有干鱼，还有鲜鱼烧豆腐，红虾米炒韭菜。老水手说笑话：

"夭夭你家里临河，凡是水里生长的东西，全上了桌子，只差水爬虫不上桌子。"

站在桌边分配碗筷的夭夭，带笑说："满满，还有咧，你等等看吧。"说后就回到厨房里去了。一会儿捧出一大钵子汤菜来，热气腾腾。仔细看看，原来是一钵田螺肉煮酸白菜。夭夭很快乐的向老水手说："满满你信不信，大水爬虫也快上桌子了?"说得大家笑个不止。

吃过饭后一家人依然去园里摘橘子，长顺却邀老水手向金沙溪走，到溪头去看新堰坝。堰坝上安了个小小鱼梁，水已下落，正有个工人蹲在岸边破篾条子修补鱼梁上的棚架。

到秋天来溪水下落，堰坝中多只蓄水一半，水碾子转动慢了许多，水车声虽然还咿咿哑哑，可是也似乎疲倦了，只想休息神气。有的已停了工，车盘上水闸上粘挂了些水苔，都已枯绵绵的，被日光漂成白色。扇把鸟还坐在水车边石堤坎上翘起扇子形尾巴唱歌，石头上留下许多干白鸟粪。在水碾坊石墙上的薜荔，叶子红红绿绿。碾坊头的葵花，已经只剩下个乌黑干子，在风中斜斜弯弯的，再不像往时斗大黄花迎阳光扭着颈子那种光鲜。一切都说明这个秋天快要去尽了，冬天行将到来。

两个人沿溪看了四座碾坊，方从堰坝上迈过对溪，抄捷径翻小山头回橘子园。

到午后，已摘了三晒谷簟橘子。老水手要到镇上去望望，长顺就托他带个口信，告会长一声，问他什么时候来过秤装运。因为照本地规矩，做买卖各有一把秤，一到分量上有争持时，各人便都说："凭天赌咒，自己秤是官秤，很合规矩。大斗小秤不得天保佑。"若发生了纠纷，上庙去盟神明心时，还必需用一只雄鸡，在神座前咬下鸡头各吃一杯血酒，神方能作见证。这两亲家自然不会闹出这种纠葛，因此橘子园主人说笑话，嘱咐老水手说：

"大爷，你帮我去告会长，不要扛二十四两大秤来，免得上庙明心，又要捉我一只公鸡！”

老水手说：“那可免不了。谁不知道会长号上的大秤。你怕上当，上好是不卖把他！”老水手说的原同样是一句笑话。

大帮船拢码头时

老水手到了吕家坪镇上，向商会会长转达橘子园主人的话语，在会长家同样听到了下面在调兵遣将的消息。这些消息和他自己先前那些古古怪怪的猜想混成一片时，他于是便好像一个“学者”，在一种纯粹抽象思考上，弄得有点神气不舒，脊梁骨被问题压得弯弯的，预备沿河边走回坳上去。在正街上看见许多扛了被盖卷的水手，知道河下必到了两帮货船，一定还可从那些船老板和水手方面，打听出一些下河新闻。他还希望听到些新闻，明天可过河到长顺家去报告。

河下二码头果然已拢了一帮船，大小共三十四只，分成好几个帮口停泊到河中。河水落了，水浅船只难靠码头，都用跳板搭上岸。有一部分船只还未完毕它的水程，明后天又得开头上行，这种船高桅上照例还悬挂一堆纤带。有些船已终毕了它行程的，多半在准备落地起货。稽查局关上办事人，多拿了个长长的铁签子，从这只船跳过那只船，十分忙碌。这种船只必然已下了桅，推了篷，一看也可明白。还有些船得在这个码头上盘载，减少些货物，以便上行省事的。许多水手都在河滩上笑嘻嘻的和街上妇女谈天，一面剥橘子吃一面说话。或者从麂皮抱兜里掏摸礼物，一瓶雪花膏，一盒兰花粉，一颗镀金戒指，这样或那样。掏出的是这个水手的血汗，还是那颗心，接受礼物的似乎通通不曾注意到。有些水手又坐在大石头上编排草鞋，或蹲在河坎上吸旱烟，寂寞和从容平分，另是一种神情。

有些船后梢正燃起湿栗柴，水手就长流水淘米煮饭，把砂罐贮半罐子红糙米，向水中骨毒一闷。另外一些人便忙着掐葱剥蒜，准备用拢岸刀头肉炒豆腐干作晚饭菜。

搭上行船的客人，这时多换上干净衣服，上街去看市面。不上岸的却穿着短汗衫，叉手站在船尾船头，口衔纸烟，洒洒脱脱，欣赏午后江村景色。或下船在河滩上橘子堆边，把拣好的橘子摆成一小堆，要乡下人估价钱，笑眯眯的作交易。说不定正想起大码头四人同吃一枚橘子的情形，如今却俨然到了橘子园，两相对照，未免好笑。说不定想到的又只是些比这事还小的事情。

长街上许多小孩子，知道大帮船已拢岸，都提了小小篮子，来卖棒棒糖和小芝麻饼，在各个船上兜生意，从这只船跳过那只船，一面进行生意，一面和同伴骂骂野话取乐。

河下顿时显得热闹而有生气起来，好像有点乱，一种逢场过节情形中不可免的纷乱。

老水手沿河走去，瞪着双小眼睛，一只一只船加以检查。凡是本镇上或附近不多远的船主和水手，认识的都打了个招呼，且和年青人照例说两句笑话。不是问他们这次下常德见过了几条“火龙船”，上醉仙楼吃过几碗“羊肉面”，就是逗他们在桃源县玩过了几次“三只角”，进过几回“桃源洞”！遇到一个胖胖的水手，是吕家坪镇上作裁缝李生福的大儿子，老水手于是在船跳板边停顿下来，向那小伙子打招呼。

“大肉官官，我以为你一到洞庭湖，就会把这只‘水上漂’压沉，湖中的肥江猪早吃掉了你，怎么你又回来了？好个大命！”

那小伙子和一切胖人脾气相似，原是个乐天派，天生憨憨的，笑嘻嘻的回答说：“伯伯，我们这只船结实，压不沉的！上次放船下常德府，船上除了我，还装上十二桶水银，我也以为会压到洞庭湖心里去见龙王爷，不会再回来的。所以船到桃源县时，就把几个钱全输光了。我到后江去和三个小婊子打了一夜牌，先是我一个人赢，赢到三个婊子都上不了庄。时候早，还不过半夜，不好意思下船，就借她们钱再玩下去，谁料三个小婊子把我当城隍菩萨，商量好了抬我的轿子，三轮庄把我弄得个罄、净、干。她们看我钱已经输光后，就说天气早，夜深长，过夜太累了，明天恐爬不起来，还是歇歇吧。一个一个打起哈欠来了，好像当真要睡觉样子。好无心肝的婊子！干铺也不让搭，要我回船上睡。输得我只剩一根裤带，一条黄瓜，到了省里时，什么都买不成。船又好好的回来了。伯伯，你想想我好晦气！一定是不小心在妇人家晒裤子竹杆下穿过，头上招了一下那个。”

老水手笑得弯着腰。“好，好，好，你倒会快乐！你身子那么大，婊子不怕你？”

“桃源县后江娘儿们，什么大仗火不见过，还怕我！他们怕什么？水牛也不怕！”

“可是省里来的副爷，关门撒野，完事后拉开房门就跑了。他们招架不住。”

“那又当别论。伯伯，你我谁不怕？”

老水手说：“凡事总有理字，三头六臂的人也得讲个道理。”老水手想起新生活，话转了弯，“肥坨坨，我问你，可见过新生活？你在常德可被罚立正？”

"见过见过。不多不少罚过三回，有回还是个女学生，她说：'划船的，你走路怎么不讲规矩？这不成的！'我笑笑的问她：'先生，什么是规矩？'因为我笑，她就罚我。站在一个商货铺屋檐口，不许走动。我看了好一会铺子里腊肉腊鱼，害得我口馋心馋！"

"这有什么好处？"

"将来好齐心打鬼子，打鬼子不是笑话！"

"听人说兵向上面调，打什么鬼子？鬼子难道在我们湘西？"

"那可不明白！"

既不明白，自然就再会。老水手又走过去一点，碰着一个"拦头"水手，萝卜溪住家的人。这水手长得同一根竹篙子一般，名叫"长寿"。其时正和另外一个水手在河滩上估猜橘子瓣数赌小输赢。老水手走近身时招呼他说：

"长寿，你不是月前才下去？怎么你这根竹篙子一撇又回来了？"

长寿说："我到辰州府就打了转身。"

"长顺家三黑子，他老子等他船回来，好装橘子下省办皮货！他到了常德不到？"

"不知道，这要问朱家冒冒。他们在辰州同一帮船，同一湾泊到上南门，一路吹哨子去上西关福音堂看耶稣，听牧师说天话。”又引了两句谚语：耶稣爱我白白脸，我爱耶稣大洋钱。可不是！

“洪发油号的油船？”

“我不看见。”

“榷运局的盐船？”

“也不看见。”

老水手不由得嘈了起来，做成相信不过的神气：“咄，长寿，长寿，你这个人眼眶子好大，一只下水船面对面也看不明白。你是整天看水鸭子打架，还是眼睛落了个毛毛虫，不关事？”

那水手因为手气不大好，赌输了好些钱，正想扳本，被老水手打岔，有点上火，于是也嘈了起来：“咄，伯伯，你真是，年青人眼睛，看女人才在行！要看船，满河都是船，看得了多少！又不是女人的……”

“你是拦头管事！”

“我拦头应当看水，和水里石头。抬起头来就看天，有不有云，刮不刮风，好转篷挂脚。谁当心看油船盐船？又不是家里婆娘等待油盐下锅炒菜！”

老水手见话不接头，于是再迈步走去。在一只三舱船前面，遇着一个老伴，一个在沅水流域驾了三十年船的船主，正在船头督促水手起货物上岸。一见老水手就大声喊叫：

“老伙计，来，来，来，到这里来！打灯笼火把也找不到你！同我来喝一杯，我炖得有个稀烂大猪头。你忙？”

老水手走近船边笑笑的：“我忙什么？我是个鹞子风筝，满天飞，无事忙。白天帮萝卜溪长顺大爷下了半天橘子，回镇上来看看会长，听说船拢了，又下河来看看船。我就那么无事忙。你这船真快，怎么老早就回来了？”

“回来装橘子的！赶装一船橘子下去，换鱿鱼海带赶回来过年。今年我们这里橘子好，装到汉口抢生意，有钱赚。”

“那我也跟你过汉口去。”老水手说笑话，可是却当真上了船。从船舷阳桥边走过尾梢去，为的是尾梢空阔四不当路，并且火舱中砂锅里正焖着那个猪头，热气腾腾，香味四溢，不免引人口馋。

船主跟过后梢来：“老伙计，下面近来都变了，都不同了，当真下去看看吧。街道放得宽宽的，走路再不会手拐子撞你撞我。大街上人走路都挺起胸脯，好像见人就要打架神气。学生也厉害，放学天都拿了木棍子在街上站岗，十来丈远一个，对人说：走左边，走左边，——大家向左边走，不是左倾了吗？”末尾一句话自然是笑话，船主一面说一面就自己先笑起来。因为想起别的人曾经把这个字眼儿看得顶认真，还听说有上万学生因此把头割掉！

“那里的话。”

“老伙计，那里画？壁上挂，唐伯虎画的。这事你不信，人家还亲眼见过！辫子全剪了，说要卫生，省时间梳洗，好读书。谁知读的是什么书，一讲究卫生，连裤子也不穿。都说是当真的，我不大信！”

老水手是个老《申报》间接读者，用耳朵从会长一类人口中读消息，所以比船主似乎开通一点，不大相信船主说的女学生的笑话。老水手关心新生活，又问了些小问题，答复还是不能使人满意。后来又谈起中国和日本开战问题，那船主却比老水手知道更少，所以省上调动保安队，船主就毫不明白是什么事情。

可是皇天不负苦心人，关心这问题的老水手，过不久，就当真比吕家坪镇上人知道的都多了。

辰河货船在沅水中行驶，照规矩各有帮口，也就各有码头，不相混杂。但船到辰河以后，因为码头小，不便停泊，就不免有点各凭机会抢先意思，谁先到谁就拣好处靠岸。本来成帮的船，虽还保留一点大河中老规矩，孤单船只和装有公事上人的船只，就不那么拘谨了。这货船旁有一只小船，拔了锚，撑到上游一点去后，空处就补上了一只小客船，船头上站了个穿灰哔叽短夹袄的中年人，看样子不是县里承审官，就是专员公署的秘书科长。小差船十来天都和这只商船泊在一处，一同开头又一同靠岸。船主已和那客人相熟，两船相靠泊定后，船主正和老水手蹲在舱板上放杯筷准备喝酒。船主见到那个人，就说："先生，过来喝一杯，今天酒好！是我们镇上著名的红毛烧，进过贡的，来试试看。"

那人说："老板，你船到地了。这地方橘子真好，一年有多少出息！"

"不什么好，东西多，不值钱！"旋又把筷子指定老水手鼻子，"我们这位老伙计住在这里，天上地下什么都知道。吕家坪的事情，心中一本册。"

听到这个介绍时，老水手不免有点儿忸怩。既有了攀谈机会，便隔船和那客人谈天，从橘子产量价值到保安队。饭菜排好时，船主重新殷勤招呼请客人过来喝两杯酒。客人却情不过，只得走过船来，大家蹲在后舱光溜溜的船板上，对起杯来。

原来客人是个中学教员，说起近年来地方的气运，客人因为多喝了一杯酒，话也就多了一点，客人说：

"这事是一定的！你们地方五年前归那个本地老总负责

时，究竟是自己家边人，要几个钱也有限。钱要够了，自然就想做做事。可是面子不能让一个人占。省里怕他得人心，势力一大，将来管不了，主席也怕坐不稳。所以派两师人上来，逼他交出兵权，下野不问事。不肯下野就要打。如果当时真的打起来，还不知是谁的天下。本地年青军官都说要打也成，见个胜败很好。可是你们老总不怕主席怕中央，不怕人怕法，怕国法和军法。以为不应当和委员长为难，是非总有个公道！就下了野，一个人坐车子跑下省里去做委员，军队事不再过问。因此军队编的编，调的调，不久就完事了。再不久，保安队就来了。主席想把保安队拿在手里，不让它成为单独势力，想出个绝妙办法，老是把营长团长这里那里各处调，部队也这里那里各处调，上下通通不大熟习，官长对部下不熟习，部队对地方不熟习。好倒有好处，从此一来地方势力果然都消灭了，新势力决不会再起，省里做事方便了万千。只是主席方便民众未必方便。保安队变成了随时调动的东西，他们只准备上路，从不准备打匪。到任何地方驻防，事实上就只是驻防，负不了责。纵有好官长，什么都不熟习，有的连自己的兵还不熟习，如何负责？因此养成一个不大负责的习气，……离开妻室儿女出远门，不为几个钱为什么？找了钱，好走路！”

老水手觉得不大可信，插嘴说："这事情怎么没有传到南京去呢？"

那人说："我的老伙计，委员长一天忙到晚，头发都忙白了，一天有多少公文要办，多少客要见，管得到这芝麻大事情？现在又预备打日本，事情更多了。"

船长说："这里那人既下野了，兵也听说调过宁波奉化去了，怎么省里还调兵上来？又要大杀苗人了吗？苗人不造反，也杀够了！"

"老舵把子，这个你应当比我们外省人知道得多一些！"客人似乎有了点醉意，话说得更亲昵放肆了些。这人民国十八年在长沙过了一阵热闹日子，昏头昏脑的做了些胡涂事。忽然又冷下来，不声不响教了六年中学。谁也不知道他过去是什么人。把日子过下来，看了六七年省城的报，听了六七年本地的故事。这时节被吕家坪的烧酒把一点积压全挤出来了。"老伙计，你不知道吧？我倒知道啊！你只知道划船，掌舵，拉纤，到常德府去找花姑娘打炮，把板带里几个钱掏空，就完事了。那知道世界上玩意儿多咧。……"

（被中央宣传部删去一大段）

到老水手仿佛把事情弄明白，点头微笑时，那客人业已被烧酒醉得胡胡涂涂快要唱歌了。

老水手轻轻的对船主说："掌舵的，真是这样子，我们这地方会要遭殃，不久又要乱起来的，又有枪，又有人，又有后面撑腰的，怎么不乱？"

船主不作声，把头乱摇，他不大相信。事实上他也有点醉了。

天已垂暮，邻近各船上到处是炒菜落锅的声音和辣子大蒜气味。且有在船上猜拳，八马五魁大叫大喊的。晚来停靠的船，在河中用有倒钩的探篙抓住别的船尾靠拢时，篙声水声人语声混成一片。河面光景十分热闹。夜云已成一片紫色，映在水面上，渡船口前人船都笼罩在那个紫光中。平静宽阔的河面，有翠鸟水鸡接翅掠水向微茫烟浦里飞去。老水手看看身边客人和舵把子，已经完全被烧酒降伏。天夜了，忙匆匆的扒了一大碗红米饭，吃了几片肥烂烂的猪头肉，上了岸鲇鱼似的溜了。

他带了点轻微的酒意，重新上正街，向会长家中走去。

会长正来客人，刚点上那盏老虎牌汽油灯，照得一屋子亮堂堂的。但见香烟笼罩中，长衣短衣坐了十来位，不是要开会就是要打牌。老水手明白自己身分，不惯和要人说话，因此转身又向茶馆走去。

货船到得多，水手有的回了家，和家中人围在矮桌边说笑吃喝去了。有的是麻阳县的船，还不曾完毕长途，明天又得赶路，却照老规矩，“船到吕家坪可以和个妇人门对口做点胡涂事”，就上岸找对手消消火气。有的又因为在船上赌天九，手气好，弄了几个，抱兜中洋钱钞票胀鼓鼓的，非上岸活动活动不可，也得上岸取乐，请同伙水手吃面，再到一个妇人家去烧荤烟吃。既有两三百水手一大堆钱在松动，河下一条长街到了晚上，自然更见得活泼热闹起来。到处感情都在发酵，笑语和嚷骂混成一片。茶馆中更嘈杂万状。有退伍兵士和水手，坐在临街长条凳上玩月琴，用竹拨子弄得四条弦绷琮绷琮响。还风流自赏提高喉咙学女人嗓子唱小曲，花月逢春，四季相思，万喜良孟姜女长城边会面。一面唱曲子，一面便将眼角瞟觑对街黑腰门（门里正有个大黑眼长辫子船主黄花女儿），妄想凤求凰，从琴声入手。

小船主好客喜应酬，还特意拉了船上的客人和押货管事，上馆子吃肉饺饵，在“满堂红”灯光下从麂皮抱兜掏出大把钞票来争着会钞，再上茶馆喝茶，听渔鼓道情。客人兴致豪，必还得陪往野娘儿们住的边街吊脚楼上，找两个眉眼利落点的年青妇人，来陪客靠灯，烧两盒烟，逗逗小婊子取乐。船主必在小婊子面前，随便给客人加个官衔，参谋或营长，司令或处长，再不然就是大经理，大管事。且照例说是家里无人照应，正要挑选一房亲事，不必摩登，只要人“忠厚富态”就成，借此扇起小妇人一点妄念和痴心，从手脚上沾点便宜。再坐坐，留下一块八毛钱，却笑着一股烟走了。副爷们见船帮拢了岸，记起尽保安职务，特别多派了几个弟兄查夜，点验小客店巡环簿，盘问不相干住客姓名来去。更重要的是另外一些不在其位非军非警亦军亦警的人物，在巡查过后，来公平交易，一张桌子收取五元放赌桌子钱。

至于本地妇人，或事实上在经营最古职业，或兴趣上和水上人有点交亲缘分，在这个夜里自然更话多事多，见得十分忙碌。还债收账一类事情，必包含了物质和精神两方面。眼泪与悦乐杂揉，也有唱，也有笑，且有恩怨纠缚，在鼻涕眼泪中盟神发誓，参加这个小小世界的活动。

老水手在一个相熟的本地舵把子茶桌边坐下来，一面喝茶一面观察情形。见凡事照常，如历来大帮船到码头时一样。即坐在上首那几个副爷，也都很静心似的听着那浪荡子弹月琴，梦想万喜良和孟姜女在白骨如麻长城边相会唱歌光景，脸样都似乎痴痴的，别无征兆，显示出对这地方明日情形变化的忧心。简直是毫无所思，毫无所虑。老水手因之代为心中打算，即如何捞几个小小横财，打颗金戒指，镶颗金牙齿。

老水手心中有点不平，坐了一会儿，和那船主谈了些闲天，就拔脚走了。他也并不走远，只转到隔壁一个相熟人家去，看船上人打跑付子字牌，且看悬在牌桌正中屋梁下那个火苗长长的油灯，上面虫蛾飞来飞去，站在人家身后，不知不觉看了半天。吕家坪市镇到坳上，虽有将近三里路，老水手同匹老马一样，腿边生眼睛，天上一抹黑，摸夜路回家也不会摔到河里去。九月中天上星子多，明河在空中画一道长长的白线，自然更不碍事了。因此回去时火把也不拿，洒脚洒手的。回坳上出街口得走保安队驻防处伏波宫前面经过，一个身大胆量小的守哨弟兄在黑暗中大声喊道："口令！"

老水手猛不防有这一着洋玩意儿，于是干声嚷着："老百姓。"

"什么老百姓？半夜三更到那里去！不许动。"

"枫树坳坐坳守祠堂的老百姓，我回家里去！"

"不许通过。"

"不许走，那我从下边河滩上绕路走。人家要回家睡觉的！"

"怎么不打个灯？"

"天上有星子，有万千个灯！"

那哨兵直到这时节似乎方抬头仔细看看，果然蓝穹中挂上一天星子。且从老水手口音中，辨明白是个老伙计，不值得认真了。可是自己转不过口来，还是不成，说说官话。

"你得拿个火把，不然深更半夜，谁知道你是豺狼虎豹，正人君子？"

"我的副爷，住了这地方三十年，什么还不熟习？我到会长那边去有点事情，所以回来就晚了。包涵包涵！"

话说来说去，口气上已表示不妨通融了，老水手于是依然一直向前走去。老水手从口音上知道这副爷是家边人，好说话，因此走近身时就问他：

"副爷，今天戒严吗？还不到三更天，早哩。"

"船来得多，队长怕有歹人，下命令戒严。"

"官长不是在会长家里吃酒吗？三山五岳，客人很多！"

"在上码头税关王局长那边打牌！"

"打牌吃酒好在是一样的。我还以为在会长家里！天杀黑时我看见好些人在那边，简直是群英大会……"

"吃过酒，就到王局长那边打牌去了。"

"局长他们倒成天有酒喝，有牌打。"

"命里八字好，做官！"口中虽那么说，却并无羡慕意思，语气中好像还带着一点诅咒，“娘个东西，升官发财，做舅子！”

又好像这个不满意情绪，已被老水手察觉，便认清了自己责任，陡的大吼一声：“走，赶快走！不走我把你当奸细。”把老水手嗾开后，自己也就安全了。

老水手觉得关于这个弟兄的意见，竟比在河下船上听那中学教员表示的意见明白多了。他心里想：“慢慢的来吧，慢慢的看吧，舅子，‘豆子豆子，和尚是我舅子；枣子枣子，我是和尚老子。’你们等着吧。有一天你看老子的厉害！”他好像已预先看到了些什么事情，即属于这地方明日的命运。可是究是些什么，他可说不出，也并不真正明白。

到得坳上时，看看对河萝卜溪一带，半包裹在夜雾中，如已沉睡，只剩下几点儿摇曳不定灯光在丛树薄林间。河下也有几点灯光微微闪动。滩水在静夜里很响。更远处大山，有一片野烧，延展移动，忽明忽灭。老水手站在祠堂阶砌上，自言自语的说：

“好风水，龙脉走了！要来的你尽管来，我姓滕的什么都不怕！”

买橘子

保安队队长带了一个尖鼻小眼烟容满面的师爷，到萝卜溪来找橘子园主人滕长顺，办交涉打商量买一船橘子。长顺把客人欢迎到正厅堂屋坐定后，赶忙拿烟倒茶。队长自以为是个军人，凡事豪爽直率，开门见山就说：

“大老板，无事不登三宝殿，我是有点小事特意来这里的。我想和你办个小交涉。我听人说你家橘子园今年橘子格外好，又大又甜，我来买橘子。”

长顺听说还以为是一句笑话，就笑起来。

“队长要吃橘子，我叫人挑几担去解渴，那用钱买！”

“喔，那不成。我听会长说，买了你一船橘子，庄头又大，味道又好，比什么‘三七四’外国货还好。带下省去送人，顶刮刮。我也要买一船带下省去送礼。我们先小人后君子，得说个明白，橘子不白要你的，值多少钱我出多少。你只留心选好的，大的，同会长那橘子一样的。”

长顺明白来意后，有点犯难起来，答应拒绝都不好启齿，只搓着两只有毛大手笑。因为这事似乎有点蹊跷，像个机关布景，不大近情理。过了一会儿才说：

“队长要橘子送礼吗？要一船装下去送礼吗？”

“是的。货要好的，我把你钱，不白要你的！”

“很好，很好，我就要他们摘一船——要多大一船？”

“同会长那船一样大，一样多。要好的，甜的，整庄的，我好带到省里去送人。送军长，厅长，有好多人要送，这是面子上事情。……”

长顺这一来可哽住了，不免有点滞滞疑疑。微笑虽依然还挂在脸上，但笑中那种乡下人吃闷盆不干心的憨气，也现出来了。

同来师爷是个“智多星”，这一着棋本是师爷指点队长走的。以为长官自己下乡买橘子，长顺必不好意思接钱。得到了橘子，再借名义封一只船向下运，办件公文说是“差船”，派个特务长押运，作为送省主席的礼物，沿路就不用上税。到了常德码头时，带三两挑过长沙送礼，剩下百分之九十，都可就地找主顾脱手，如此一来，怕不可以净捞个千把块钱，那有这样上算的事不做？如今办交涉时，见橘子园主人一起始似乎就已看穿他们的来意，不大好办。因此当作长顺听不懂队长话语，语言有隔阂，他来从旁解释：“滕大老板，你照会长那个装一船，就好了。你橘子不卖难道留在家里吃？你想想。”

可是会长是干亲家，半送半买，还拿了两百块钱。而且真的是带下省去送亲戚，这礼物也就等于有一半是自己做人情。队长可非亲非故，并且照平时派头说来，不是肯拿两百块钱买橘子送礼物的人，要一船橘子有什么用处？因此长顺口上虽说很好很好，心中终不免踌躇，猜详不出是什么意思来。也是合当出事，有心无意，这个乡下人不知不觉又把话说回了头：

“队长你要橘子送人，我叫人明天挑十担去。”

队长从话中已听出支吾处，有点不乐意，声音重重的说：“我要买你一船橘子，好带下去送礼！你究竟卖不卖？”

长顺也作成“听明白了”神气，随口而问：“卖，卖，卖，是要大船？小船？”

“要会长那么大一船，货也要一样的。”

“好的，好的，好的。”

在一连三个“好的”之中，队长从橘子园主人口气里，探出了惑疑神气，好像把惑疑已完全证实后，便用“碰鬼，拿一船橘子下省里去发财吧”那么态度答应下来的。队长要一船橘子的本意，原是借故送礼，好发一笔小财，如今以为橘子园主人业已完全猜中机关，光棍心多，不免因羞成恼，有点气愤。只是俗话说，“伸手不打笑脸人”，主人既答应了下来，很显然纵非出自心愿，也得上套。因此，一时不便发作，只加强语调说：

“大老板，我是出钱买你的橘子！你要多少钱我出多少，不是白要你橘子的！”

同来那个师爷鬼伶精，恐怕交涉办不成，自己好处也没有了。就此在旁边打圆成，提点长顺，语气中也不免有一点儿带哄带吓。“滕老板，你听我说，你橘子是树上长的，熟了好坏要卖给人，是不是？队长出钱买，你难道不卖？预备卖，那不用说了，明天找人下树就是。别的话语全是多余的。我们还有公事，不能在这里和你磨牙巴骨！”

长顺忙陪笑脸说：“不是那么说，师爷你是明白人，有人出钱买我的橘子，我能说不卖？我意思是本地橘子不值钱，队长要送礼，可不用买，不必破费，我叫人挑十担去。今年橘子结得多，队长带弟兄到我们这小地方来保卫治安，千辛万苦，吃几个橘子，还好意思接钱？这点小意思也要钱，我姓滕的还像个人吗？只看什么时候要，告我个日子，我一定照办。”

因为说的还是“几挑”，和那个“一船”距离太远，队长怪不舒服，装成大不高兴毫不领情神气，眼不瞧长顺，对着堂屋外大院坝一对白公鸡说：“那一个白要你乡下人的橘子？现钱买现货，你要多少我出多少。只帮我赶快从树上摘下来。我要一船，和会长一样，……会长花多少我也照出，一是一，二是二。……”话说完，队长站起身来，把眉毛皱皱，意思像要说：“我是个军人，作风简单痛快。我要的你得照办。不许疑心，不许说办不了。不照办，你小心，可莫后悔不迭！”斜眼知会了一下同来的师爷，就昂着个头顾自扬长走了。到院子心踏中一泡鸡屎，赶上去踢了那白鸡一脚：“你个畜生，不识好歹，害我！”

长顺觉得简直是被骂了，气得许久开口不得。因为二十年来内战，这人在水上，在地面，看见过多少希奇古怪的事情，可是总还不像今天这个人那么神气活灵活现，而且不大讲理。

那丑角一般师爷有意留在后边一点，唯恐事情弄僵，回过头来向长顺说：

“滕老板，你这人，真是个在石板上一跌两节的人，吃生米饭长大生硬硬的，太不懂事！队长爱面子，兴兴头头跑到你乡下来买橘子，你倒拿羊起来了。‘有钱难买不卖货’，怎么不卖？我问你，是个什么主意！”

长顺说：“我的哥，我怎么好说不卖？他要一船橘子，一千八百担，算是一船，三百两百挑，也是一船。装一船橘子送人，可送得了？”

师爷愣着那双鼠眼说：“嗨，你这个人。你管他送得了送不了？送不了让它烂去，生蛆发霉，也不用你操心。他出钱你卖货，不是就了事？他送人也好，让它烂掉也好，你管不着。你只为他装满一只‘水上漂’，还问什么？你惹他生了气，他是个武人，说得出，做得到，真派人来砍了你的橘子树，你难道还到南京大理院去告他？”

这师爷以为如此一说，长顺自会央求他转弯，因此站着不动。却见长顺不做声，好像在玩味他的辞令，并无结果，自觉没趣，因此学戏文上丑角毛延寿神气，三尾子似的甩甩后衣角，表示“这事从此不再相干”，跟着队长身后走了。

两人本来一股豪劲下萝卜溪，以为事情不费力即可成功。现在僵了，大话已说出口，收不回来，十分生气。出了滕家大门，走到橘子园边，想沿河走回去，看看河边景致，散散闷气。侧屋空坪子里，正遇着橘子园主人女儿夭夭，在太阳下晒刺莓果，头上搭了一块扣花首帕，辫子头扎一朵红茶花。其时正低着头一面随意唱唱，一面用竹扒子翻扒那晒簟上的带刺小果子。身边两只狗见了生人就吠起来。夭夭抬起头时，见是两个军官，忙喝住狗，举起竹扒在狗头上打了一下，把狗打走了。还以为两人是从橘园穿过，要到河边玩的，故不理会，依然作自己的事。

队长平时就常听人提起长顺两个女儿，小的黑而俏。在场头上虽见过几回，印象中不过是一朵平常野花罢了。队长是省里中学念过书的人，见过场面，和烫了头发手指甲涂红胶的交际花恋爱时，写情书必用“红叶笺”、“爬客”自来水笔。凡事浸透了时髦精神，所以对乡下女子便有点瞧不上眼。这次倒因为气愤，心中存着三分好奇，三分恶意，想逗逗这女子开开心，因此故意走过去和夭夭攀话，问夭夭簟子里晒的是什么东西。且随手刁起一枚刺莓来放在鼻边闻闻。“好香！这是什么东西？奇怪得很！”

夭夭头也不抬，轻声的说：“刺莓。”

“刺莓有什么用？”

“泡药酒消痰化气。”

“你一个姑娘家，有什么痰和气要消化？”

“上年纪的人吃它！”

“这东西吃得？我不相信。恐怕是毒药吧。我不信。”

“不信就不要相信。”

“一定是放蛊的毒药。你们湘西人都会放蛊，我知道的！一吃下肚里去，就会生虫中蛊，把肠子咬断，好厉害！”

其时那个师爷正弯下身去拾起一个顶大的半红的刺莓，作成要生吃下去的神气，却并不当真就吃。队长好像很为他同伴冒险而担心：“师爷，小心点，不要中毒，回去打麻烦。中了毒要灌粪清才会吐出来的！说不得还派人来讨大便讲人情，多费事！”

师爷也作成差点儿上当神气：“啊呀危险。”

夭夭为两个外乡人的言行可笑，抿嘴笑笑，很天真的转过身抬起头来，看了看两个外乡人。“你们城里人什么都不知道。不相信，要你信。”随手拾起一个透熟过了黄中带红的果子，咬去了蒂和尖刺，往口里一送，就嚼起来了。果汁吮尽后，哺的一下把渣滓远远吐去，对着两个军人：“甜蜜蜜的，好吃的，不会毒死你！”

那师爷装作先不明白，一经指点方了然觉悟样子，就同样把一个生涩小果子抛入口里，嚼了两下，却皱起眉把个小头不住的摇。

“好涩口，好酸！队长，你吃试试看。这是什么玩意儿，——人参果吧？”

那队长也故意吃了一枚，吃过后同样不住摇头："啊呀，这人参果，要福气消受！"

两人都赶忙把口中的东西吐出。

这种做作的剧情，虽出于做作，却不十分讨人厌。夭夭见到时，得意极了，取笑两人说："城里人只会吃芝麻饼和连环酥。怕毒死千万不要吃，留下来明天做真命天子。"

师爷手指面前一片橘子树林，口气装得极其温和，询问夭夭："这是你家橘子园不是？"

"是我家的，怎么样？"

"橘子卖不卖？"

夭夭说："怎么不卖？"

"我怕你家里人要留下自己吃。"

"留下自己吃，一家人吃得多少！"

"正是的！一家人能吃多少！可是我们买你卖不卖？"

"在这里可不卖。"

"这是什么意思？"

"你们想吃就吃！口渴了自己爬上树去摘，能吃多少吃多少，不用把钱。你看（夭夭把手由左到右画了个半圆圈），多大一片橘子园，全是我家的。今年结了好多好多！我狗不咬人。"

说时那只白狗已回到了夭夭身边，一双眼睛对两个陌生客人盯着，还俨然取的是一种监视态度。喉中低低咻着，表示对于陌生客人毫不欢迎。夭夭抚摩狗头，安慰它也骂骂它：“小白，你是怎么的？看你那样子，装得凶神恶煞，小气。我打你。”且顺着狗两个耳朵极温柔的拍了几下：“到那边去！不许闹。”

夭夭又向两个军人说：“它很正经，不乱咬人的。有人心，懂事得很。好人它不咬，坏人放不过。”远远的一株橘子树上飞走了一只乌鸦，掉落了一个橘子，落在泥地上钝钝的一声响。这只狗不必吩咐，就奔窜过去，一会儿便把橘子衔回来了。夭夭将橘子送给客人：“吃吃看，这是老树橘子，不酸的！”

师爷在衣口袋中掏了一阵，似乎找一把刀子，末后还是用手来剥，两手弄得湿油油的，向裤子上只是擦，不爱干净处引得夭夭好笑。

队长一面吃橘子一面说：“好吃，好吃，真好吃。”又说：“我先不久到你家里，和你爹爹商量买橘子，他好像深怕我不给钱，白要他的，不肯卖把我。”

夭夭说：“那不会的，你要买多少？”

师爷抢口说：“队长要买一船。”

“一船橘子你们怎么吃得了？”

“队长预备带下省里去送人。”

“你们有多少人要送礼？”

夭夭语气中和爹爹的一样，有点不相信。师爷以为夭夭年纪小可欺，就为上司捧场说天话：“我们队长交游遍天下，南京北京到处有朋友，莫说一船橘子，真的送礼，就是十船橘子也不够！”

“一个人送多少？”

“一个人送二十三十个尝尝。让他们知道湘西橘子原来那么好，将来到湘西采办去进贡。”

夭夭笑将起来：“二十三十，好。做官的，我问你，一船有多少橘子，你知道不知道？”

师爷这一下可给夭夭愣住了，话问得闷头，一时回答不来，只是憨笑。对队长皱了皱眉毛，解嘲似的反问夭夭：

“我不知道一船有多少，你说说看对不对。”

“你不明白我说来还是不明白。”

“九九八十一，我算得出了。”

“那你算把我听听，一石橘子有多少。”

队长知道师爷咬字眼儿不是夭夭敌手，想为师爷解围，转话头问夭夭：“商会会长前几天到你家买一船橘子，出多少钱？”

夭夭不明白这话用意，老老实实回答说：“我爹不要他的钱，他一定要送两百块钱来。”

队长听了一惊：“怎么，两百块钱？”

“你说是不止——不值？”

队长本意以为“不值”，但在夭夭面前要装大方，不好说不值，就说：“值得，值得，一千也值得。”又说：“我也花两百块钱，买一船橘子，要一般大，一般多，你卖不卖？”

“你可问我爹爹去！”

“你爹爹说不卖。”

“那一定不卖。”

“怎么不卖？怎么别人就卖，我要就不卖？难道是……”

“嗨，你这个人！会长是我爹的亲家，我的干爹，顶大橘子是我送他的。要买，八宝精，花钱无处买！”

队长方了然长顺对于卖橘子谈判不感兴趣的原因，更明白那一船橘子的真正代价，是多少钱，多少交亲。可是本来说买橘子，也早料到结果必半买半送，随便给个五六十元了事。既然是地方长官，孝敬还来不及，巴不上，岂有出钱买还不能买的道理？谁知长顺不识相，话不接头，引起了队长的火，弄得个不欢而散。话既说出了口，不卖吧，派弟兄来把橘子树全给砍了！真的到底不卖，还不是一个僵局？答应卖了呢，就得照数出钱，两百元，四百元，拿那么一笔钱办橘子，就算运到常德府，赚两个钱，费多少事！倒不如办两百块钱特货，稳当简便多了。

队长觉得先前在气头上话说出了口，不能收场，现在正好和夭夭把话说开，留个转圜余地，于是说："我先不久几几乎同你那个爹爹吵起来了。财主员外真不大讲道理。我来跟他办交涉，买一船橘子，他好像有点舍不得，又担心我倚仗官势，不肯把钱，白要你家橘子。他说宁愿意让橘子在树上地下烂掉，也不卖把我。惹我生气上火，不卖吗？我派人来把你这些橘子树全给砍了，其奈我何。你等等告你爹，我买橘子，人家把多少我同样把多少！我们保安队的军誉，到这里来谁不知道。凡事有个理，有个法……"

说到这里时，对师爷挤了一挤眼睛，那师爷就接下去说："真是的，凡事公正，公买公卖，沅陵县报上就说起过！"又故意对队长说，意思却在给夭夭听到："队长，你老人家也不要生气，值不得。这是一点小误会。谁不知道你爱民如子？滕老板是个明白人，他先不体会你意思，到后亏我一说，他就懂了。限他五天办好，他一定会照办。这事有我，不要怄气，值不得！"说到末了，拍了那个瘦胸膛，意思是像只要有他，天下什么事都办得妥当。

夭夭这一来，才知道这两个人，原来先不久还刚从家中与爹爹吵了嘴。夭夭再看看两人，便把先前那点天真好意收藏起来了，低下头去翻扒刺莓，随口回答说：

“好好的买卖，公平交易，那有不卖的道理。”

队长还涎着脸说：“我要买那顶大的，长在树尖子上霜打得红红的，要多少钱我出多少。”

师爷依然带着为上司捧场神气，尽说鬼话：“那当然，要多少出多少，只要肯，一千八百队长出得起。送礼图个面子，贵点算什么。”

队长鼻头嗡嗡的：“师爷，你还不明白，我这人就是这种脾气，凡事图个面子，图个新鲜，要钱吗？有的是。”这话又像是说给自己听取乐，又像是话中本意并非橘子，却指的是玩女人出得起钱，让夭夭知道他为人如何豪爽大方。“南京沈万三的聚宝盆，见过多少希罕的好东西！”

师爷了解上司意思所指，因此凑和着说下去：“那还待说？别人不知道你，队长，我总知道。为人只要个痛快，花钱不算回事。……长沙那个……我知道的！”

师爷正想宣传他上司过去在辰州花三百块钱为一个小婊子点大蜡烛的挥霍故事。话上了喉咙，方记起夭夭是个黄花女，话不中听，必得罪队长。因此装作错喉干呃了一阵，过后才继续为队长知识人品作说明。

夭夭听听两人说的话，似乎渐渐离开了本题，话外有话。语气中还带点鼻音，显得轻浮而亵渎。尤其是那位师爷，话越说越粗野。夭夭脸忽然发起烧来了，想赶快走开，拿不定主意回家去还是向河边走。

两人都因为夭夭先一时的天真坦白，现在见她低下头不作理会，还以为女孩子心窍开了，已懂了人事，有点意思。所以还不知趣说下去。话说得越不像话，夭夭感到了侮辱，倒拖竹扒拔脚向后屋竹园一方跑了。

队长待跳篱笆过去看看时，冷不防那只大白狗却猛扑过来，对两人大声狂吠。那边大院子里听到狗叫，有个男工走出来赶狗，两个人方忙匆匆的穿过那片橘子园，向河边小路走去。

两人离开了橘园，沿河坎向吕家坪渡口走。

师爷见队长不说话，引逗前事说："队长，好一只肥狗，怕不止四十斤吧。打来炖豆腐干吃，一定补人！"

队长带笑带骂："师爷，你又想什么坏心事？一见狗就想吃，自己简直也像个饿狗。"

"我怎么又想？从前并未想过！实在好，实在肥，队长，你说不是吗？"

"我可不想吃狗肉，不到十月，火气大，吃了会上火要流鼻血的。"

队长走在前面一点，不再说什么，他正想到另外一件事情。橘子园主人小女儿，眼睛亮闪闪的，嘴唇小小的，一看就知道是个香喷喷的黄花女。心中正提出一个问题，"好一块肥羊肉，什么人有福气讨来到家里去?"就由于这点朦胧暧昧欲望，这点私心，使他对于橘子园发生了兴趣，橘子园主人对他的不好态度也觉得可宽容了。

同行的师爷是个饕餮家，只想象到肥狗肉焖在沙锅里时的色香味种种，眼睛不看路，打了个岔，一脚踏进路旁一个土拨鼠穴里去，身向前摔了一跤，做了个"狗吃屎"姿式，还亏得两手捞住了路旁一把芭茅草，不至于摔下河坎掉到水里去。到爬起身时，两手都被茅草割破了，虎口边血只是流。

队长说："师爷，你又发了瘾? 鬼蒙你眼睛，走路怎不小心? 你摔到河里淹死了，我还得悬赏打捞你，买棺木装殓你，请和尚道士超度你，这一来得花多少钱!"

师爷气愤愤的说："都是因为那只狗。"

队长笑着调弄师爷："你说狗，是你想咬它，还是怕它要咬你?"

“它敢咬我？咬我个鸡公。队长，你不信你看，我明天带个小棒棒来，逗它近身，鼻子上邦的一棒，还不是请这畜生回老家去!”

“师爷，小心走路，不要自己先回老家去!”

“队长，你放心，纵掉下河里去，我一个鹞子翻身就起来了。我学过武艺，不要小看我!”

“你样子倒有点像欧阳德。他舞旱烟杆，你舞老枪。”

“可是我永远不缴枪！禁烟督办来也不缴枪!”

且说夭夭走回家去，见爹爹正在院子里用竹篙子打墙头狗尾草，神气郁郁不舒。知道是为买橘子事和军官抖气，吵了两句，心不快乐。因此做个笑脸迎上去。

“爹爹，你怎么光着个头在太阳底下做这种事。我这样，你一定又要骂起我来了。那些野生的东西不要管它，不久就会死的!”

长顺不知夭夭在外边已同两个军人说了好久话，就告夭夭说：

“夭夭，越来越没有道理了。先前保安队队长同个师爷，到我们这里来，说要买一船橘子，装下省里去送礼。什么主席厅长委员全都要送。真有多少人要送礼？还不是看人发财红了眼睛，想装一船橘子下去做生意？我先想不明白，以为他是要吃橘子，还答应送他十担八担，不必花钱。他倒以为我是看穿了他的计策，恼羞成怒，说是现钱买现货。若不卖，派兵来把橘子树全给砍了再说。保安队原来就是砍人家橘子树的。”

天天想使爹爹开心，于是笑将起来：“这算什么？他们要买，肯出钱，就卖一船把他，管他送礼不送礼！”

“他存心买那才真怪！我很怄气。”

“不存心买难道存心来砍橘子树？”

“存心马扁儿，见我不答应，才说砍橘子树！”

“大哥船来了，三哥船来了，把橘子落了树，一下子装运到常德府去，卖了它完事。人不犯法，他们总得讲个道理，不会胡来乱为的！”

长顺扣手指计算时日，以及家下两只船回到吕家坪的时日。想起老《申报》的时事，和当地情形对照起来，不免感慨系之。

天天因见爹爹不快乐，就不敢把在屋外遇见两个军人一番事情告给长顺。只听到侧屋磨石隆隆的响，知道嫂嫂在推荞麦粉，预备做荞粑。正打量过侧屋里去帮帮忙，仓屋下母鸡刚下个蛋，为自己行为吃惊似的大声咯咯叫着，飞上了墙头。天天赶忙去找鸡蛋，母亲在里屋却知会天天：

“天天，天天，你又忘记了？姑娘家不许捡热鸡蛋，容易红脸。你不要动它，等等再取不要紧！你刺莓晒好了？”

“那笋壳鸡又生蛋了。”

“是的！不用你管。做你事情去。”

“好，我不管。等等耗子吃了我也不管。”虽那么答应母亲，可是她依然到仓屋脚一个角落间草堆中发现了那个热巴巴的鸡蛋，悄悄的用手摸了一会后，方放心走开。

一有事总不免麻烦

会长所有几只货船，全拢了吕家坪码头，忙坏了这个当地能人。先是听说邻县风声不大好，已在遣将调兵，唯恐影响到本地。他便派先前押船回来的那个庄伙沿河下行，看看船过不过了辰溪县。若还不进麻阳河在沅水里停泊，暂时就不要动，或者把货起去，屯集到县里同发利货栈上去，赶快把自己那一条船放空来吕家坪，好把镇上店中收屯的六百桶桐油，和一些杂货，一船橘子，装船下运。上行货搁到辰溪县货栈中，上下起落虽得花一笔钱，究竟比运来本镇稳当。船装货下行，赶到常德，就不会被地方队伍封船的。可是这管事动身不久，走向下游四十里，就碰见了本号第一只船。问问水手，才知道船拢辰溪县，谣言多不敢上行，等了两天。问问同发利栈上人，会长并无来信指示。公路局正在沿河岸做码头，拉船夫服务，挑土扛石头，用的人很多。只怕一停下来又耽搁事情，所以还是向上开。所有船只都来了，正在后面一点上滩。管事庄伙得到这个消息后，又即刻赶回吕家坪报告。

船既到了地，若把几船货物留在镇上，换装屯集的油类下行，万一有事，还依然是得彼失此，实不大经济。会长想，地方小，队伍一开拔，无人镇压，会出麻烦。县城到底是大地方，又有个石头城，城中住了个县长，省里保安队当不至于轻易放弃。并且一有了事，河上运输中断了，城里庄号上必特别需要货物，不如乘此把这几船货物一直向上拖，到了上游二百五十里的麻阳县城里去，这里另外找船装桐油下常德。因此货船一拢码头时，会长就亲自去河边看船。

几个船上舵把子过辰溪县时，业已听说风声不大好，现在又听说货物不起卸，另外还有办法，心中正自狐疑不定。会长到得河下时，看看货船很好，河水还不曾大落，船货若上运，至多到高村地方提提驳，减轻一点载重，就可一直到麻阳县。

六七个弄船的正在河滩上谈下河新闻，一见会长都连声叫喊。

会长也带着友情向那边打招呼。“辛苦辛苦！我上前天还要周管事沿河去看你们的。还以为船不进小河，等等看也好。都来了，更好！”

一个老船主说：“辰溪县热闹得很，我看风向不大对。大家赶回家去吧，好，你老信不来，我们就上来了。”

会长说：“难为你，难为你。船老板，我看河里水还好，不怎么枯，是不是？”

那舵把子说：“会长，水好，今年不比去年。九月初边境上有雨，小河水发大河水也发。洪江大河里，有好些木排往下放。洪江汉庄五舱子鳅鱼头船，也装满了桐油下常德府。天凑和人！”

会长咬耳朵问那老船主：“老伙计，我听说时局不大好，你们到辰溪一定看得出来。你们怎么打算？”

那老舵把子笑着说：“会长，一切有命，不要紧。他们要打打他们的，我还是要好好弄这条船。我们吃水上饭的人，到处是吃饭，不管什么地方我都去。”他以为会长是要把本地收买的桐子油山货向下运，怕得不到船，因此又说：“会长，我们水上漂和水中摆尾子一样，有水地方都要去，我不怕的。要赶日子下常德府，我们在辰河里放夜船，两天包你到辰溪县。”

会长说：“我想这几船货都不要起岸，大家辛苦辛苦，索性帮我运到麻阳县去吧，趁水好，明天验关，后天就上路。到了那里再看，来得及，就放空船下来，这里还有几船货要运常德府；来不及，下面真有了事情，你们就把船撑到高村小河里去，在岩门石羊哨避避风浪。你们等等商量看，再到我铺子上来告我。愿意去，明后天开头；不愿意去，也告我一声，我好另外找船补缺，盘货过驳。”

另外一个萝卜溪弄船的说：“会长，你老人家的事，莫说有钱把我们，不把钱我也去，大家不会不去的。”

有人插口说：“恐怕有人早说定了，船到了这里卸货，要装橘子下辰河。上县里再放空船来，日子赶不及。”

会长说：“你们自己看吧，不勉强你们。能去的就去，不肯去不勉强，我不会难为你们，都是家边人，事情好商量。你们等等到我号上来回个信。”会长又对一个同行庄伙说：“五先生，他们辛苦了，你一条船办十斤神符，廿碗酒，派人就送来，请船上弟兄喝一杯。你记着，赶快！”吩咐过后，就和几个船主分了手。会长想起亲家长顺委托的事情，转到下河街伏波宫保安队去拜会队长。

那队长正同本部特务长清算一笔古怪账目，骂特务长“瞒心昧己，人容天不容”。只听到那个保民官说：“特务长，你明白，不要装痴！这六百块钱可不是肉丸子，吃下去恐怕梗在胸脯上不受用。你说不知道，那不成。这归你负责，不能说不知道。好汉做事好汉当，得弄个水落石出！”

特务长不服气。虽不敢争辩，心实在气恼不过。因为账目并不是他特务上应负责任的，队长却以为这是特务长不小心的过失。幸亏得会长一来，特务长困难的地位，方得到解围。

队长老不高兴神气，口中喃喃骂着，见来客是会长，气即刻便平了。

“会长，你这个忙人，忙得真紧，我昨天请你吃狗肉也不来！我们一共六个人，一人喝了十二两汾酒，见底干。到后局长唱起《滑油山》来了，回关上时差点滚到河里去。还嚷一定要‘打十六圈牌，不许下桌子，谁离开桌子，谁就认输，罚请三桌海菜席’。金副官说：‘谁下桌子谁是狗肏的。’幸好不醉死，醉了有人抓把狗毛塞到裤裆边，莫不有人当真以为他是狗肏死的。”队长一面形容一面说，不由得为过去事捧起腹来。

会长虽别有心事，却装作满有兴致的神气，随声附和打哈哈。

队长又说：“会长，我听说你买了一船橘子，是不是预备运到武汉去发财？橘子在这里不值钱，到了武汉可就是宝贝！”

会长笑着说："那里发什么财？我看今年我们这里乡下橘子格外好，跟萝卜溪姓滕的打商量，匀了半船，趁顺水船带下去送亲戚朋友湿湿口！这东西吕家坪要多少有多少，不值钱的，带下去恐怕也不值钱吧。"

队长说："可不是！橘子这东西值多少钱，有多少赚头？有件事我正要同你说说。萝卜溪姓滕的听说是你干亲家，有几个钱，颈板硬硬的像个水牛一样。人太不识相，惹我生气！我上回也想送点礼给下河朋友，想不出送什么好。连上师爷说萝卜溪橘子好，因此特意到那里去看看，办个交涉，要他卖一船橘子把我。现钱买现货，公平交易。谁知老家伙要理不理，好像我是要抢他橘子神气。先问我要多少，告他一船，又说大船、小船得明白，不明白不好下橘子。告他大船小船总之要一船，一百石三百石价钱照算。又说不用买，他派人送十挑来吧。还当我姓宋的是划干龙船的，只图打发我出门了事。惹得我生了气，就告他：'姓滕的，放清楚些！你不卖橘子吧，好，我明天派人来砍了你的树，你到南京告我去。'会长，你是个明白人，为我评评理，天下那有这种不讲理的人，人都说军队欺人，想不到我这个老军务还得受土老老的气！"

队长说的正是会长要说的，既自己先提起这问题，就顺猫猫毛理了一理："队长，这是乡愚无知，你不要多心，不必在意！我这干亲家上了年纪，耳朵有点背，吃生米饭长大的，话说得生硬，得罪了队长，自己还不明白！这人真像你说的颈板硬硬的，人可是个好人。肠子笔直，不会转弯。"

队长说："不相信，你们这地方人都差不多——会长除你在外——剩下这些人，找了几个钱，有点小势力，成了土豪，动不动就说凡事有个理字，用理压人。可是对我们武装同志，就真不大讲理了。以为我们是外来人，不敢怎么样。这种土豪劣绅，也是在这个小地方能够听他称王作霸，若到……不打倒才怪！什么理？蚌壳李，珍珠李，酸得多久！……"

会长听过这种不三不四的议论后，依然和颜悦色："大人不见小人过，我知道你说的是笑话。乡下人懂什么理不理？那有资格做土豪，来让队长打倒他？姓滕的已明白他的过错了，话说得不大接榫，得罪了队长，所以特意要我来这里说句好话。他怕队长一时气恼，当真派人去砍橘子树。那地方把橘子树一砍，可不当真就只好种萝卜了吗？我和他说：'亲家，这是你的不是。可是不用急，不用怕，队长是受过高等教育的革命军人，（说到这里时两人都笑笑，笑的意思却不大相同。）气量大，宰相肚中好撑船，决不会这样子摧残我们地方风水的！我去说一声看，队长不看金面看佛面，会一笑置之。’队长，你不知道，大家都说萝卜溪的风水，就全靠那一片橘子树撑住，共产党前年过路，不放火烧房子，也亏得是风水好！”

会长见队长不做声，先还是装模作样的听下去，神气正好像是“你说你的，我预定要做的革命行为，你个苏秦张仪说客说来说去也是无用的！”可是会长提起风水，末后一句话却触动了他一点心事，想起夭夭那个黑而俏的后影子，不禁微笑起来。会长不明白就里，还说：

“队长看我巴掌大的脸，体恤这个乡下人，饶了他吧。”

队长说：“是的，是的，就看会长的面子，这事不用提了。”等等又说：“会长，我且问你，那姓滕的有几个女儿？”

问话比较轻，会长虽听得分明，却装作不曾听到，还继续谈原来那件事情。因为“得罪官长”事虽不用提，橘子是要一船还是要几担，终得讲个清楚。委实说，队长自从打听明白一只小船两个舱装橘子送下常德去，得花个四百块钱左右时，就对于这种事不大发生兴趣，以为师爷出的计策并不十分高明了。只因为和长顺闹僵了，话转不过口。如今会长一来，做好做歹，总说乡下人不敢有意得罪官长，错处出于无心。队长也乐得借此收帆转舵，以为这事既由会长来解释，就算过去了。

会长因队长说买橘子只是送礼，就说长顺已摘下十挑老树“大开刀”，要队长肯赏脸收下，才敢送来。

这么一来，队长倒有点不好意思起来了，聊以解嘲的说：“他不肯卖把我，我们革命军人自然不能强买民间东西。卖十挑把我也成，要多少钱请开个数目来，我一定照价付款。”

会长说：“我的哥，你真是……这值几个钱？”并说曾将干亲家骂了一回，以为不懂是非好坏。且在这件事上把队长身分品性绰掇得高高的，等于用言语当成一把梳子，在这个长官心头上痒处一一梳去，使他无话可说。

谈到末了，队长不能不承认十担橘子送礼已足够用。会长见交涉办成功，就说号上来了几只船，要去照看照看，预备抽身走路。队长这时节却拉住了会长，眯笑眯笑，像有什么话待说，却有点碍于习惯，不便开口。许久方迟迟疑疑的问：“会长，我有句话问你，萝卜溪那滕家小姑娘，有了对手没有？”

会长体会得出这个问话的意思，却把问题岔开，故意相左：“队长，是不是你有什么好朋友看中了那个小毛丫头？可惜早有了人，在省里第三中学读书！”

队长心有所恧，不大好意思，便随口说：“喔，那真可惜。我有个好朋友，军校老同学，是你们湘西人，父亲做过三任知事，家道富有，人材出众，托我做个媒，看一房亲事。我那天无意中看到你亲家那个女儿，心想和那朋友配在一处，真是郎才女貌。……”

会长明白这不过是谈白话，信天乱说，就对队长应酬了几句不相干的闲话，不再耽延，走出了伏波宫。这一来总算解决了一件事情，心里觉得还痛快。到正街上碰着了号上一个小伙计，就要那人下萝卜溪，传语给长顺亲家，砍橘子树破风水事情，调停结果已解决了，不用再担心。明天一早送十担橘子到伏波宫来，一切了当。又说今天河下到了几只船，有事情忙，改天下萝卜溪来看他。

会长转回号上不多一会，船上舵把子一窝蜂到了，在会长家厅子里坐的坐站的站商谈上行事情。大家都乐意上麻阳县，趁水发不提驳原船上行。只有一个人因事先已答应了溪口人装萝卜白菜下辰河，不便毁约。恰好这只船上行时装棉纱，会长心里划算，县里存纱多，吕家坪镇上和附近村里寨里，十月来正是买棉纱织布时节，不如留下这一船花纱，一个月卖完它。边境时局虽有点紧，看情形一个月内还不会闹到这地方来。因此把话说妥当，来船明天歇一天，后天开头上麻阳县。装花纱那只船，在本地起货。

这一天就那么过去了。

第二天早饭后，萝卜溪橘子园主人，赶来看会长，给会长道谢，因为事情全得会长出面调停，逢凶化吉。又闻船上的货物多，并想办点年货，穿的吃的，看有什么可买。镇上的习惯，大庄号办货，不外花纱布匹，海带鱿鱼，黄花木耳，香烟炮竹，都是日常用品。较精贵的东西，办的本不多，间或带了点来，消息一传开，便照例被几个当地阔人瓜分了。尤其是十冬腊月的年货，和上好贵重香烟，山西汾酒，古北口的口蘑，南京杭州缎子宁绸，广东的荔枝干药品，来的稀少，要它的必占先一着，不落人后，方有机会到手。

长顺到了镇上，就看见会长正在码头边手持单据，忙着指挥水手搬运货物。有些卸下，有些又装上。问问才知道所有船只都不起货，准备上行。有些货物上去无销路，就盘舱把它移出来，留在吕家坪。鹅卵石河滩上，到处是巨大的包裹：用粗布装包外用铁皮约束的，成箱的，蒲席包的，竹篓装就的，无不应有尽有。还有好几十个水手，一面谈话一面工作。

长顺说："亲家，费你的口舌，把那事情办好了，真难为你！"

会长说："亲家这点小事算什么。你我多一事不如少一事。橘子送去就得了。我正想下半天到萝卜溪去看你，另外告你一件事情。"

"你来了多少货?"

一个管事的岔拢来和会长谈说关上事情。会长说："你就看到办吧，三哥。这事总少不了的。局长是面子上人，好说话。下边人要拿拿腔，少不了还是那个（作手式一把抓表示个数目）。这也差不多了，抓老官好，不能再多！"

长顺看看别的号上有几只船正在起货，会长的船向上行理由使人不明白，就问会长："你这些货怎么回事?"

会长摇了摇头，两手一摊，依然笑着。"亲家，麻烦透了！这几船货物我打量要他们装上县城里去，不在这里起货。"

另外又走来个庄伙。手中拿了一扎单据，问会长办法，把话岔开了。会长向长顺说："亲家你等等，我这里事一会儿就办完的。到我家里去喝杯茶，我还有话和你商量。你有不有别的事要办？预备上街看人，还是就在这河边走走?"

长顺说："会长你有事只管去做，我没什么要紧事。我听说你和张三益号上货船到齐了，看看有什么要用的，买一点点。"长顺鼻孔开张，一个老水手的章法，在会长神气辞色间，和起运货物匆忙情形上，好像嗅出了一点特殊气味。他于是拉了会长一把，离开船上人稍远一点，轻轻的问：

“会长怎么回事，下面打起来了吗？湖北？湖南？”

会长笑着说：“不是，不是。等等我们再说好了。我正想告给你，事情不大要紧。”

“会长你有事你忙你的。办完了事我们俩亲家再慢慢的谈。我只是来看看你，看看河边。你不用管我。”

会长见长顺有走去的意思：“亲家，亲家，你不要走！我事完了就和你回号上去。我还有话要告你。”

长顺说：“会长我不忙！你尽管做你的事情，完了再回家。等等我到你号上来，一会儿就来，我到那边看看去。”

枫木坳

萝卜溪橘子园主人滕长顺，过吕家坪去看商会会长，道谢他调解和保安队长官那场小小纠纷。到得会长号上时，见会长还在和管事商量事情，闲谈了一会儿，又下河边去看船。其时河滩上有只五舱四橹旧油船，斜斜搁在一片石子间待修理，用许多大小木梁柱撑住。有个老船匠正在用油灰麻头填塞到船身各部分缝罅中去。另外还有个工人，藏身在船肋下，锤子钻子敲打得船身蓬蓬作响。长顺背着手走过去看他们修船。老船匠认识萝卜溪的头脑，见了便打招呼："滕老板，你好！"

长顺说："好啊！吃得喝得，样样来得，怎么不好？可是你才真好！一年到头有工做，有酒喝，天坍下来有高个子顶，地陷落时有大胖子填，什么事都不用担心……"

老船匠似笑似真的回答说："一年事情做到头，做不完，两根老骨头也拉松了，好命。这碗衣禄饭人家不要的！”

“大哥你说得你自己这样苦。好像王三箍桶，这地方少不了你！你是个工程师！”

王三箍桶是戏文上的故事，老船匠明白，可不明白“工程师”是什么，不过体会得出这称呼必与专业有关，如像开机器油坊管理机器黄牛一般，于是皱缩个瘪嘴咕咕的笑，放下了锤子，装了袋草烟，敬奉给长顺。

另处那个年事较轻的船匠，也停了敲打工作，从船缝中钻出，向长顺说：

“老板，我听浦市人说，你们萝卜溪村子里要唱戏，已约好戏班子，你做头行人。滕老板，我说，你家发人发橘子多，应当唱三大本戏谢神，明年包你得个肥团团的孙子。”

长顺说：“大哥你说得好，这年头过日子谁不是混！你们都赶我叫员外，那知道十月天萝卜，外面好看中心空。今年省里委员来了七次，什么都被弄光了，只剩个空架子，十多口人吃饭，这就叫做家发人口旺！前不久溪头开碾房的王氏对我说：‘今年雨水好，太阳好，霜好。雨水好，谷米杂粮有收成，碾子出米多，我要唱本戏敬神。霜好就派归你头上，你那橘子树亏得好霜，颜色一片火，一片金。你作头行人，邀份子请浦市戏班子来唱几天戏，好不好？’事情推脱不得，只好答应了。其实阿弥陀佛，自己这台戏就唱不了！”

年青船匠是个唱愿戏时的张骨董，最会无中生有，因此笑着说：

“喔，大老板，你像怕我们是共产党，一来就要开借，先就嚷穷。什么人不知道你是萝卜溪的滕员外？钱是长河水，流去又流来，到处流，三十年河东，三十年河西。你们村子里正旺相，远远看树尖子也看得出。你家夭夭长得端正乖巧，是个一品夫人相。黑子的相五岳朝天，将来走运会做督抚。民国来督抚改了都督，又改主席，他会做主席。做了主席用飞机迎接你去上任，十二个盒子炮在前后护围，好不威风！”

这修船匠冬瓜胡芦一片藤，牵来扯去，把个长顺笑得要不得，一肚子闷气都散了。长顺说：“大哥，过年还早咧，你这个张骨董就唱起来了，民国只有一品锅，那有一品夫人？三黑子做了都督，只怕是水擒杨么，你扮岳云，他扮牛皋，做洞庭湖的水师营都督，为的是你们都会划船！”

船匠说：“百丈高楼从地起，怎么做不到？凤凰厅人田兴恕，原本卖马草过日子，时来运转，就做了总督。桑植人贺龙，二十年前是王正雅的马夫，现在做军长。八面山高三十里，还要从山脚下爬上去。人若运气不来，麻绳棕绳缚不住，运气一来，门板铺板挡不住。（说到这里，那船匠向长顺拍了个掌。）滕老板，你不信，我们看吧。”

长顺笑着说：“好，大哥你说的准账。我家三黑子做了官，我要他拜你做军师。你正好穿起八卦衣，拿个鹅毛扇子，做诸葛卧龙先生，下常德府到德山去唱《定军山》！”

老船匠搭口说笑话：“到常德府唱《空城计》，派我去扫城也好。”

今天恰好是长顺三儿子的生日，话虽说得十分荒谬，依然使得萝卜溪橘子园主人感到喜悦。于是他向那两个船匠提议，邀他们上边街去喝杯酒。本地习惯攀交亲话说得投机，就相邀吃白烧酒，用砂炒的包谷花下酒，名“包谷子酒”。两个船匠都欣然放下活计，随同长顺上了河街。

萝卜溪橘子园主人，正同两个修船匠，在吕家坪河街上长条案边喝酒时，家里一方面，却发生了一点事情。

先是长顺上街去时，两个女儿都背好竹笼，说要去赶青溪坪的场，买点麻，买点花线。并打量把银首饰带去，好交把城里来的花银匠洗洗。长顺因为前几天地方风声不大好，有点心虚，恐怕两女儿带了银器到场上招摇，不许两人去。二姑娘为人忠厚老实，肯听话，经长顺一说，愿心就打消了。三姑娘夭夭另外还有点心事，她听人说上一场太平溪场上有木傀儡戏，看过的人都说一个人躲在布幕里，敲锣打鼓文武唱做全是一手办理，又热闹，又有趣。玩傀儡的飘乡做生意，这场算来一定在青溪坪。她想看看这种古里古怪的木偶戏。花银匠是城里人，手艺特别好，生意也特别兴旺，两三个月才能够来一次，洗首饰必需这一场，机会一错过，就得等到冬腊月去了。夭夭平时本来为人乖顺，不敢自作主张，凡是爹爹的话，不能不遵守。这次愿心大，自己有点压伏不住自己了，便向爹爹评理。夭夭说：

“爹，二姐不去我要去。我掐手指算准了日子，今天出门，大吉大利。不相信你翻翻历书看，是不是个黄道吉日，驿马星动，宜出行！我镯子，戒指，围裙上的银链子，全都乌趋抹黑，真不好看。趁花银匠到场上来，送去洗洗光彩点。十月中村子里张家人嫁女吃戴花酒，我要去做客！”

爹爹当真把挂在板壁上的历书翻了一下，说理不过但是依然不许去，并说天大事情也不许去。

夭夭自己转不过口气来，因此似笑非笑的说：“爹你不许我去，我就要哭的！”

长顺知道小题大做认真不来，于是逗着夭夭说：“你要哭，一个人走到橘子园当上河坎边去哭好了。河边地方空旷，不会有人听到笑你，不会有人拦你。你哭够了再回家。

夭夭，我说，你这么只选好日子出行，不记得今天是什么人的生日？你三哥这几天船会赶到家的，河边看看去！我到镇上望望干爹，称点肉回来。”

夭夭不由得笑了起来。无话可说，放下了背笼，赶场事再不提一个字。

长顺走后，夭夭看天气很好，把昨天未晒干的一坛子葛粉抱出去，倒在大簸箕中去晒。又随同大嫂子簸了一阵榛子壳。本来既存心到青溪坪赶场，不能去，愿心难了，好像这一天天气就特别长起来，怎么使用总用不完。照当地习惯，做媳妇不比做女儿，媳妇成天有一定家务事，即非农事当忙的日子，也得喂猪放鸡，推浆打草。或守在锅灶边用稻草灰漂棉布，下河边去洗作腌菜的青菜。照例事情多，终日忙个不息。再加上属于个人财富积蓄的工作，如绩麻织布，自然更见日子易过。有时也赶赶场，多出于事务上必需，很少用它作游戏取乐性质。至于在家中作姑娘，虽家务事出气力的照样参加，却无何等专责，有点打杂性质，学习玩票性质。所以平时做媳妇的常嫌日子短，作女儿的却嫌日子长，赶场就成为姑娘家的最好娱乐。家中需要什么时，女儿办得了，照例由女儿去办；办不了，得由家中大人作，女儿也常常背了个细篾背笼，跟随到场上去玩玩，看看热闹，就便买点自己要用的东西。有时姊妹两人竟仅为上场买点零用东西，来回走三十里路。

嫂嫂到碾坊去了，娘在仓屋后绕棉纱。夭夭场上去不成，竟好像无事可作神气。大清早屋后枫木树上两只喜鹊喳喳叫个不息，叫了一阵便向北飞去。夭夭晒好葛粉，坐在屋门前一个倒覆箩筐上想心事。

有什么心事可想？“爹爹说笑话，不许去赶场，要哭往河边哭去。好，我就当真到河边去！”她并不受什么委屈，毫无哭泣的理由，河边去为的是看看上行船，逍遥逍遥。自己家中三黑子弄的船纵不来，还有许多铜仁船，高村船，江口船，和别个村庄镇上的大船小船，上滩下滩，一一可以看见。

到了河坎上眺望对河，虽相隔将近一里路，夭夭眼睛好，却看得出枫树坳上祠堂前边小旗杆下，有几个过路人坐在石条凳上歇憩。几天来枫树叶子被霜熟透了，落去了好些，坳上便见得疏朗朗的。夭夭看不真老水手人在何处，猜详他必然在那里和过路人谈天。她想叫一叫，看老水手是否听得到，因此锐声叫“满满”。叫了五六声，还得不到回答，夭夭心想：“满满一定在和人挖何首乌，过神仙瘾，耳朵只听地下不听水面了。”

平常时节夭夭不大好意思高声唱歌，今天特别兴致好，放满喉咙唱了一个歌。唱过后，坳上便有人连声吆喝，表示欢迎。且吹卷桐木皮作成的哨子，作为回响。夭夭于是又接口唱道：

你歌莫有我歌多，
我歌共有三只牛毛多，
唱了三年六个月，
刚刚唱完一只牛耳朵。

但事极明显，老水手还不曾注意到河边唱歌的人就是夭夭。夭夭心不悦，又把喉咙拖长，叫了四五声“满满”。这一来，果然被坳上枫木树下的老水手听到了，踉踉跄跄从小路走下河边来，站在一个乌黑大石墩子上，招呼夭夭。人隔一条河，不到半里路宽，水面传送声音远，两边大声说话听得清清楚楚。

老水手嘶着个喉咙大叫夭夭。夭夭说：

“满满，我叫了你半天，你怎么老不理我？”

“我还以为河边扇把鸟雀儿叫！你爹呢？”

“到镇上去了。”

“你怎不上青溪坪赶场？不说是趁花银匠来场上洗洗首

饰，好吃酒吗？我以为你早走了。”

“早走了？爹不让我去。我说，不让我去我要哭的！爹爹说：你要哭，好，一个人到河坎边去哭，好哭个尽兴。我就到河边来了。”

“真哭够了吗？”

“蒸的不够煮的够。为什么我要哭？我说来玩的。满满，你怎么不钓鱼？”

“天气冷，大河里水冷了，鱼都躲到岩眼里过冬了，不上钩的。天天，我也还在钓鱼。我坐在祠堂前枫树下，钓过坳人，扯住他们一只脚，闲话一说半天。你多久不到我这里来了，过河来玩玩吧。我这里枫木叶又大又红，比你屋后那个还好看，你来我编顶帽子给你戴。太平溪老爷杨金亭，送了我两大口袋油板栗，一个一个有鸡蛋大，挂在屋檐口边风干了半个月，味道又香又甜，快来帮我个忙，把它吃掉。一人吃不了，邀你二姊也过河来吧。”

天天说：“那好极了，我来帮你忙吃掉它。待一会儿我就来。”

天天回转家里，想邀二姑娘一起过河，并告给她：“满满有鸡蛋大栗子，要人帮忙吃完它。”

二姑娘正在院坝中太阳下篦头，笑着说：“我有事情做，不能去。夭夭你想去，答应了满满，你就去吧。”帮二姑娘梳头大嫂子，也逗夭夭说：“夭夭，满满为人偏心，格外欢喜你。栗子鸡蛋大，鸭蛋大。回来时带点吃剩下来的，放在衣兜里，让我们也尝尝吧。”

夭夭不说什么，返身就走。母亲从侧屋扛着个大棉纱篗子走出来，却叫住了她。“夭夭，带点橘子送满满吧。外人要，十挑八挑派人送去，还怕人家不领情。自己家里人倒忘记了。堂屋里有大半篓顶好的，你自己背去送满满。”

夭夭当真就用她那个细篾背笼捡了一背笼顶大的橘子，预备过河。河边本有自己家里一只小船，夭夭不坐它，反而走到下游一点金沙溪溪口边去。其时村子里正有个年青小伙子在装菜蔬上船，预备到镇上去出卖。夭夭说：“大哥，我要渡河到坳上去，你船开头时，我坐你船过河，好不好？你是不是到镇上去？”

一村子人都认识夭夭，年青汉子更乐于攀话献殷勤，小船上行又照例从对河溶口走，并不费事，当然就答应了这件小差事。夭夭又说：“大哥，我不忙，你把菜装满船，要开头时再顺便送我过河。我是到坳上去玩的。我一点不忙！”

夭夭放下了背笼，坐在一堆南瓜上，来悠悠闲闲的看河上景致。河边水杨柳叶子黄布龙东，已快脱光了，小小枝干红赤赤光溜溜的，十分好看。夭夭借刀削砍了一大把水杨柳细枝，预备编篮子和鸟笼。溪口流水比往日分外清，水底沙子全是细碎金屑，在阳光下灼灼放光。玛瑙石和蚌壳，在水中沙土上尤其好看。有几个村中小孩子，在水中搬鹅卵石砌堤坝堵水玩。夭夭见猎心喜，也脱了袜子下溪里去踹水，和小孩子一样，从沙砾中挑选石子蚌壳。那卖菜的青年，曾经帮夭夭家哥哥弄船下过常德府，想和夭夭谈谈话，因此问夭夭："夭夭，你家三黑子多久回来?"夭夭说："一两天就要拢岸了。今天喜鹊叫，天气好，我猜他船一定歇铜湾溪。"

"你三哥能干，一年总是上上下下，忙个不停。你爹福气好!"

"什么好福气？雨水太阳到头上，村子里大家不是一样!"

"你爹儿女满堂，又好又得力，和别人家不一样!"

夭夭明白面前一个人话中不仅仅是称羡爹爹，还着实在恭维她。可是话不会说，所以说得那么素朴老实。夭夭因此微微笑着，看那年青人搬菜，好像在表示："我明白你的意思，再说说看。"然而那汉子却似乎秘密已给夭夭看穿，有点害羞，不好意思再说什么，只顾作事去了。

菜蔬装够后，夭夭上了船，坐得端端正正，让那人渡她过河。船抵岸边时，夭夭说："大哥，真难为你！"从背笼里取出十个大橘子放置船头上："大哥，吃橘子打口干吧。你到镇上去碰见我爹，就请告他一声，我在枫木坳上看船。"说完时，用手和膝部把船头用力一送，推离了岸边，自己便健步如猿，直向枫木坳祠堂走去。

将近坳上时，只见老水手正躬着腰，用个长竹条帚打扫祠堂前面的落叶。夭夭人未到身边声音先到："满满，满满，我来了！"

老水手带笑说："夭夭，你平日是个小猴儿精，手脚溜快，今天怎么好像八仙飘海，过了半天的渡，还不济事，神通到那里去了？"

"我在溪口捡宝贝，满满，你看看，多少好东西！"她把围裙口袋里水湿未干的石子蚌壳全掏出来，塞到老水手掌心里，"全都把你！"

"嗨，把我！我又不是神仙，拿这个当饭吃？好礼物。"

夭夭自然也觉得好笑。"满满，这枫木叶子好，你帮我做顶大帽子，把这些石子儿嵌上去。福音堂洋人和委员见到，一定也称赞。"她指了指背笼里的橘子，"这是娘要我带来送你的。"

老水手说："唉呀，那么多，我吃得了？姐姐呢？怎不邀她来玩玩。”

夭夭还是笑着：“姐姐说，满满栗子多，当真要人帮忙才吃得完，怎不送我们一口袋，让我们背回家慢慢的嚼。”

老水手也笑将起来：“那好的，那好的。你有背笼，回家时就背一口袋去，请大家帮忙。你们不帮忙，搁到祠堂里，就只有请松鼠帮忙了。”

“满满，是不是松鼠帮不了你的忙，你才要我们帮忙？”

“那里，那里，我是好心好意给你留下的。若不为你，早给过路人吃光了。你知道，成天有上百两只脚的大耗子翻过这个山坳，大方肯把他们吃，什么不吃个精光！生毛的除了蓑衣，有脚的除了板凳，他们都想吃！都能吃！”

两人一面说笑一面向祠堂走去。到了里边侧屋，老水手把背笼接过手，将橘子倒进一个大簸箕里。“夭夭，这橘子真大，我要用松毛盖好留下，托你大哥带到武昌黄鹤楼下头去卖，换一件西口大毛皮统子回来。这里橘子不值钱，下面值钱。你家园里的橘子树，如果生在鹦鹉洲，会发万千洋财，一家人都不用担心，住在租界上大洋楼里，冬暖夏凉，天不愁地不怕过太平日子，那里还会受什么连长排长欺压。”

夭夭说：“那有什么意思？我要在乡下住。”

老水手说：“你舍不得什么？”

“我舍不得橘子树。”

“我才说把橘子树搬过鹦鹉洲!”

“那么，我们的牛，我们的羊？我们的鸡和鸭子？我知道，它们都不愿意去那个生地方。路又不熟习，还听人说长年水是黄浑浑的，不见底，不见边，好宽一道河！满满，你说，鱼在浑水里怎么看得见路，不是乱撞？地方不熟习我就有点怕。”

“怕什么？一到那里自然会熟习的。当真到那里去，就不用养牛养猪了。”

“我赌咒也不去。我不高兴去。”

“你不去那可不成！说好了大家去，连家中小花子狗也得去，你一个人不能住下来的。”

两人把话说来，竟俨然像是一切已安排就绪，只差等待上船神气，争持得极其可笑。到后两人察觉园里那一片橘子树，纵有天大本领也绝无办法搬过鹦鹉洲时，方各在微笑中叹了一口气，结束了这种充满孩子气的讨论。

老水手为把一大棕衣口袋栗子，从廊子前横梁上叉下来，放到夭夭背笼中去。夭夭一时不回家，祠堂里房子阴沉沉的，觉得很冷，两人就到屋外边去晒太阳。夭夭抢了个条帚，来扫除大坪子里五色斑斓的枫木叶子。半个月以来，树叶子已落掉了一半，只要一点点微风，总有些离枝的木叶，同红紫雀儿一般，在高空里翻飞。太阳光温和中微带寒意，景物越发清疏而爽朗，一切光景静美到不可形容。夭夭一面打扫祠堂前木叶，一面抬头望半空中飘落的木叶，用手去承接捕捉。老水手坐在石条上打火镰吸旱烟，耳朵里听得远村里锣鼓声响。

“夭夭，你听，什么地方打锣打鼓。过年还愿早咧。镇上人说：萝卜溪要唱愿戏，一共七天，派人下浦市赶戏班子，要那伙行头齐全角色齐全顶好的班子，你爹是首事人。若让我点戏，正戏一定点《薛仁贵考武状元》，杂戏点《王婆骂鸡》。浦市人迎祥戏班子，好角色都上了洪江，剩下的两个角色，一个薛仁贵，天生的；一个王婆，也是天生的！”

夭夭说：“桃子李子，红的绿的，螺蛳蚌壳，扁的圆的，谁不是天生的？我不欢喜看戏。坐高抬凳看戏，真是受罪。满满，你那天说到三角洲去捉鹌鹑，若有撒手网，我们今天去，你说好不好？我想今天去玩玩。”

老水手把头摇了摇，手指点河下游那个荒洲，“夭夭今天不去，过几天再去好。你看，对河整天有人烧山，好一片火！已经烧过六天了。烧来烧去，芭茅草里的鹌鹑，都下了河，搬到洲上住家来了。我们过些日子去舀它不迟。到了洲上的鹌鹑，再飞无处飞，不会向别处飞去的。”

“为什么它不飞？”

老水手便取笑天天，说出个希奇理由：“为的是和你一样，见这里什么都好，是个洞天福地，再也舍不得离开。”

天天说：“既舍不得离开，我们捉它做什么？这小东西一身不过四两重，还不如一个鸡膊腿。不捉它，让它玩玩，从这一蓬草里飞到那一蓬草里，倒有意思。”

“说真话，这小东西可不会像你那么玩！河洲上野食多，水又方便，十来天就胀得一身肥腯腯的，小翅膀儿举不起自己身子。发了福，同个伟人官官一样，自然就只好在河洲上养老了。”

“十冬腊月它到那儿去？”

老水手故意装作严重神气，来回答这个问题：“到那里去了，十冬腊月就躲在风雪不及草窝里，暖暖和和过一个年。过了年，到了时候，跳下水里去变蛤蟆，三月清明落春雨，在水塘里洗浴玩，呱呱呱整天整夜叫，吵得你睡不着觉！”

天天看着老水手，神气虽认真语气可不大认真。“人人都那么说，我可不相信。蛤蟆是鹌鹑变的，科斗鱼有什么用？”

"唉，世界上有多少东西，都是无用的。譬如说，你问那些东西，为什么活下来？它照规矩是不理会你的。它就这么活下来了！这事信不信由你。我往年有一次捉到一只癞蛤蟆，还有个鹌鹑尾巴未变掉，我一拉那个尾巴，就把它捉住了。它早知道这样，一定先把尾巴咬掉了。九尾狐狸精被人认识，不也正是那条尾巴？变不去，无意中被人看见，原形就出现。"

老水手说的全是笑话，那瞒得了夭夭。夭夭一面笑一面说："满满，我听人说县里河务局要请你做局长，因为你会认水道，信口开合（河）！"

老水手舞着个烟杆说："好，委任状一来，我就走马上任。民国以来，有的官从局长改督办，有的官从督办改局长，有人说，这就是革命！夭夭你说这可像革命？"

枫木叶子扫了一大堆时，夭夭放下了条帚，专心一志去挑选大红和明黄色两种叶子，预备请老水手编斗笠。老水手却用那一把水杨柳枝，先为夭夭编成一个篮子，一个鸟笼。这件事做得那么精巧而敏捷，等到夭夭把木叶子拣好时，小篮子业已完成，小鸟笼也快编好了。

夭夭一见就笑了起来："满满，你好本事！黄鹤楼一共十八层，你一定到过那里搬砖抬木头。"夭夭援引传说，意思是说老水手过去必跟鲁班做过徒弟。这是本地方夸奖有手艺一句玩笑话。

老水手回答说："黄鹤楼十八层，什么人亲眼看见？我有一年做木排上桡手，排到鹦鹉洲后，手脚空了，就上黄鹤楼去。到了那里，不见楼，不见吕洞宾，却在那个火烧过的空坪子里被一个看相的拉住我袖子，不肯放手。我以为欠了他钱，他却说和我有缘。他名叫'赛洞宾'。说我人好心好，遇好人，一辈子不愁吃不愁穿。到过了五十六岁，还会做大事情。我问他大事情是带兵的督抚，还是出门有人喝道的知县？那看相的把个头冬冬鼓一般只是摇，说，都不是，都不是。并说，你送我二两银子，我仔细为你推算，保你到时灵验，不灵验你来撕我这块招牌。我看看那招牌，原是一片雨淋日晒走了色的破布，三十年后知道变成什么样子。只送了他三个响榧子。那时我二十五岁，如今整三十年了，这个神仙大腿骨一定可当打鼓棒了。说我一辈子遇好人，倒不差多少。说我要做大事，夭夭你想想看，有什么大事等我老了来做？怕不是两脚一伸，那个'当大事'吧。"

夭夭说："人人都说黄鹤楼上看翻船。没有楼，站在江边有什么可看的。"

老水手说："好看的倒多咧。汉口水码头泊的火龙船，有四层楼，放号筒时比老水牛叫声还响，开动机器一天走八百里路，坐万千人，真好看！”

夭夭笑了起来：“哈哈，我说黄鹤楼，你有四层楼。我说看翻船，你有火龙船。满满，我且问你，火龙船会不会翻？一共有几条龙？”

乡下习惯称轮船为龙船，老水手被封住了嘴，一时间回答不来，也不免好笑。因为他想起本地的“旱龙船”，条案大小一个木架子，敬奉有红黑人头的傩公傩母，一个人扛起来三山五岳游去，上面还悬系百十个命大孩子的记名符，照传说拜寄傩公傩母做干儿子，方能长命富贵。这旱龙船才真是一条龙！

其时由下水来了三个挑油篓子的年青人，到得坳上都放下了担子，坐下来歇憩。老水手守坳已多年，人来人往多，虽不认识这几个人，人可认识他。见老水手编制的玩意儿，都觉得十分灵巧。其中之一就说：

“老伙计，你这篮子做得真好，省里委员见到时，会有奖赏的！”

老水手常听人说“委员”，委员在他印象中可不大好。就像是个又多事又无知识的城里人，下乡来虽使得一般乡下人有些敬畏，事实上一切所作所为都十分可笑。坐了三丁拐轿子各处乡村里串去，搅得个鸡犬不宁，闹够了，想回省去时，就把人家母鸡腊肉带去做路菜。告乡下人说什么东西都有奖赏，金牌银牌，还不是一句空话！如今听年青油商说他编的篮子会有奖赏，就说：

“大哥，什么奖赏？省里委员到我们镇上来，只会捉肥母鸡吃，懂得什么天地玄黄，宇宙洪荒？”

另一个油商信口打哇哇说：“怎么不奖赏？烂泥人送了个二十六斤大萝卜到委员处请赏，委员当场就赏了他饭碗大一面银牌，称来有十二两重，上面还刻得有字，和丹书铁券一般。一辈子不上粮，不派捐，不拉夫，改朝换代才取消！”

“你可亲眼看见过那块银牌？”

“有人看过摸过，字清清楚楚，分分明明。”

夭夭听到这种怪传说，不由得不咕喽咕喽笑将起来。

油商伙里中却有个人翻案说：“那里有什么银牌？我只听说烂泥乡约邀人出份子，一同贺喜那个去请赏的，一人五百钱，酒已喝过了，才知道奖牌要由县长请专员，专员请委员，委员请主席，主席请督办——一路请报上去，再一路批驳公文下来，比派人上云南省买金丝猴还慢得多！”

原先那个油商，当生人面前输心不输口：“那会有这种事，我不信！有人亲眼看过那块大银牌，和召岳飞那块金字牌一个式样，是何绍基字体，笔画肥肥的。”

“你不信，倒相信那奖牌和戏上金字牌一样。奖牌如果当真发下来，烂泥人还要出份子搭牌坊唱三天大戏，你好看三天白戏。”

“你知道个什么，狗矢柑，腌大蒜，又酸又臭。”

那伙计喜说笑话，见油商发了急，索性逗他说：

“我还听人说戏班子也请定了，戏码也排好了，第一天正戏，《卖油郎独占花魁》，请你个不走运的卖油郎坐首席。你可预备包封赏号？莫到时丢面子，要花魁下台来问你！”

老水手插嘴说：“一个萝卜能放多久？我问你。委员把它带进县里去，老早就切碎了它，焖牛肉吃了。你不信才真怪！”

几个人正用省里来的委员为题目，各就所见所闻和猜详到的种种作根据，胡乱说下去。夭夭从旁听来，只抿着个小嘴好笑。

坳前有马项下串铃声响，繁密而快乐，越响越近，推测得出正有人骑马上坳。当地歌谣中有“郎骑白马来”一首四句头歌，夭夭心中狐疑：

“什么人骑了马来？莫非是……”

巧而不巧

夭夭心中正纳闷，且似乎有点不吉预感。

坳下马项铃声响，越响越近，可以想象得出骑马上坳的人和那匹马，都年青而健康。

不一会，就见三个佩枪的保安队兵士上了坳，异口齐声的说：

“好个地方！”

都站在枫树下如有所等待。一会儿，骑马的长官就来了，看见几个兵士有要歇憩的样子，就说“不要停耽，尽管走”。瞥眼却见到了夭夭，一身蓝，葱绿布围裙上扣了朵三角形小小黄花，“喜鹊噪梅”，正坐在祠堂前石坎子上，整理枫木叶。眼珠子光亮清洁，神气比前些日子看来更活泼更美好。一张小脸黑黑的，黑得又娇又俏。队长便故意停下马来，牵马系在一株枫木树下，摸出大司令纸烟，向老水手接火。一面吸烟一面不住望夭夭。

夭夭见是上回买橘子和爹爹闹翻脸的军官，把头低下捡拾枫木叶，不作声，不理会，心下却打量："走了好还是不动好?"主意拿不定。

队长记起在橘子园谈话情节，想撩她开口："你这叶子真好看！卖不卖？这是红叶！"

老水手认识保民官，明白这个保民官有点风流自赏，怕夭夭受窘，因此从旁答话："队长，你到那里去？是不是下辰溪县开会？你忙！"语气中有点应酬，有点奉承，可是却不卑屈。因为他自觉不犯王法，什么都不怕。队长在吕家坪有势力，可不能无故处罚一个正经老百姓。

队长眼睛依然盯住夭夭，随口回答老水手说："有事去！"

老水手说："队长，萝卜溪滕大爷送你十挑橘子，你见到了没有?"

队长说："橘子倒送去了，我还不曾道谢。你们这地方真是人杰地灵。……这姑娘是萝卜溪的人吧?"说到这里，又装作忽然有所发现的神气，"嗨，我认识你！你是那大院子里的，我认识你。小姑娘，你不认识我吗?"

夭夭想起那天情形，还是不作声，只点点头，好像是说，“我也认识你。”又好像说，“我记不起了。”共通给队长一个印象，是要理不理，一个女孩儿家照例的卖弄。

队长见人多眼睛多，不便放肆，因此搭搭讪讪向几个挑油担的乡下人，问了一些闲话。几个商人对于这个当地要人，不免见得畏畏缩缩，不知如何是好。到后看队长转了方向，把话向老水手谈叙，就挑起担子，轻脚轻手赶路去了。队长待他们走下坳后，就向老水手夸赞夭夭，以为真像朵牡丹花，生长在乡下，受委屈。又说了些这一类不文不武不城不乡的话语。夭夭虽低着头用枫木叶子编帽子，一句一句话都听得清清楚楚。只觉得这个人很讨厌，不是规矩人。但又走不开，仿佛不能不听下去。心中发慌，脸上发烧。

老水手人老成精，一眼就看明白了。可是还只以为这“要人”过路，偶然在这里和夭夭碰头，有点留情，下马来开开心，一会儿便要赶路去的。因此明知夭夭在这种情形下，不免受点窘，却不给她想法解围。夭夭呢，虽讨厌这个人，可并不十分讨厌人家对于她的赞美。说的话虽全不是乡下人耳朵熟习的，可是还有趣受用。

队长因有机会可乘，不免多说了几句白话。听的虽不觉得如何动心刺耳，说的却已为自己带做作性话语所催眠，好像是情真意挚，对于这个乡下女孩子已发生了“爱情”。见到夭夭式样整齐的手脚，渐渐心中不大自在。故意看看时间，炫耀了一下手腕上那个白金表，似乎明白“天气还早不忙赶路”，即坐在石条凳上向老水手攀谈起来了。到后且唱了一个歌，唱的是“桃花江上美人多”，见老水手和夭夭都抿着嘴巴笑，好像在仔细欣赏，又好像不过是心不在乎，总之是隔了一层。这保民官居然有点害羞，因此聊以解嘲的向老水手说：

“老舵把子，你到不到过益阳县？那个地方出好新妇娘，上了书，登过报。上海人还照过电影戏，百代公司机器戏就有王人美明星唱歌！比起你们湘西桃源县女人，白蒙蒙松沓沓像个粉冬瓜，好看得多了。比麻阳县大脚婆娘，一个抵三个，又美又能干！”

老水手不作声，因为说的话他只有一半明白。所明白那一半，使他想起自己生活上摔的跟头，有一小部分就是益阳县小婊子作成的。夭夭是个姑娘家，近在身边，不好当着夭夭面前说什么，所以依然只是笑笑。笑中对于这个保民官便失去了应有尊敬。神气之间就把面前一个看成个小毛伙，装模作样，活灵活现，其实一点不中用，只知道要几个钱。找了钱，不是吃赌花尽，就是让老婊子和小婊子作成的圈套骗去。凡是找了造孽钱的，将来不报应到自己头上，也会报应到儿女头上。

夭夭呢，只觉得面前一个唱的说的都不大高明，有点傻相，所以也从旁笑着。意思恰恰像是事不干己，乐得看水鸭子打架。本乡人都怕这个保民官，她却不大怕他。人纵威风，老百姓不犯王法，管不着，没理由惧怕。

队长误会了两人的笑意，还以为话有了边，冬瓜葫芦一片藤，总牵得上篱笆。因此又向老水手说了些长沙女学生的故事，话好像是对老水手说，用意倒在调戏夭夭，点到夭夭小心子上，引起她对于都市的歆羡憧憬，和对于个人的崇拜。

末后话说忘了形，便问夭夭，将来要不要下省里去“文明结婚自由结婚”？夭夭觉得话不习惯听，只当作不曾听到，走向滨河一株老枫木树下去了。

恰好远处有些船只上滩，一群拉船人打呼号巴船上行，快要到了坳下。夭夭走过去一点，便看见了一个船桅上的特别标志，眼睛尖利，一瞥即认识得出那是萝卜溪宋家人的船。这只船平时和自己家里船常在一处装货物，估想哥哥弄的船也一定到了滩脚，因此异常兴奋，直向坳下奔去。走不多远，迎面即已同一肩上挂个纤板的船夫碰了头，事情巧不过，来的正是她家三哥！原来哥哥的船尚在三里外，只是急于回家，因此先跟随宋家船上滩。照规矩船上人歇不得手，搭便船也必遇事帮忙，为宋家船拉第二纤。纤路在河西，萝卜溪在河南，船上了三里牌滩，打量上坳歇歇憩，看看老水手再过河。不意上坳时却最先碰到了夭夭。

夭夭看着哥哥晒得焦黑的肩背手臂，又爱又怜。

“三哥，你看你，晒得真像一个乌牛精！我们算得你船今天会拢岸，一看到宋鸭保那个船桅子，我就准知道要见你！早上屋后喜鹊叫了大半天！”

三黑子一面扯衣襟抹汗水，一面对夭夭笑，同样是又爱又怜。“夭夭，你好个诸葛亮神机妙算，算到我会回来！我不搭宋家人的船，还不会到的！”

“当真的！我算得定你会来！”

“唉，女诸葛，怎不当真？我问你，爸爸呢？”

“镇上看干爹去了。”

“娘呢？”

“做了三次观音斋，纺完了五斤棉花，在家里晒葛粉。”

“嫂嫂呢？”

“大嫂三嫂都好，前不久下橘子忙呀忙。”

“满满呢？”

“他正在坳上等你，有拳头大干栗子请你吃。”

“你好不好?”

“……”夭夭不说了，只咬着小嘴唇露出一排白牙齿，对哥哥笑，神气却像要说“你猜看”。

于是两兄妹上了坳，老水手一见到，喔喔嗨嗨的叫唤起来，一把揪住了三黑子肩上的纤板，捏拳头打了两下那个年青人的胸脯，眼睛眯得小小的：

“说曹操，就是曹操。三老虎，你这个人，好厉害呀!不到四十天，又是一个回转。我还以为你这一次到辰州府，一准会被人捉住，直到过年还不放你走路的!”

那年青船夫只是笑，笑着分辩说：“那个捉我这样老实人?我又不犯王法。满满，你以为谁会捉我?除了福音堂洋人看见我乌趋抹黑，待捉我去熬膏药，你说谁?”

“谁?你当我不知道?中南门尤家巷小婊子，成天在中南门码头边看船，就单单捉拿像你这样老实人。我不知道?满满什么事都知道。我还知道她名字叫荷花，今年十九岁，属鼠，五月二十四生日，脸白生生的，细眉细眼，荷包嘴，……年青人的玩意儿，我闭上眼睛也猜得出!”

“满满，他们那会要我的?洪江码头上坐庄的，放木牌的，才会看得上眼。我是个空老官!”

老水手装作相信不过神气：“空老官，我又不是跟你开借，装穷做什么？荷包空，心子实在，就成了。她们还要送你花荷包，装满了香瓜子，都是夜里在床上磕好了的。瓜子中下了闹药，吃了还怕你不迷心？我敢同你打个赌，输什么都行……”老水手拍了个巴掌，一面轻声咬住三黑子耳朵说：“你不吃小婊子洗脚水，那才是怪事！”

三黑子笑着分辩说：“满满，你真是老不正经，总说这些事。你年青时一定吃过，才知道有这种事情。这是二十年前老规矩，现在下面可不同了。现在是……”

两个人说的自然都是笑话。神情亲密处，俨然见外了身旁那个保民官。队长有点不舒服，因此拿出作官的身分来，引起新上坳的水手对他应有的尊敬。队长把马鞭子敲着地面，挑拨脚前树叶子，眼光凝定在三黑子脸上：“划船的，我问你，今天上来多少船？你们一帮船昨天湾泊什么地方？”

直到此时那哥哥方注意及队长，赶忙照水上人见大官礼数，恭敬诚实回答这个询问。夭夭有点不惬意，就说：

“三哥，三哥，到满满祠堂里去吧，有饭碗大的橘子，拳头大的栗子，等你帮忙！”

队长从神气之间，即已看出水手是夭夭的亲戚，且看出夭夭因为哥哥来到了身边，已不再把官长放在眼里心上。不仅先前一时所说所唱见得毫无意义，即自己一表人材加上身分和金表，也完全失去了意义。感觉到这种轻视或忽视，有一星一米还是上次买橘子留下的强梁霸道印象所起反感，因此不免有点恼羞成怒。还正想等待两人出来，在划船的身上，找点小岔子，显显威风，做点颜色给夭夭看。事不凑巧，河边恰好走来七八个一身晒得乌黑精强力壮的青年水手，都上了坳，来到祠堂前歇憩，有几个且向祠堂走去，神气之间都如和老水手是一家人。队长知道这一伙儿全是守祠堂的熟人，便变更了计划，牵马骑上，打了那菊花青騲马两鞭子，身子一颠一颠的跑下坳去了。

老水手在祠堂中正和三黑子说笑，见来了许多小伙子，赶忙去张罗凉水，提了大桶凉水到枫木树下，一面向大家问长问短。船夫都坐在枫木下石条凳上和祠堂前青石阶砌上打火镰吸烟，谈下河新闻。这些人长年光身在河水里，十冬腊月也不以为异，却对于城里女学生穿衣服无袖子，长袍子里边好像不穿裤子，认为奇迹，当成笑话来讨论，谈笑中自不免得到一点错综快乐。到夭夭兄妹从祠堂里走出来时，转移话题，谈起常德府的“新生活”。一个扁脸水手说：

“上回我从辰州下桃源，弄滕五先生的船，船上有个美国福音堂洋人对我说：日本人要拿你们地方，把地下煤炭铁矿朱砂水银一起挖去。南京负责的大官不肯答应。两面派人办交涉，交涉办不好，日本会派兵来，你们中国明年一定要和他们打仗。打起仗来大家当兵去，中国有万千兵打日本鬼子，只要你们能齐心，日本鬼子会吃败仗的。他们人少，你们人多，打下去上算，吃点苦，到后来扳本！洋人说的是道理，要打鬼子大家去！”

“鬼子要煤炭有什么用？我们辰溪县出煤，用船运到辰州府，三毛钱一百斤还卖不掉。烧起来油烟子呛心闷人，怪不好受。煮饭也不香。火苗绿阴阴的，像个鬼火。煤炭有什么用？我不信！”

“他们机器要烧煤才会动！”

一个憨憨的小水手插嘴说：“打起仗来，我们都去当兵，那来多少枪？”

原来那个扁脸水手，飘过洞庭湖，到过武汉，就说：“汉阳兵工厂有十多里路宽，有上千个大机器，造枪造炮，还会造机关枪！高射炮！”

另外一个又说，“怎么没有枪？辰溪县那个新办兵工厂，就会造机关枪，叭打叭打一发就是两百响子弹。我明天当兵去打仗，一定要抬机关枪。对准鬼子光头，打个落花流水！”

“大家都当兵，当保安队？当了保安队，派谁出饷出伙食？”

“那自然有办法，军需官会想办法！”

“有什么办法？还不是就地……忙坏了商会会长！”

“那里，中央政府总会有办法的！有学问有良心的官长，就不会苛刻乡下人。官长好，弟兄自然就也好，不敢胡来乱为的。”

“我们驻洪江就好，要什么有什么。下河街花姑娘是扬州来的，脸白白的，喉咙窄窄的，唱起好戏来，把你三魂七魄都唱上天！吹打弹唱，样样在行，另外还会说京话，骂人‘炖蛋’，可不敢得罪同志。”

大家说着笑着，都觉得若做了保安队，生活一定比当前好得多。一切天真的愿望，都反映另外一种现实，即一个乡下人对于“保安队”的印象，如何不可解。总似乎又威风，又有点讨人嫌。可是职务若派到自己头上时，也一定可以做许多非法事情，使平常百姓奈何不得，实在不是坏差事！

“我们这里保安队队长，——刚骑马走去那一位，前几天还正怙势霸蛮要长顺大爷卖一船橘子，说要带下省城去送礼，什么主席军长都有交情，一人送几挑。不肯卖，就派弟兄下萝卜溪把他家橘子园里的橘子树全给砍了，破坏了吕家坪风水。幸亏会长打圆全解围，说好做歹，要夭夭家爹爹送十挑橘子了事。你们明天都做了保安队，可是都想倚势压人？云南省出金子，别向人说，要个大金饭碗，装个金蛤蟆，送枫木坳看祠堂的大叔，因为和大叔有交情！纵有只金蛤蟆我也无用处，倒是顺便托人带个乌铜嵌银烟嘴子，一个细篾斗笠，三月间我好戴了斗笠下河边钓杨条鱼，一面吸烟一面看鱼上钩！”

一个水手拍拍胸脯说：“好，这算我的事。我当真做了保安队长，一定派个人上云南去办来。”

“可是要记好，不许倚势压人，欺老百姓。要现钱买现货，公平交易，不派官价我才要！”

大家都觉得好笑，一齐笑将起来。至于当地要人强买橘子，滕长顺如何吃闷菜，话说不出，请商会会长说好话，送了十挑橘子方能了事，正和另外一回因逃兵拐枪潜逃，逼地方缴赔枪款，事情相差不多。由本地人说来，实并不出奇，不过近于俗话说的“一堆田螺中间多加几个田螺”罢了，所以大家反而轻轻的就放过去了。就中只三黑子听到这件新闻，因为关乎他的家中的利益和面子，有点气愤不过，想明白经过情形。

三黑子向夭夭说：“夭夭，这里没有什么事，我们过河回家去吧。等等船来了，我还得赶到镇上去办交代。我船上装的是大吉昌货物，海带鱿鱼一大堆，我要去和他们号上管事算账。”

天天说：“好，我们就走。满满，我们要回去了。”

老水手为把那装满栗子的细篾背笼，和枫木叶编成的篮子鸟笼，一齐交给了天天。天天接过手来时，笑着说：“满满，哎哟，我今天真发了洋财！”三黑子见背笼分量相当重，便交手拎起来试了一试，“我看看有多重”，把背笼一提，不顾天天，先自走了。天天跟在哥哥身后赶去，一面走一面向三黑子辩理：“不成的，不成的，青天白日，清平世界，可不能打抢人的。”话中本意倒是“三哥，三哥，你太累了，不用你拿，我自己背回去好！”可是三黑子已大踏步走下了枫木坳，剩个背影在枫木树后消失了。天天只好拿着那个枫木叶子编成的玩意儿，跟着走去。老水手在后面连声叫唤：

“天天，天天，过两天带你花子狗来，我们到三里牌河洲上捉鹌鹑去！”

天天停到一个大石头边回答说：“好的，好的，满满。过三天我们一定去！今天你过河到我家里吃夜饭去吧。我忘记告你，三黑子今天生日，一定要杀鸡！杀那只七斤半重的肥母鸡。你等等就来！我留鸡肫肝给你下酒！”

老水手说：“道谢你，天天。我等一会儿还要到镇上去，看三黑子的船，吃他从常德府带来的冰糖红枣！杀了鸡，留个翅膀明天我来吃，吃不了你还是帮我个忙吃掉就是！”

夭夭说：“满满，你还是来吃饭好！先到镇上看船，和三黑子一起回来。夜里我撑船送你过河。你千万要来！”

社 戏

萝卜溪邀约的浦市戏班子，赶到了吕家坪，是九月二十二。一行十四个人，八个笨大衣箱，坐了只辰溪县装石灰的空船，到地时，便把船靠泊在码头边。唱大花面的掌班，依照老规矩，携带了个八寸大的朱红拜帖，来拜会本村首事滕长顺，接洽一切。商量看是在什么地方搭台，那一天起始开锣，等待吩咐就好动手。

半月来省里向上调兵开拔的事情，已传遍了吕家坪。不过商会会长却拿定了主意：照原来计划装了五船货物向下游放去。长顺因为儿子三黑子的船已到地卸货，听会长亲家出主意，也预备装一船橘子下常德府。且因浦市方面办货的人未到，本地空船多，听说下河橘子起价钱，还打量另雇一只三舱船，同时装橘子下行。为摘橘子下树，几天来真忙得一家人手脚不停。住对河祠堂里的老水手，每天都必过河来帮忙，参加工作，一面说一面笑，增加了每个人不少兴趣。摘下树的橘子，都大堆大堆搁在河坝边，用晒谷簟盖上，等待下船落舱。两只空船停泊在河边，篷已推开，船头搭一个跳板，随时有人把黄澄澄的橘子挑上船，倒进舱里去。戏班子乘坐那只大空船，就停靠在橘子园边不多远。

两个唱丑角的浦市人，扳着船篷和三黑子说笑话，以为古来仙人坐在斗大橘子中下棋，如今仙人坐在碗口大橘子堆上吸烟，世界既变了，什么都得变。可是三黑子却想起保安队队长向家中讹诈事情，因此一面听下去，一面只向那个做丑角的戏子苦笑。

三黑子说："人人都说橘子树是摇钱树，不出本钱，从地上长起来，十冬腊月上树摇，就可摇出钱来。那知道摇下来的东西，衣兜兜不住，倒入了别人的皮包里去了。人无横财不富，马无夜草不肥。这些人发了横财，有什么用，买三炮台烟吸，好了英美烟公司！"

一个丑角说："哥，你还不知道我们浦市，地方出胖猪肥人，几年来油水都刮光了，刮到什么地方去？天晓得。信口打哇哇，说句话吧，好，光天化日之下，治你个诬告父母官的罪，先把你这刁顽在脚踝骨上打一百个洛阳棒再说。再不然，枪毙你个反动分子！都说天有眼睛，什么眼睛，张三李四脚上长的鸡眼睛。”

“葫芦黄瓜一样长，有什么好说。”

“沙脑壳，沙脑壳，我总有天要用斧头砍一两个！”

另外一个丑角插嘴说：“斫你个癞鼋头！”

长顺因演戏事约集本村人在伏波宫开会，商量看这戏演不演出。时局既不大好，集众唱戏是不是影响治安？这事既是大家有分，所以要大家商量决定。末了依照多数主张，班子既然接来了，酬神戏还是在伏波宫前空坪中举行。凡事依照往年成例，出公份子演戏六天，定二十五开锣。

戏既决定演出，所以那船上八个大衣箱和一些行头家私，当天就由十多个年青乡下人告奋勇，吆吆喝喝扛上了岸，搁到伏波宫去。起衣箱时还照规矩烧了些香纸，放一封五百响小鞭炮。衣箱上岸后，当天即传遍了萝卜溪，知道两三天后就有戏看了。发起演戏的本村首事人，推出了几个负责人来分头办事，或指挥搭台，或采办杂项物事。并由本村出名，具全红帖子请了吕家坪的商会会长，和其他庄口上的有名人物，并保安队队长，排长，师爷，税局主任，督察，等等，到时前来看戏。还每天特别备办两桌四盘四碗酒席，款待这些人物。又另外请队长派一班保安队士兵，来维持场上秩序，每天折缴二十块茶钱。事实上弟兄们可不在乎这个钱，小地痞在场上摆了十张桌子，按规矩每张桌子缴纳五元，每天有额外收入五十元。赌桌上既抽了税，因此不再有叫朋友和部队中伙夫押白注，在桌边胡闹欺侮乡下人。即发生小小纠纷，也可立刻解决。

到开锣那天，本村子里和附近村子里的人，都换了浆洗过的新衣服，荷包中板带中装满零用钱，赶到萝卜溪伏波宫看大戏，一面看戏一面就掏钱买各种零食吃。因为一有戏，照习惯，吕家坪镇上卖大面的，卖豆糕米粉的，油炸饼和其他干湿甜酸熟食冷食的，焖狗肉和牛杂碎的，无不挑了锅罐家私来在庙前庙后搭棚子，竞争招揽买卖。妇女们且多戴上满头新洗过的首饰，或镀金首饰，发蓝点翠首饰，扛一条高脚长板凳，成群结伴远远的跑来看戏，必到把入晚最后一幕杂戏看完，把荷包中零用钱花完，方又扛起那条凳子回家。有的来时还带了饭箩和针线，有的又带了香烛纸张顺便敬神还愿。小孩子和老妇人，尤其把这几天当成一个大节日，穿上新衣赶来赴会。平时单纯沉静的萝卜溪，于是忽然显得空前活泼热闹起来。

长顺一家正忙着把橘子下树上船，为的是款待远来看戏亲友，准备茶饭，因此更见得热闹而忙乱。家中每天必为镇上和其他村子里来的客人，办一顿过午面饭。又另外烧了几缸热茶，供给普通乡下人。唱戏事既是一乡中公众庄严集会，包含了虔诚与快乐，因此长顺自己且换了件大船主穿的大袖短摆蓝宁绸长衫，罩一件玄青羽绫马褂，舞着那个挂有镶银老虎爪的紫竹马鞭长烟杆，到处走动拜客。见远来客人必邀约过家中便饭或喝茶。家中在戏台前选定地方，另外摆上几张高台凳，一家大小每天都轮流去看戏，也和别的人一样，从绣花荷包中掏零用钱买东西吃。

第一天开锣时，由长顺和其他三个上年纪的首事人，在伏波爷爷神像前磕头焚香，杀了一只白羊，一只雄鸡，烧了个申神黄表。把黄表焚化后，由戏子扮的王灵官，把那只活生公鸡头一口咬下，把带血鸡毛粘在台前台后，台上方放炮仗打闹台锣鼓。戏未开场空坪中即已填满了观众，吕家坪的官商要人，都已就坐，座位前条桌上还放了盖碗茶，和嘉湖细点黑白瓜子。会长且自己带了整听的炮台烟，当众来把盖子镟开，敬奉同座贵客。开锣后即照例“打加官”，由一个套白面具判官，舞着个肮脏的红缎披巾，台上打小锣的检场人叫一声“某大老爷禄位高升！”那判官即将披巾展开，露出字面。被尊敬颂祝的，即照例赏个红包封。有的把包封派人送去，有的表示豪爽，便把那个赏金用力直向台上掼去，惹得在场群众喝彩。且随即就由戏班中掌班用红纸写明官衔姓名钱数，贴到戏台边，用意在对于这种当地要人示敬和致谢，一面向班中表示大公无私。当天第一个叫保安队队长。第一出戏象征吉祥性质，对神示敬，对人颂祷。第二出戏与劝忠敬孝有关。到中午休息，匀出时间大吃大喝。休息时间一些戏子头上都罩着发网子，脸上颜料油腻也未去净，争到台边熟食棚子去喝酒，引起观众另外一种兴趣，包围了棚子看热闹。顽皮孩子且乘隙爬上戏台，争夺马鞭子玩，或到台后去看下装的旦角，说两句无伤大雅的笑话。多数观众都在消化食物，或就田坎边排泄已消化过的东西。妇女们把扣双凤桃梅大花鞋的两脚，搁在高台凳踏板上，口中嘘嘘的吃辣子羊肉面，或一面剥葵花子，一面并谈论做梦绩麻琐碎事情。下午开锣重唱，戏文转趋热闹活泼。

掌班的耳根还留下一片油渍和粉彩，穿着唱天官时的青鹅绒朝靴，换了件不长不短的干净衣服，带了个油腻腻的戏摺子，走到坐正席几位要人身边，谦虚而愉快的来请求赏脸，在排定戏目外额外点戏。点戏的花个一百八十，就可出点小风头，引起观众注意。

大家都客气谦让，不肯开口。经过一阵撺掇，队长和税局主任是远客，少不了各点一出，会长也被迫点一出。队长点《武松打虎》，因为武人点英雄，短而热闹，且合身分；

会长却点《王大娘补缸》，戏是趣剧，用意在与民同乐。戏文经点定后，照例也在台柱边水牌上写明白，给看戏人知道。开锣后正角上场，又是包封赏号。这个包封，却照例早由萝卜溪办会的预备好，不用贵客另外破钞。客人一面看戏也一面看人，看戏台两旁的眉毛长眼睛光的年青女人。

最末一出杂戏多是短打，三个穿红裤子的小花脸，在台上不住翻跟斗，说浑话。

收锣时已天近黄昏，天上一片霞，照得人特别好看。自作风流的船家子，保安队兵士，都装作有意无心，各在渡船口岔路边逗留不前，等待看看那些穿花围裙扛板凳回家的年青妇女。一切人影子都在地平线上被斜阳拉得长长的，脸庞被夕照炙得红红的。到处是笑语嘈杂，为前一时戏文中的打趣处引起调谑和争论。过吕家坪去的渡头，尤其热闹，人多齐集在那里候船过渡，虽临时加了两只船，还不够用。方头平底大渡船，装满了从戏场回家的人，慢慢在平静河水中移动。两岸小山都成一片紫色，天上云影也逐渐在由黄而变红，由红而变紫，太空无云处但见一片深青，秋天来特有的澄清。在淡青色天末，一颗长庚星白金似的放着煜煜光亮，慢慢的向上升起。远山野烧，因逼近薄暮，背景既转成深蓝色，已由一片白烟变成点点红火。……一切光景无不神奇而动人。可是，人人都融和在这种光景中，带点快乐和疲倦的心情，等待还家。无一个人能远离这个社会的快乐和疲倦，声音与颜色，来领会赞赏这耳目官觉所感受的新奇。

这一天，夭夭自然也到场参加了这种人神和悦的热闹，戴了全副银首饰，坐在高台凳上，看到许多人，也让许多人看到她。可是上午太沉闷，看不完两本，就走回橘子园工作去了。下午本想代替嫂嫂看厨房，预备待客菜饭，可不成功，依然随同家中人过伏波宫去，去到那个高台凳上坐定。台上演王三姐抛打绣球时，老觉得被官座上那个军官眼光盯着。那军官意思正像是在向她说："自古美人识英雄，你是中华民国王三姐！"感受这种眼光的压迫，觉得心中很不自在。又知道家里三哥在赶装橘子下船，一个人独在河边忙做事，想看看哥哥，因此趁空就回了家。回家后在厨房中张罗了一下，于是就到橘园尽头河坎边去看船，只见三黑子正坐在河边大橘子堆上歇憩，面对河水，像是想什么心事。

"哥哥，哥哥，你怎么不看戏，大家都在看戏，你何必忙?"

"戏有什么可看的，还不是红花脸杀进，黑花脸杀出，横蛮强霸的就占上风!"

三黑子正对汤汤流水，想起家里被那个有势力的人欺压讹诈故事，有点火气上心。夭夭像是看透了他的心事，因此说：

“横蛮强霸的占上风，天有眼睛，不会长久的！戏上总是一报还一报，躲闪不得！”

“一报还一报，躲闪不得！戏上这样说，真事情可不是这样。”

三黑子看看夭夭，不再说话，走到装浦市人戏班子来那条广舶子边上去。有个小妇人正在船后梢烧夜火煮饭。三黑子像哄夭夭似的，把不看戏的理由转到工作上来，微笑说：“夭夭，我要赶快把橘子装满舱，好赶下常德府。常德府有的是好戏，不在会馆唱，有戏园子，日夜都开锣，夜间唱到三更天才收场。那地方不关城门，半夜里散了戏，我们打个火把出城上船，兵士见到时间也不问一声！”

夭夭说：“常德府兵士难道不是保安队？”

三黑子说：“怎么不是？大地方规矩得多，什么都有个‘理’字，不像到我们乡下来的人，欺善怕恶，……什么事都做得出。还总说湘西人全是土匪，欺压我们乡下人。下面兵士同学生一样，斯文老实得多，从不敢欺侮老百姓！……”

夭夭一瞥看到橘子园树丛边有个人影子晃荡，以为是保安队上的人，因此制止住了哥哥：“你们莫乱说，新生活快来了，凡事都会慢慢的变，慢慢的转好的！”三黑子也听到树边响声，却看见是老水手，因此快乐的呼唤起来：“满满，是你？我还以为是一个——”

老水手正向兄妹处走来，一面走一面笑：“三黑子，你一定以为又是副爷来捉鸡，是不是？”且向夭夭说：“夭夭，夭夭，你不去看王三姐抛打绣球招亲，倒来河边守橘子，姑娘家那么小气。咦，金子宝贝，谁要你这橘子！”

夭夭知道老水手说的是笑话，因此也用笑话作答：“满满，你怎么也来了？我看你叉手坐在台下边那张凳子上，真像个赵玄坛财神样子。今天打加官时他们不叫你，我猜你一定生了气。你不生气我替你生气，难道叔叔这点面子都没有！”

老水手说：“生什么气？这也生气，我早成个气包子，两脚一伸回老家了。你问我怎么也来这里，如果我问你，你一定会说‘我来陪你’，好个乖巧三姑娘。说真话，我倒想不起你会在这里。我是来陪三哥的，他不久又要下常德府去，板凳还坐不热，就要赶路。三哥呀，三哥，你真是——”说时把大拇指翘起，“萝卜溪这一位。”

三黑子受了老水手恭维，觉得有点忸怩，不便说什么，只是干笑。

远远的听见伏波宫前锣鼓响声，三黑子说："菩萨保佑今年过一个太平年，不要出事情就好。夭夭，你看爹爹这场戏，忙得饭也不能吃，不知他许下有什么愿心！"

老水手莞尔而笑，把短旱烟斗剥啄着地面："你爹当然盼望出门的平安，一路吉星高照；在家的平安，不要眼痛牙痛。上树上山入水入土的平安，鸡呀狗呀牛呀羊呀不发瘟，田里的鱼不干死，园里的橘子树不冻死！"

夭夭说："我就从不指望这些事情。可是我也许愿看戏。"

三黑子就说："你欢喜看戏。"

夭夭故意争辩着："我并不想看戏！"

老水手装作默想了一会儿，于是忽然若有所悟似的："我猜得着，这是什么事。"

夭夭头偏着问："你试猜猜看，猜着什么事？"

老水手说："我猜你为六喜哥许了愿。他今年暑假不回来了，要发愤勤学，将来做洋博士，补萝卜溪的风水。你许的愿是……"

夭夭因为老水手说到这件事，照例像装作没有听到，却向河边船上走去。到船边时上了跳板，看见下面溪口还停了几只小船，有的是装橘子准备下行，有的又是三里牌滩头人家为看戏放来的，另外还有本村特意为对河枫木坳附近村子里人预备的一只小渡船，守船的正是上次送夭夭过河那个年青汉子。人住在对河三里牌滩下村子里的，因为路较远，来不及看完杂戏，就已离开了戏场，向溪头走，趁船过渡。另外有坐自己船来的，恐怕天气晚不好漂滩，这时节也装满了人，装满了船上人的笑语，把船只缓缓向下游划去。这一切从夭夭所站立的河坎边看来，与吕家坪渡口所见相比，自然又另外是一番动人景象。

红紫色的远山野烧，被风吹动，燃得越加热烈起来。

老水手跟随夭夭身后到了河坎边，也上了那只橘子船："夭夭，夭夭，你看山上那个火，烧上十天了，还不止息，好像永远不会熄。"

夭夭依随老水手烟杆所指望去，笑着说："满满，你的烟管上的小火，不是烧了几十年还不息吗？日头烧红了那半个天，还不知烧过了千千万万年，好看的都应当长远存在。"

老水手俨然追问似的说："怎么，好看的应当长远存在，这事是归谁派定的？"

夭夭说："我派定的。——只可惜我这一双手，编个小篮子也不及你在行，还是让你来编排吧。天下归你管，一定公平得多！”

老水手有所感触，叹了一口气：“却又来！夭夭，依我想，好看的总不会长久。好碗容易打破，好花容易冻死，——好人不会长寿，恶汉活千年，天下事难说！那一天当真由你来作主，那就好了。可是，夭夭你等着吧。总有一天有些事会要你来作主的。天下事难说的，我年青时那料到会守祠堂养老！我只打算在筸军道绿营里当个管带，扛一杆单响猪槽枪，穿件双盘云大袖号褂，头上包缠一丈二尺青绉绸首巾，腰肩横斜围上一长串铅头子弹，去天津大沽口和直脚干绿眼睛洋人打仗立功名。像唱戏时那黑胡子说的名在青史，留芳百世。可是人有十算，天有一算，革命一来，我的愿心全打破了。绿营管带当不成，水师营管带更加无分，只好在麻阳河里划只水上漂。漂来又漂去，船在青浪滩一翻身，三百个桐油篓子在急水里浮沉，这一下，就只好来看祠堂了。明天呢？凡事只有天知道，人不会知道的。你家三哥这时节只想装一船橘子下常德府，说不定将来会作省主席。你看他那个官样子！”老水手指着坐在橘子堆上看水面景致的三黑子说：“要是归我作主，我就会派他当主席了。”两人为这句话都笑将起来。

三黑子不知船上两人说什么，笑什么，也走到河坎边来。“满满，不要回去，就住到我家里，我带得有金堂叶子烟，又黄又软和，吸来香喷喷的，比大炮台烟还好，你试试看！”

老水手挥舞着那个短烟杆：“夭夭，你说说看，我还不曾派他当主席，他倒赏给我金堂烟叶来了。好福气！”

三黑子正想起队上小官仗势凌人处，不明白老水手说的是什么意思，也跟着笑。“我当了主席，一定要枪毙好多好多人！做官的不好，也得枪毙。”

夭夭笑着：“三哥，得了，轮到你做村子里龙船会主席，还要三十年！”

老水手也笑着，眼看河上的水鸭子成排掠水向三里牌洲上飞，于是一面走一面说：“回家吃饭去，水鸭子都回窠了。明天不看戏，我们到三里牌洲上捡野鸭蛋去，带上贵州云南省，告那些有钱的人说是仙鹅蛋，吃了补虚生血，长命百岁，他们还信以为真！世界上找了钱不会用钱的人很多，看相算命卖药卖字画骗个千八百不是罪过，只要脸皮厚就成！”

夭夭向三黑子说：“三哥，你做了主席，可记着，河务局长要派归满满！”

《长河》自注

秋（动中有静）

○ 满家人发羊痫疯，田里长了个大萝卜，也大惊小怪，送上衙门去讨好。

意以为非发疯便不会如此。

○ 保长派人打锣到处知会人，

此为一切事发生时通知人的方法。

○ 笋壳色肥母鸡

灰中黄如笋箨色。此种鸡特别肥，能生蛋。

○ 那乡下人说："委员是个会法术的人……'你有千里眼吗?''我用险危（显微）镜。'我猜想一定就是电光镜，洋人发明的。"

乡下人似通非通，反从此等问题上取笑城中人。

○ 他是我舅娘的大老表。

意即亲戚的亲戚。有无根传说意。

○ 人都说江口天王菩萨有灵有验，

在麻阳县城下游四十里，吕家坪上游百里不到。

○ 六子连，七子针，十三太保，什么都有。

手枪名称。

○ 把村子里母鸡吃个干净后，

通常是杀鸡待官长待客人。

○ 新生活来了，吕家坪人拔脚走光了，我也不走。三头六臂能奈我何。

指蓝脸魔王。意以为即或是魔王也不怕！

○ “你来吧，我偏不走。要我作伕子，挑伙食担子，我老骨头，做不了。要我引路，我守祠堂香火。”

此自问自答语。

○ 输送队、慰劳队等等名色

共产党过路时派平民男女做事的名称。

○ “……大嫂子好本事，压得再重一些也经得起。”

双关话。

○ 我说你本事好，经得起压，不怕重，不怕大。

双关话。

○ 我舌子好像差点被一只发了疯的母狗咬掉过……你轻点咬！咬掉可不是好玩的！

双关话。

○ 十月你不寄钱来，我完不了会，真是逼我上梁山。

借《水浒》语，意非抢人不可。

○ 桃源县的三只角迷了他的心，

桃源娼妓。

○ 会写几个字，便自以为是“智多星”，

以为是吴用军师。

○ 其实只是装秀才。

充斯文也。

○ 满满

小叔叔通称。

○ 二姑娘嫁妆有八铺八盖，

八床盖被，八床垫被，为最丰盛的陪嫁物。有的还应送一百双鞋，名“百年偕老”。

○ 天天，你一个夏天绩了多少麻？我看一定有二十四匹细白麻布了。

按规矩新嫁娘表示能勤，多用自绩细麻织布作帐子。

○ 天天长大了，一定是个观音。

美丽通称。

○ 人老成精，我知道的事情多咧。

自嘲意。

○ 大伙儿取乐，你唱歌，可值得？

言你一个人胡说乱扯。

○ 你真是拗手扳罾，我不同你说了。

言故意扭着。

○ 挂一条写有扁阔红黑大字体的长幡信，在秋阳微风中飘荡。

税局多用此种长幡标识。

橘子园主人和一个老水手

○ 吕家坪离辰溪县约一百四十里，

事实上只七十里。

○ 有几所庙宇，敬奉的是火神，伏波元帅，以及骑虎的财神，外帮商人集会的天后宫，象征当地人民的希望和理想。

各地差不多，都是这几种神庙。

○ 依赖飘乡为生的江西、宝庆小商人，且带了冰糖、青盐……以及其他百凡杂货，就地搭棚子做生易。

卖布的多江西人，卖纸的多宝庆人，卖烟的多福建人。

○ 麻俐

敏捷溜刷意思。

○ 因为橘子庄口整齐，

件数大小。

○ 三舱四橹小鳅鱼头船

岳珂《金陀粹编》上即道及此船名。头方而微圆，像鳅鱼头形状。船身坚实，深舱高桅，在沅水称大船。

○ 较大的一个，十七岁时就嫁给了桐木坪贩朱砂的田家作媳妇去了，

猴子坪，在黔湘边境，出朱砂，多田杨二姓。

○ 在一家兄弟姐妹中年龄最小，所以名叫夭夭。

水擒杨幺，江湖上的小伙计称老幺，均最小的称呼。

○ 正常的如粮赋，粮赋附加捐，保安附加捐，……

删去甚多。

○ 几只“水上漂”又从不失事，

船只通称。

○ 青浪滩

沅水最险滩水。

○ 真正是一点老根子都完了。

老本钱。

○ 烧个包谷棒，

玉米。

○ 记起过去一时镇上人和三黑子对水上警察印象的褒贬。因为事情不大近人情，话有点野，说不出口，说来恐犯忌讳，所以只是笑笑。

删去了一大段。

○ 翁子洞

在桃源上游。

○ 这些不要脸家伙到我们这里洋财也发够了，

系非分之财形容词。

○ 吊起骡子讲价钱，

俗语。意以为到了手，逃不脱也。

○ 该死的，发瘟的，

骂为畜生也。

○ 不赶快跑就活捉张三，

用戏文上俗语。

○ 大爷，等一会儿吧。

哥哥意思。

○ 用鸡脚黄连封住我的口，

鸡脚黄连味极苦。

○ 天塌了有高长子顶，地陷了有大胖子填。

言一切大事都有人负责，不必担心。

○ 铜湾溪

快到辰河与沅水会流处一个码头，去吕家坪甚远。

○ 茅包

胡涂也。

○ 齐梁桥洞

能容上万人的洞。

○ 老舵把子

称老掌舵的，系尊敬称呼。

吕家坪的人事

○ 在小码头作大老板太久，因之有一点隐逸味，有点泥土气息。

因为事情不多。

○ 会长把这个收据过目后，轻轻的叹了一口气，“作孽！”便把收据还给了管事。

因为想起保安队的敲诈。

○ **桃花油**

三月开榨的油名称。

○ **好在橘子树多，总挤不干。**

指官方敲诈借故要钱。

○ **都有背脊骨，**

有后台意。有人撑腰意。

○ **比那一位皮带带强。**

指队长。

○ **牙齿不太长，**

不太贪多意。

○ **半串儿**

五千。

○ **丁拐儿**

三千。

○ **听他说××来的那一位，才真有手段！什么什么费，起码是半串儿，丁拐儿，谁知道他们放了多少枪，打中了猫头鹰，九头鸟？**

借名剿匪用子弹费。

○ **“二方”**

二万，故意说二方以见俏皮。

○ **尤家巷**

沅陵妓女住处。

○ **老总**

指蒋。

○ **手气**

指玩牌气运。

○ **当裤子**

言输到把裤子当去。

○ **包票**

保证胜利的文件。

○ **敲边鼓**

从旁说话也。

○ **这畜生一出现，就搅得个庄稼人睡觉不安**

本有挖苦意，隐而不显。

○ **税局凡是用船装来运去的，上税时经常都有个一定规则，对于橘柚便全看办事人员兴致，随便估价。**

本地多不上税。

○ **特货的售款，临时开借，**

烟款与其他借故捐款。

○ 周管事，你怎么就回来了？好个神行太保。

借小说上的戴宗称呼。

○ 箱子岩

在沅水中部辰溪县下游。

○ 算盘珠子怎么划的？

意思是怎么打算。

○ “拉屎抢头一节”

俚语，言一切事都应占先。

○ 差不多去了个“抓老官”数目，才免带过。

五百元。

○ 我们这里那一位，这一年来会不会找上五串了吧。

五千元，故用说五串制钱。

○ 会长微笑点点头，“怕不是协叶合苏？”

切口语。

○ 横石滩

在沅陵下数十里大滩。

○ 末了自然还是那个玩意儿一来就了事。

指贿赂。

○ 我们来到你这鬼地方受罪，为什么？不是为……！

这里被删扣甚多。

○ 闷胡子

酒。

○ 双台席面

吃花酒。

○ 家中倒不用管，自有办法。天有眼睛，自然一报还一报。

此言家中女人又让人嫖。

○ 纵上河要办，一定是大城里先办，乡下不用办。

指沅水上游。

○ 以为天天在家里耳朵会红。

俗谓被人说及本人耳热。

○“嗨，伢俐，个么朽，放大炮，伤脑筋！”

长沙话。

○ 叫雀儿

意为善叫而无用之鸟。

○ 所以商会会长照例便成了当地“小孟尝”，

指好客如孟尝君。

○ 吸鸦片烟在当地已不时髦，

因为时髦的烟是三五字香烟、大司令、吉士。

○ 公事上人

出差的军警政。

○ 副爷

对于兵士的通称。

○ 船还在潭湾，三四天后才到得了，大小一共六只。

事实距离只数十里，一天多点可到达。

○ 大乌开

大海参。

买橘子

○ 吃闷盆

上当通称。意谓如吃一盆冲菜，不受用又说不出口。

○ 打圆成

掇串成就其事。

○ 磨牙巴骨

说空话。

○ 真是个在石板上一跌两节的人，

此本指脆而实心的甘蔗，通借喻人不圆通的形容。

○ 你倒拿羊起来了。

装模作样。

○ 你难道还到南京大理院去告他？

意即天高皇帝远，你奈何不得他。

○ 三尾子

太监丑角，跟班丑角。

○ 刺莓果

野蔷薇果子，可吃，可泡酒。味极浓香。

○ 中了毒要灌粪清才会吐出来的！说不得还派人来讨大便讲人情，多费事！

因为俗说中某家蛊毒，得向某家讨粪清汁作解毒剂。

○ 那些野生的东西不要管它，不久就会死的！

双关语。

○ 存心马扁儿，

作骗子。

一有事总不免麻烦

○ 到了上游二百五十里的麻阳县城里去，

事实上只百三十里左右。

○ 汉庄五舱子鳅鱼头船

汉口号上五舱大船，这些船因载重大，必水发方能下行。

○ 我们水上漂和水中摆尾子一样，有水地方都要去。

鱼俗称。

○ 岩门石羊哨

辰河上游支流二码头，去凤凰只二十里。

○ 那队长正同本部特务长清算一笔古怪账目，

指贩烟土蚀本损失。

○ 海菜席

席面主菜用海参，在乡下当为贵重一等席。

○ 划干龙船的

乞丐中一种，负傩父傩母二神到处乞讨，到人家必敲小门唱神曲，有打发方走开。

○ 古老老

乡巴老也。

○ 就顺猫猫毛理了一理

附和下去，言如理猫毛。

○ 队长是受过高等教育的革命军人，（说到这里时两人都笑笑，笑的意思却不大相同。）

会长有讽刺意，队长却以为是尊敬。

○ “大开刀”

橘子中最大一种，乡下通名“开刀”，或指可以切开吃。

○ 抓老官好，不能再多！

纳贿五百元。

枫木坳

○ 田兴恕

同治元年云贵总督。

○ 八面山

在湘川边境，四面壁立，上有平田沃野，有水井，唯缺盐，常为土匪所据。

○ 说的准账

说的话算话意思。

○ 乌趋抹黑

一片黑的形容词。

○ 园当上

园尽头处。

○ 葛粉

用凤尾草根捣碎，沉淀出来，比藕粉粗些，然而浓些。可作粉皮及其他食物。即伯夷叔齐度日子所吃！

○ 绩麻织布

乡村中妇女工作之余，所有绩麻织布成绩，多属私财。未嫁的属于妆奁，已嫁的属于儿女添补。

○ 铜仁船

辰河尽头黔属船。

○ 蒸的不够煮的够。

以蒸谐真，故意说笑。

○ 籰

绕棉纱用的八角形竹器。

○ 溶口

行船总水道。

○ 黄布龙东

黄色形容词。意即一片黄。

○ 水杨柳

水杨柳叶黄干赤而细软。

○ 铜湾溪

在辰河近沅水处，去吕家坪真正距离约六十里，一天可达。

○ 成天有上百两只脚的大耗子翻过这个山坳，

指过路人。

○ 派人下浦市赶戏班子，

因为浦市系沅水一码头，离吕家坪真正距离约百里不及。地方出戏子，炮竹，肥人。

○ 这个神仙大腿骨一定可当打鼓棒了。

言早已死去多日。

○ 有什么大事等我老了来做？怕不是两脚一伸，那个“当大事”吧。

死时门前多写此三字。

○ 老水手常听人说“委员”，委员在他印象中可不大好。就像是个又多事又无知识的城里人，下乡来虽使得一般乡下人有些敬畏，事实上一切所作所为都十分可笑。坐了三丁拐轿子各处乡村里串去，搅得个鸡犬不宁，闹够了，想回省去时，就把人家母鸡腊肉带去做路菜。

事实上各厅委员下乡就只能给人这么一个印象。

○ 省里委员到我们镇上来，只会捉肥母鸡吃，懂得什么天地玄黄，宇宙洪荒？

言千字文首二句就不懂！

巧而不巧

○ 你这叶子真好看！卖不卖？这是红叶！

双关意。

○ 意思恰恰像是事不干己，乐得看水鸭子打架。

此语意为不问胜败自己终是个旁观者。

○ 队长误会了两人的笑意，还以为话有了边，冬瓜葫芦一片藤，总牵得上篱笆。

俗语，意即接上了头，不落空，如船泊岸有边也。

○ 除了福音堂洋人看见我乌趋抹黑，待捉我去熬膏药，你说谁？

俗语，黑得可以熬膏药。

○ 中南门尤家巷小婊子，成天在中南门码头边看船，就单单捉拿你这样老实人。我不知道？满满什么事都知道。我还知道她名字叫荷花，今年十九岁，属鼠，五月二十四生日，脸白生生的，细眉细眼，荷包嘴，……

老水手故意开玩笑，编成一套故事。似乎既有名有姓，三黑子就抵赖不过。

○ 我是个空老官！

俗语。老官二字亦不尽用在形容人，数目如“抓老官”亦可以。

○ 闹药

毒药迷药。

○ 有一星一米还是上次买橘子留下的强梁霸道印象所起反感，

一点儿。

○ 幸亏会长打圆全解围，

成全其事，解除困难。

社戏

○ 治你个诬告父母官的罪，先把你这刁顽在脚踝骨上打一百个洛阳棒再说。

在脚踵螺丝骨上敲打，重的约三十下即可将骨髓敲出。

○ 沙脑壳

本地人称长沙人及一般下湖南人。

○ 长顺因演戏事约集本村人在伏波宫开会，商量看这戏演不演出。

此伏波宫系萝卜溪的，不是吕家坪保安队那个庙。

○ 赌桌上既抽了税，因此不再有叫朋友和部队中伙夫押白注，

流氓。

○ 大戏

通称木傀儡为小戏，人唱的为大戏。

○ **口中嘘嘘的吃辣子羊肉面，**

因为照例加许多辣子。

○ **点戏的花个一百八十，就可出点小风头，引起观众注意。**

这是个虚数，意即花个百十元钱。

○ **广舶子**

辰溪人装石灰船通称广舶子，深舱大腹。

○ **副爷**

兵士通称。

○ **金堂叶子烟**

四川草烟叶，极佳。

○ **天天向三黑子说："三哥，你做了主席，可记着，河务局长要派归满满！"**

还是说他信口开合以谐"长于开河"。

十二月十五校毕，去《边城》完成刚满十年。时阳光满室。长荣、子和、老三等战死已二年。陈敬摔车死去已一年。得馀离开军职已三年，季韬、君健两师部队在湘中被击溃亦已四个月。重读本文序言，"骤然而来的风雨，说不定会把许多人高尚的理想，卷扫摧残，弄得无踪无迹。然而一个人对于人类前途的热忱，和工作的虔敬态度，是应当永远存在，且必然能给后来者以极大鼓励的！”这热忱与虔敬态度，唯一希望除了我用这支笔来写它，谁相信，谁明白？然而我这支笔到当前环境中，能写些什么？纵写出来又有什么意义？逝者如斯，人生可悯。

从文　桃源新村第八栋茅屋中

卅四年一月四日注

阿黑小史

序

若把心沉静下来，则我能清清楚楚的看一切世界。冷眼的作旁观人，于是所见到的便与自己离得渐远，与自己分离，仿佛便有希望近于所谓艺术了。这不过是我自己所觉到的吧。其实我是无从把我自己来符合一种已具的艺术典型的，可证明的是有些人以为我文法不通俗。

这一本小小册子，便是我纯用客观写成，而觉得合乎自己希望的，文字则似乎更拙更怪，不过我却正想在这单纯中将我的风格一转，索性到我自己的一条路上去。其不及大家名家善于用美丽漂亮生字长句，也许可以藉此分别出我只是一个乡巴老吧。我原本是不必在乡巴老的名称下加以否认的。思想与行为与衣服，仿佛全都不免与时髦违悖，这缺陷，是虽明白也只有尽其缺陷过去，并不图设法补救，如今且有意来作乡巴老了。

或者还有人，厌倦了热闹城市，厌倦了眼泪与血，厌倦了体面绅士的古典主义，厌倦了假扮志士的革命文学，这样人，可以读我这本书，能得到一点趣味。我心想这样人大致总还有。

十七年十月末序于上海

油坊

若把江南地方当全国中心，有人不惮远，不怕荒僻，不嫌雨水瘴雾特别多，向南走，向西走，走三千里，可以到一个地方，是我在本文上所说的地方。这地方有一个油坊，以及一群我将提到的人物。

先说油坊。油坊是比人还古雅的，虽然这里的人也还学不到扯谎的事。

油坊在一个坡上，坡是泥土坡，像馒头，名字叫圆坳。同圆坳对立成为本村东西两险隘的是大坳。大坳也不过一土坡而已。大坳上有古时峒楼，用四方石头筑成，峒楼上生草生树，表明这世界用不着军事烽火已多年了。在坳峒上，善于打岩的人，一岩打过去，便可以打到圆坳油坊的旁边。原来这乡村，并不大。圆坳的油坊，从大坳方面望来，望这油坊屋顶与屋边，仿佛这东西是比峒楼还更古。其实油坊是新生后辈。峒楼是百年古物，油坊不过一半而已。虽说这地方是平静，人人各安其生业，无匪患无兵灾，革命也不到这个地方来，然而五年前，曾经为另一个大县上散兵扰了一次，加了地方人教训，因此若说村落是城池，这油坊已似乎关隘模样的东西了。油坊是本村关隘这话不错的，地方不忘记散兵的好处，增加了小心谨慎，练起保卫团有五年了。油坊的墙原本也是石头筑成，墙上打了眼，可以打枪，预备来了不好风声时保卫团就来此放枪放炮。实际上是等于零，地方不当冲不会有匪，地方不富，兵不来。这时正三月，是油坊打油当忙的时候，山桃花已红满了村落，打桃花油时候已到，工人换班打油，还是忙，油坊日夜不停工，热闹极了。

虽然油坊忙，忙到不开交，从各处送来的桐子，还是源源不绝，桐子堆在油坊外面空坪简直是小山。

来送桐子的照例可以见到油坊主人，见到这个身上穿了满是油污邋塌衣衫的汉子，同到他的帮手，忙到过斛上簿子，忙到吸烟，忙到说话，又忙到对年青女人亲热，谈养猪养鸡的事体，看来真是担心到他一到晚就会生病发烧。如果如此忙下去，则这汉子每日吃饭睡觉有不有时间，也仿佛成了问题。然而成天这汉子还是忙。大概天生一个地方一个时间，有些人精力就特别可惊起来，比如另一地方另一种人的懒惰一样。所以关心到这主人的村中人，看到主人忙，也不过笑笑，随即就离了主人身边，到油坊中去了。

初到油坊才会觉得这是一个怪地方！单是那圆顶的屋，从屋顶透进的光，就使我们陌生人见了惊讶。这团光帮我们认识了油坊的内部一切，增加了我们的神奇。

先从四围看，可以看到成千成万的油枯。油枯这东西，像饼子，像大钱，架空堆码高到油坊顶，绕屋全都是。其次是那屋正中一件东西，一个用石头在地面砌成的圆碾池，对径至少是三丈，占了全屋内部四分之一空间。三条黄牛绕大圈子打转，拖着那个薄薄的青钢石磨盘。盘磨是两个，一大一小。碾池里面是晒干了的桐子，桐子在碾池里卧，经碾盘来回的碾，便在一种轧轧声音下碎裂了。

把碾碎了的桐子末来处置，是两个年青人的事。他们是同在这屋里许多做硬功夫的人一样，上衣不穿，赤露了双膊。他们把一双强健有力的手，在空气中摆动，这样那样的非常灵便的把桐子末用一大方布包裹好，双手举起放到一个锅里去。这个锅，于时则正沸腾着一锅热水。锅的水面有凸起的铁网，桐末便在锅中上蒸，上面还有大的木盖。桐末在锅中，不久便蒸透了，蒸熟了。两个年青人，看到了火色，便快快用大铁钳将那一大包桐子末取出，用铲铲取这原料到预先扎好的草兜里，分量在习惯下已不会相差很远，大小则有铁箍在。包好了，用脚踹，用大的木棰敲打，把这东西捶扁了，于是抬到榨上去受罪。

油榨在屋的一角，在较微暗的情形中，凭了一部分屋顶光同灶火光，大的粗的木柱纵横的罗列，铁的皮与铁的钉，发着青色的滑的反光，使人想起古代故事中说的处罚罪人的“人榨”的威严。当一些包以草束以铁，业已成饼的东西，按了一种秩序放到架上以后，打油人，赤着膊，腰边围了小豹之类的兽皮，挽着小小的发髻，把大小不等的木劈依次嵌进榨的空处去，便手扶了那根长长的悬空的槌，唱着简单而悠长的歌，訇的撒了手，尽油槌打了过去。

反复着，继续着，油槌声音随着悠长歌声，荡漾到远处去。一面是屋正中的石磨盘，在三条黄牯牛的缓步下转动，一面是熊熊的发着哮吼的火与沸腾的蒸汽弥满的水，一面便是这长约三丈的一段圆而且直的木在空中摇荡。于是那从各处远近村庄人家送来的小粒的桐子，便在这样行为下，变成稠粘的、黄色的、半透明的流黄，流进地下的油糟了。

油坊中，正如一个生物，嚣杂纷乱，与伟大的谐调，使人认识这个整个的责任是如何重要。人物是从主人到赶牛小子，一共数目在二十以上。这二十余人在一个屋中，各因了职务的不同作着各样事情，在各不相同的工作上各人运用着各不相同的体力，又交换着谈话，表示事情的暇裕。这是一群还是一个，也仿佛不是用简单文字所能解释清楚。

但是，若我们离开这油坊一里两里，我们所能知道这油坊是活的，是有着人一样的生命，而继续反复制作一种有用的事物的，将从什么地方来认识？一离远，我们就不能看到那山堆的桐子仁，也看不到那形势奇怪的房子了。我们也不知道那怪屋里是不是有三条牯牛拖了那大石碾盘打转。也不知灶中的火还发吼没有。也不知那里是空洞死静的还是一切全有生气的。是这样，我们只有一个办法，说是听那打油人唱歌，以及跟了歌声起落仿佛作歌声的拍的宏壮的声音。从这歌声，与油槌的打击的大声上，我们就俨然看出油坊中一切来了。这歌声与打油声，有时五里以外还可以听到，是山中庄严的音乐，庄严到比佛钟还使人感动，能给人气力，能给人静穆与和平，就是这声音。从这声音可以使人明白严冬的过去，一个新的年份的开始，因为打油是从二月开始。且可以知道这地方的平安无警，人人安居乐业，因为地方有了警戒是不能再打油的。

油坊，是简单的，疏略的介绍过读者了。与这油坊有关系的，还有几个人。

要说的人，并不是怎样了不得的大人物。我们已经在每日报纸上，把一切于历史上有意义的阔人要人脸貌，生活，思想，行为，看厌了。对于这类人永远感生兴趣的，他不妨去作小官，设法同这些人接近。所以我说的人只是那些不逗人欢喜，生活平凡，行为庸碌，思想扁窄的乡下人。然而这类人，是在许多人生活中比起学问这东西一样疏远的。

领略了油坊，就再来领略一个打油人生活，也不为无意义——我就告你们一个打油的一切吧。

这些打油人，成天守着那一段悬空的长木，执行着类乎刽子手的职务，手干摇动着，脚步转换着，腰儿钩着扶了那油槌走来走去，他们可不知那一天所作的事是出了油出了汗以外还出了什么。每天到了应换班时节，就回家。人一离开了打油棰，歌也便离开口边了。一天的疲劳，使他觉得非喝一杯极浓的高粱酒不可，他于是乎就走快一点。到了家，把脚一洗，把酒一喝，或者在灶边编编草鞋，或者到别家打一点小牌。有家庭的就同妻女坐到院坝小木板凳上谈谈天，到了八点听到寨上起了更就睡。睡，是一直到第二天五更才作兴醒的。醒来了，天还不大亮，就又到上工时候了。

一个打油匠生活，不过如此如此罢了。不过照例是这职业为专门职业，所以工作所得，较之小乡村中其他事业也独多，四季中有一季作工便可以对付一年生活。故这类人在本乡中地位也等于绅士，似乎比考秀才教书还合算。

可是这类人，在本地方真是如何稀少的人物啊！

天黑了，在高空中打团的鹰之类也渐渐的归林了，各处人家的炊烟已由白色变成紫色了，什么地方有妇人尖锐声音拖着悠长的调子喊着阿牛阿狗的小名回家吃饭了。这时圆坳的油坊停工了，从油坊中走出了一个人。这个人，行步匆匆像逃难，原来后面还有一个小子在追赶。这被追赶的人踉踉跄跄的滑着跑着在极其熟习的下坡路上走着，那追的小子赶不上，就在后面喊他。

"四伯，四伯，慢走一点，你不同我爹喝一杯，他老人家要生气了。"

他回头转望那追赶他的人黑的轮廓，随走随大声的说：

"不，道谢了。明天来。五明，告诉你爹，我明天来。"

"那不成，今天是炖得有狗肉！"

"你多吃一块好了。五明小子你可以多吃一块，再不然帮我留一点，明早我来吃。"

"那他要生气！"

"不会的。告你爹，我有点小事，要到西村张裁缝家去。"说着这样话的这个四伯，人已走下圆坳了，再回头望声音所来处的五明，所望到的是仿佛天是真黑了。

他不管五明同五明爹，放弃了狗肉同高粱酒，一定要急于回家，是因为念着家中的女儿。这中年汉子，唯一的女儿阿黑，是有病发烧，躺在床不能起来，等他回家安慰的。他的家，去油坊是上半里路，已属于另外一个村庄了，所以走到家时已经是五筒丝烟的时候了。快到了家，望到家中却不见灯光，这汉子心就有点紧。老老远，他就大声喊女儿的名字。他意思是或者女儿连起床点灯的气力也失掉了。不听到么，这汉子就更加心急。假若是，一进门，所看到的是一个死人，则这汉子也不必活了。他急剧的又忧愁的走到了自己家门前，用手去开那栅栏门。关在院中的小猪，见有人来以为是喂料的阿黑来了，就群集到那边来。

他暂时就不开门，因为听到屋的左边有人行动的声音。

“阿黑，阿黑，是你吗?”

“爹，不是我。”

故意说不是她的阿黑，却跑过来到她爹的身边了，手上拿的是一些仿佛竹管子东西，爹是见了阿黑又欢喜又有点埋怨的。

“怎么灯也不点，我喊你又不应?”

“饭已早煮好了。灯我忘记了。我不听见你喊我的声音，因为在后面园里去了。”

经过作父亲的用手摸过额角以后的阿黑，把门一开，先就跑进屋里去了，不久这小瓦屋中有了灯光。

又不久，在一盏小小的清油灯下，这中年父亲同女儿坐在一张小方桌边吃晚饭了。

吃着饭，望到脸上还是发红的病态未尽的阿黑，父亲把饭吃过一碗也不再添。被父亲所系念的阿黑，是十七八岁的人了，知道父亲发痴的理由，就说：“一点儿病已全好了，这时人并不吃亏。”

“我要你规规矩矩睡睡，又不听我说。”

“我睡了半天，是因为到夜了天气真好，天上有霞，所以起来看，就便到后园去砍竹子，砍来好让五明作箫。”

“我担心你不好，所以才赶忙回来。不然今天五明留我吃狗肉，我那里就来。”

“爹你想吃狗肉，我们明天自己炖一腿。”

“你那里会炖狗肉?”

“怎么不会？我可以问五明去。弄狗肉吃就是脏一点，费神一点。爹你买来拿到油坊去，要烧火人帮烙好刮好，我必定会办到好吃。”

“等你病好了再说吧。”

“我好了，实在好了。”

“发烧要不得！”

“发烧吃一点狗肉，以火攻火，会好得快一点。”

乖巧的阿黑，并不怎样想狗肉吃，但见到父亲对于狗肉的倾心，所以说狗肉自己来炖的话。但不久，不必自己亲手，五明从油坊里却送了一大碗狗肉来了。被他爹说了一阵是怎不把四伯留下的五明，退思补过，所以赶忙拿了一大青花海碗红焖狗肉来。虽说是送狗肉来，来此还是垂涎另外一样东西，比四伯对狗肉似乎还感到可爱。五明为什么送狗肉一定要亲自来，如同做的大事一样，不管天晴落雨，不管早夜，这理由只有阿黑心中明白！

“五明，你坐。”阿黑让他坐，推了一个小板凳过去。

“我站站到也成。”

“坐，这孩子，总是不听话。”

“阿黑姐，我听你的话，不要生气！”

于是五明坐下了。他坐到阿黑身边驯伏到像一只猫。坐在一张白木板凳上的五明，看灯光下的阿黑吃饭，看四伯喝酒挟狗肉吃。若说四伯的鼻子是为酒糟红，使人见了仿佛要醉，那么阿黑的小小的鼻子，可不知是为什么如此逗人爱了。

“五明，再喝一杯，陪四伯喝。”

“我爹不准我喝酒。”

“好个孝子，可以上传。”

“我只听人说过孝女上传的故事，姐，你是传上的。”

“我是说你假，你以为你真是孝子吗？你爹不许你作许多事，似乎都背了爹作过了，陪四伯吃杯酒就怕爹骂，装得真俨然！”

“冤枉死我了，我装了些什么？”

四伯见五明被女儿逼急了，发着笑，动着那大的酒糟鼻，说阿黑应当让五明。

“爹，你不知道他，小虽小，顶会扯谎。”

大约是五明这小子的确在阿黑面前扯过不少的谎，证据被阿黑拿到手上了，所以五明虽一面嚷着冤枉了人，一面却对阿黑瞪眼，意思是告饶。

“五明你对我把眼睛做什么鬼？我不明白。”说了就纵声笑。五明真急了，大声嚷：

“是，阿黑姐，你这时不明白，到后我要你明白呀！”

“五明，你不要听阿黑的话，她是顶爱窘人的，不理她好了。”

“阿黑，”这汉子又对女儿说，“够了。”

"好，我不说了，不然有一个人眼中会又有猫儿尿。

五明气突突的说："是的，猫儿尿，有一个人有时也欢喜吃人家的猫儿尿！"

"那是情形太可怜了。"

"那这时就是可笑——"说着，碗也不要，五明抽身走了。阿黑追出去，喊小子。

"五明，五明，拿碗去！要哭就在灯下哭，也好让人看见！"

走去的五明不做声，也不跑，却慢慢走去。

阿黑心中过意不去，就跟到后面走。

"五明，回来，我不说了。回来坐坐，我有竹子，你帮我作箫。"

五明心有点动就更慢走了点。

"你不回来，那以后就……什么也完了。"

五明听到这话，不得不停了脚步了。他停顿在大路边，等候追赶他的阿黑。阿黑到了身边，牵着这小子的手，往回走。这小子泪眼婆娑，仍然进到了阿黑的堂屋，站在那里对着四伯勉强作苦笑。

"坐！当真就要哭了，真不害羞。"

五明咬牙齿，不作声。四伯看了过意不去，帮五明的忙，说阿黑：

“阿黑，你就忘记你被毛朱伯笑你的情形了，让五明点吧，女人家不可太逞强。”

“爹你袒护他。”

“怎么袒护他？你大点，应当让他一点才对。”

“爹以为他真像是老实人，非让他不可。爹你不知道，有个时候他才真不老实！”

“什么时候？”作父亲的似乎不相信。

“什么时候么？多咧多！”阿黑说到这话，想起五明平素不老实的故事来，就笑了。

阿黑说五明不是老实人，这也不是十分冤枉的。但当真若是不老实人，阿黑这时也无资格打趣五明了。说五明不老实者，是五明这小子，人虽小，却懂得许多事，学了不少乖，一得便，就想在阿黑身上撒野，那种时节五明决不能说是老实人的，即或是不缺少流猫儿尿的机会。然而到底不中用，所以不规矩，到最后，还是被恐吓收兵回营，仍然是一个在长者面前的老实人。这真可以说，虽然想不老实，又始终作不到，那就只有尽阿黑调谑一个办法了。

五明心中想的是报仇方法，却想到明天的机会去了。其实他不知不觉用了他的可怜模样已报仇了，因为模样可怜使这打油人有与东家作亲家的意思，因了他的无用，阿黑对这被虐待者也心中十分如意了。

五明不作声，看到阿黑把碗中狗肉倒到土钵中去，看到阿黑洗碗，看到阿黑……到后是把碗交到五明手上，另外塞了一把干栗子在五明手中，五明这小子才笑。

借口说怕院坝中猪包围的五明，要阿黑送出大门，出了大门却握了阿黑的手不放，意思还要在黑暗中亲一个嘴，算抵销适间被窘的账。把阿黑手扯定，五明也觉得阿黑是在发烧了。

“姐，干吗，手这么热?”

“我有病，发烧。”

“怎不吃药?”

“一点儿小病。”

“一点儿，你说的！你的全是一点儿，打趣人家也是，自己的事也是。病了不吃药那怎么行。”

“今天早睡点，吃点姜发发汗，明早就好了。”

“你真使人担心!”

“鬼，我不要你假装关切，我自己会比你明白点。”

病

包红帕子的人来了，来到阿黑家，为阿黑打鬼治病。

阿黑发烧的病更来到不儿戏了，一个月来发烧，脸庞儿红得像山茶花，终日只想喝凉水。天气渐热，井水又怕有毒，害得老头子成天走三里路到万亩田去买杨梅。病是杨梅便能止渴。但杨梅对于阿黑的病也无大帮助。人发烧，一到午时就胡言乱语，什么神也许愿了，什么药也吃过了，如今是轮到请老巫师的最后一着了。把巫师从十里外的高坡塘赶来，时间是下午烧夜火的时候。来到门前的包红帕子的人，带了一个徒弟，所有追魂捉鬼用具全在徒弟背上扛着。老师傅站在阿黑家院坝中，把牛角放在嘴边，吹出了长长的悲哀而又高扬的声音，惊动了全村，也惊动了坐在油坊石碾横木玩着的五明。他先知道了阿黑家今天有师傅来，如今听出牛角声音，料到师傅进屋了，赶忙喝了一声，把向前的牛喝住，跑下了横木，迈过碾槽，跑出了油坊，奔到阿黑这边山来了。

五明到了阿黑家时老师傅已坐在坐屋中喝蜜水了，五明就走过去问师傅安。他喊这老师傅做干爹，因为三年前就拜给这人作干儿子了。他蹲到门限上去玩弄老师傅的牛角。这是老师傅的法宝，用水牛角作成，颜色淡黄，全体溜光，用金漆描有花纹同鬼脸，用白银作哨，用银链悬挂。五明欢喜这东西，如欢喜阿黑一样。这时不能同阿黑亲嘴，所以就同牛角亲嘴了。

“五明孩子，你口洗了不洗，你爱吃狗肉牛肉，有大蒜臭，是粘不得法宝的！”

“那里呢？干爹你嗅。”

那干爹就嗅五明的嘴，亲五明的颊。不消说，纵是刚才吃过大蒜，经这年高有德的人一亲，也把肮脏洗净了。

喝了蜜水的老师傅吃吸烟，五明就献小殷勤为吹灰。

那师傅，不同主人说阿黑的病好了不曾，却同阿黑的爹说：

“四哥，五明这孩子将来真是一个好女婿。”

“当真呢，不知谁家女儿有福气。”

“是呀！你瞧他！年纪小虽小，多乖巧。我每次到油坊那边见到他爹，总说我这干儿子有屋里人了没有，这作父亲的总摇头，像我是同他在讲桐子生意，故意搞价手。哥，你……”

阿黑的爹见到老师傅把事情说到阿黑事情上来了，望一望蹲在一旁玩牛角的五明，抿抿嘴，不作声。

老师傅说：“五明，听到我说的话了么？下次对我好一点，我帮你找媳妇。”

“我不懂。”

“你不懂吧，说到真像。我看你样子是懂得比干爹还多！”

五明于是红脸了，分辩说：“干爹冤枉人。”

“我听说你会唱一百多首歌，全是野的，跟谁学来？”

“也是冤枉。”

“我听萧金告我你做了不少大胆的事。”

“萧金呀，这人才坏，他同巴古大姐鬼混，人人都知，谁也不瞒，有资格说别个么？”

“但是你到底作过坏事不？”

五明说：“听不懂你的话。”

说了这话的五明，红着脸，望了望四伯，放下了牛角，站起身来走到院坝中逐鸡去了。

老师傅对这小子笑，又对阿黑的爹笑。阿黑的爹有点知道五明同阿黑的关系了。然而心中却不像城里作父亲的偏狭，他只忧愁的微笑。

小孩子，爱玩，天气好，就到坡上去玩玩，只要不受凉，不受惊，原不是什么顶坏的事。两个人在一块，打打闹闹并不算大不了事体。人既在一块长大，懂了事，互相欢喜中意，非变成一个不行，作父亲的似乎也无取缔理由。

使人顽固是假的礼教与虚空的教育，这两者都不曾在阿黑的爹脑中有影响。所以这时逐鸡的五明，听到阿黑嚷口渴，故不怕笑话，即刻又从干爹身边跑过，走到阿黑房中去了。

阿黑家的房是旧瓦房，一栋三开间，以堂屋作中心，则阿黑住的是右边一间。旧的房屋一切全旧了，楼板与地板，颜色全失了原有黄色，转成浅灰色。窗用铁条作一格，又用白纸糊木条作一格，又用木板门：平时大致把木门打开，放光进来。怕风则将糊纸的一格放下，到夜照例是关门。如今却因为是阿黑发烧，虽按照病理，应避风避光，然而阿黑脾气坏，非把窗敞开不行，所以作父亲的也难于反对，还是照办了。

这房中开了窗子，地当西，放进来的是一缕带绿色的阳光。窗外的竹园，竹子被微风吹动，竹叶率率作响，真仿佛与病人阿黑成其调和的一幅画。带了绿色的一线阳光，这时正在地板上，映出一串灰尘返着晶光跳舞。阿黑却伏在床上，把头转侧着。

用大竹筒插了菖蒲与月季的花瓶，本来是五明送来摆在床边的，这时却见到这竹筒里多了一种蓝野菊。房中粗粗疏疏几件木器，以及一些小钵小罐，床下一双花鞋。伏在床上的露着红色臂膀的阿黑，一头黑发散在床沿。五明不知怎样感动得厉害，却想哭了。

昏昏迷迷的阿黑，似乎听出有人走进房了，也不把头抬起，只嚷渴。

“送我水，送我水……”

“姐，这壶里还有水！”

似乎仍然听得懂是五明的话，就抱了壶喝。

“不够了。”

五明于是又为把墙壁上挂的大葫芦取下，倒出半壶水来。这水是五明小子尽的力，在两三里路上一个洞里流出的洞中泉，只一天，如今摇摇已快喝到一半了。

第二次又得了水又喝，喝过一阵，人却稍稍清醒了。待到五明用手掌烫到她额上时，阿黑瞪了眼睛望到床边的五明。

“姐，你好点了吧?”

“嗯。”

“你认识我么?”

阿黑不即答，仿佛来注意这床边人，但并不是昏到认人不清，她是在五明脸上找变处。

“五明，怎么瘦许多了?”

“那里，我肥多了，四伯才还说!”

“你瘦了。拿你手来我看。”

五明就如命，交手把阿黑，阿黑拿来放在嘴边。她又问五明，是不是烧得厉害。

“姐，你太吃亏了，我心中真难过。”

“鬼，谁要你难过?自己这几天玩些什么?告我刚才做了些什么?告我。”

“我坐到牛车上，赶牛推磨，听到村中有牛角叫，知道老师傅来了，所以赶忙来。”

“老师傅来了吗?难怪我似乎听到人说话，我烧得人糊涂极了。”

五明望这房中床架上，各庙各庵黄纸符咒贴了不少，心想纵老师傅来帮忙，也恐怕不行，所以默然不语了。他想这发烧原由，或者倒是什么时候不小心的原故，责任半多还是在自己，所以自己心中总非常不安，又不敢把这意思告阿黑的爹。他怕阿黑是身上有了小人。他知识只许可他对于睡觉养小孩子心事憧憬恍惚，他怕是那小的人在肚中作怪，所以他觉得老师傅也是空来。然而他还不曾作过做丈夫应作的事，纵作了也不算认真。

五明呆在阿黑面前许久，才说话。

“阿黑姐，你心里难过不难过？”

“你呢？”

这反问，是在另一时节另一情形另一地方的趣话。那时五明正努过力，泄了气，不负责任压在阿黑身上，问阿黑，阿黑也如此这般反问他。同样的是怜惜，在彼却加了调谑，在此则成了幽怨，五明眼红了。

“干吗呢？”

五明见到阿黑注了意，又怕伤阿黑的心，所以忙回笑，说眼中有刺。

“小鬼，你少流一点猫儿尿好了，不要当到我假慈悲。”

“姐，你是病人，不要太强了，使我难过！”

“我使你难过！你是完全使我快活么？你说，什么时候使我快活？”

“我不能使你快活，我知道。我人小力小，就第一样不够格。第二是……”

话被阿黑打断了，阿黑见五明真有了气，拉他倒在床上了。五明压倒阿黑。摸阿黑全身，像是一炉炭，一切气全消了，想起了阿黑这时是在病中了，再不能在阿黑前说什么了。

五明不久就跪到阿黑床边，帮阿黑拿镜子让阿黑整理头发，因老师傅在外面重吹起牛角，在招天兵天将了。

因为牛角五明想起吹牛角的那一个干爹口中说的话来了，他告与阿黑。他告她：“干爹说我是好女婿，但我只愿作这一家人的女婿。谁知道女婿是早作过了。”

“爹怎么说？”

“四伯笑。”

“你好好防备他，有一天一油槌打死你这坏东西，若是他老人家知道了你的坏处。”

“我为什么坏？我又不偷东西。”

“你不偷东西，你却偷了……”

“说什么？”

“说你这鬼该打。”

于是阿黑当真就顺手打了五明一耳光，轻轻的打，使五明感到打的舒服。

五明轮着眼，也不生气，感着了新的饥饿，又要咬阿黑的舌子了。他忘了阿黑这时是病人，且忘了是在阿黑的家中了。外面的牛角吹得呜呜喇喇，五明却在里面同阿黑亲嘴半天不放。

到了天黑，老师傅把红缎子法衣穿好，拿了宝刀和鸡子吹着牛角，口中又时时刻刻念咒，满屋各处搜鬼。五明就跟到这干爹各处走，因为五明是小孩子，眼睛清，可以看出鬼物所在。到一个地方，老师傅回头向五明，要五明随便指一个方向。五明用手一指，老师傅样子一凶，眼一瞪，脚一顿，把鸡蛋对五明所指处掷去，于是俨然鬼就被打倒了，捉着了。鸡蛋一共是打了九个，五明只觉得好玩。

五明到后问干爹，到底鬼打了没有，那老骗子却非常正经说已打尽了鬼。

法事做完后，五明才回去，那干爹师傅因为打油人家中不便留宿，所以到亲家油坊去睡，同五明一路。五明在前打火把，老师傅在中，背法宝的徒弟在后，他们这样走到油坊去。在路上，这干爹又问五明，在本村里看中意了谁家姑娘，五明不答应。老师傅就说回头将同五明的爹做媒，打油匠家阿黑姑娘真美。

大约有道法的老师傅，赶走打倒的鬼是另外一个，却用牛角因此拈来了其他一个他意料不到的鬼，就是五明。所以到晚上，阿黑的发烧，只有增无减。若要阿黑好，把阿黑心中的五明歪缠赶去，忌忌油，发发汗，真是容易事！可惜的是打油人只会看油的成色，除此以外全无所知；捉鬼的又反请鬼指示另一种鬼的方向，糟蹋了鸡蛋，阿黑所以病就只好继续三十天了。

阿黑到后怎样病就有了起色呢？却是五明要到桐木寨看舅舅接亲吃酒，一去有十天。十天不见五明，使阿黑不心跳，不疲倦，因此到作成了老师傅的夸口本事，鬼当真走了，病才慢慢退去，人也慢慢的复原了。

回到圆坝吃酒去的五明，还穿了新衣，就匆匆忙忙跑来看阿黑。时间是天已快黑，天上全是霞。屋后已有纺织娘纺车，阿黑包了花帕子，坐到院坝中石碌碡上，为小猪搔痒。阿黑身上也是穿得新浆洗的花布衣，样子十分美，五明一见几乎不认识，以为阿黑是作过新嫁娘的人。

“姐，你好了！”

阿黑抬头望五明，见五明穿新衣，戴帽子，白袜青鞋，知道他是才从桐木寨吃酒回来，就笑说：“五明，你是作新郎来了。”

这话说错了，五明听的倒是“来此作新郎”，不是“作过新郎来”，他忙跑过去，站到阿黑身边。他想到阿黑的话要笑，忘了问阿黑是什么时候病好的。

在紫金色薄暮光景中，五明并排坐到阿黑身边了。他觉阿黑这时可以喊作阿白，因为人病了一个月，把脸病白了。他看阿黑的脸，清瘦得很，不知应当如何怜爱这个人。他用手去摸阿黑下巴，阿黑就用口吮五明的手指，不作声。

在平时，五明常说到阿黑是观音，却是说了也无多大意义，只不过是想赞美阿黑，找不出好句子，借用来表示自己低首投降甘心情愿而已。此时五明才真觉得阿黑是观音！那么慈悲，那么清雅，那么温柔，想象观音为人决不会比这个人更高尚又更近人情。加以久病新瘥，加以十天远隔，五明觉得为人幸福像做皇帝了。

秋

到了七月间，田中禾苗的穗已垂了头，成黄色，各处忙打谷子了。

这时油坊歇憩了，代替了油坊打油声音的是各处田中打禾的声音。用一二百铜钱，同到老酸菜与臭牛肉雇来的每个打禾人，一天亮起来到了田中，腰边的镰刀像小锯子。下田后，把腰一钩，齐人高的禾苗，在风快的行动中，全只剩下一小桩，禾的束全卧在田中了。

在割禾人后面，推着大的四方木桶的打禾人，拿了卧在地上的禾把在手，高高的举起快快的打下，把禾在桶的边沿上痛击，于是已成熟的谷颗便完全落到桶中了。

打禾的日子是热闹的日子，庄稼人心中有丰收上仓的欢喜，一面有一年到头的耕作已到了休息时候的舒畅，所有人，全是笑脸！

慢慢的，各个山坡各个村落各个人家门前的大树下，把稻草堆成高到怕人的巨束，显见的是谷子已上仓了。这稻草的堆，各处可见到，浅黄的颜色，伏在叶已落去了的各种大树下，远看便像一个庞大兽物。有些人家还将这草堆作屋，就在草堆上起居，以便照料到那晚熟的山谷中黍类薯类。地方没有人作贼，他们怕的是野猪，野猪到秋天就多起来了。

这个时候五明家油坊既停了工，五明无可玩，五明不能再成天守到碾子看牛推磨了，牛也须要放出去吃草了，就是常上山去捡柴。捡柴不一定是家中要靠到这个卖钱，也不是烧火乏柴，五明的家中剩余的油松柴，就不知有几千几万。五明的捡柴，一天捡回来的只是一捆小枯枝，一捆花，一捆山上野红果。这小子，出大门，佩了镰刀，佩了烟管，还佩了一枝短笛，这三样东西只有笛子合用。他上山，就是上山在西风中吹笛子给人听！

把笛子一吹，一匹鹿就跑来了。笛子还是继续吹，鹿就呆在小子身边睡下，听笛子声音醉人。来的这匹鹿是有一双小小的脚，一个长长的腰，一张黑黑的脸同一个红红的嘴。来的是阿黑。

阿黑的爹这时不打油，用那起着厚的胼胝的扶油槌的手在乡约家抹纸牌去了。阿黑成天背了竹笼上山去，名义也是上山捡柴爬草。不拘在什么地方，远虽远，她听得出五明笛子的声音。把笛子一吹，阿黑就像一匹小花鹿跑到猎人这边来了。照例是来了就骂，骂五明坏鬼，也不容易明白这坏意义究竟是什么一会事。大约是，五明吹了笛，唱着歌，唱到有些地方，阿黑虽然心欢喜，正因为欢喜，就骂起“五明坏鬼”来了。阿黑身上并不黑，黑的只是脸，五明唱歌唱到——

娇妹生得白又白，情哥生得黑又黑。

黑墨写在白纸上，你看合色不合色?!

阿黑就骂人。使阿黑骂人，也只怪得是五明有嘴。野猪有一张大的嘴巴，可以不用劲就把田中大红薯从土里掘出，吃薯充饥。五明嘴不大，却乖劣不过，唱歌以外不单是时时刻刻须用嘴吮阿黑的脸，还时时刻刻想用嘴吮阿黑的一身。且嗜好不良，怪脾气顶多，还有许多说不出的铺排，全似乎要口包办，都有使阿黑骂他的理由。一面骂是骂，一面要作的还是积习不改，无怪乎阿黑一见面就先骂“五明坏鬼”作为“预支数”了。

五明又怪又坏，心肝肉圆子的把阿黑哄着引到幽僻一点稻草堆下去，且别出心裁，把草堆中部的拖出，挖空成小屋。就在这小屋中为阿黑解衣纽绊同裤带子，又谄媚又温柔同阿黑作那顶精巧的体操。有时因为要挽留阿黑，就设法把阿黑衣服藏到稻草堆的顶去，非到阿黑真有生气样子时不退。

阿黑人虽年纪比五明大，知道“伤食”那类名词，知道秋天来了，天气冷，“着凉”也是应当小心注意，可是就因为五明是“坏鬼”，脾气坏，心坏，嗜好的养成虽日子不多也是无可救药。纵有时阿黑一面说着“不行”“不行”的话，到头仍然还是投降，已经也是有过极多例了。

天气是当真一天一天冷下来了，中秋快到，纵成天是大太阳挂到天空，早晚是仍然有寒气侵人，非衣夹袄不可了。在这样的天气下，阿黑还一听到五明笛子就赶过去，这要说是五明罪过也似乎说不出！

八月初四是本地山神的生日，人家在这一天都应当用鸡用肉用高粱酒为神做生。五明的干爹，那个头缠红帕子作长毛装扮的老师傅，被本地当事人请来帮山神献寿，谢神祝福，一来就住到亲家油坊里。来到油坊的老师傅，同油坊老板挨着烟管吃烟，坐到那碾子的横轴上谈话，问老板的一切财运。打油匠阿黑的爹也来了。

打油匠是听到油坊中一个长工说是老师傅已来，所以放下了纸牌跑来看老师傅的。见了面，话是这样谈下去：

“油匠，您好！”

“托福。师傅，到秋天来，你财运好！”

“我财运也好，别的运气也好，妈个东西。上前天，到黄寨上做法事，半夜里主人说请师傅打牌玩，就架场动手。到后作师傅的又作了宝官庄家，一连几轮庄，撇十遇天罡，足足六十吊，散了饷。事情真做不得，法事不但是空做，还倒贴。钱输够了天也不亮，主人倒先睡着了。”

“亲家，老庚，你那个事是外行，小心是上了当。”油坊老板说。喊老师傅做亲家，又喊老庚，因为他们又是同年。

师傅说：“当可不上。运气坏是无办法。这一年运像都不大好。”

师傅说到运气不好，就用力吸烟。若果烟气能像运气一样，用口可以吸进放出，那这位老师傅一准赢到不亦乐乎了。

他吸着烟，仰望着油坊窗顶，那窗顶上有一只蝙蝠倒挂在一条椽皮上。

“亲家，这东西会作怪，上了年纪就会成精。”

“什么东西？”老板因为同样抬头，却见到两条烟尘的带子。

“我说檐老鼠，你瞧，真像个妖。”

“成了妖就请亲家捉它。”

“成了妖我恐怕也捉不到，我的法子倒似乎只能同神讲生意，不能同妖论本事！”

“我不信这东西成妖精。”

“不信呀，那不成。”师傅说，记起了一个他也并不曾亲眼见到的故事，说：“真有妖。老虎峒的第二层，上面有斗篷大的檐老鼠，能做人说话，又能叫风唤雨，是得了天书成形的东西。幸好是它修炼它自己，不惹人，人也不惹它，不然可了不得。”

为证明妖精存在起见，老师傅不惜在两个朋友面前说出丢脸的话。他说他有时还得为妖精作揖，因为妖精成了道也像招安了的土匪一样，不把他当成副爷款待可不行的。他又说怎么就可以知道妖精是有根基的东西，又说怎么同妖精讲和的方法。总之这老东西在亲家面前就是一个喝酒的同志，穿上法衣才是另外一个老师傅！其实，他做着捉鬼降妖的事实已有二三十年，却没有遇到一次鬼。他遇到的倒是在人中不缺少鬼的本领的，同他赌博，把他打斤斗唱神歌得来的几个钱全数掏去。他同生人说打鬼的法术如何大，同亲家老朋友又说妖是如何凶，可是说的全是鬼话，连他自己也不明白自己法术究竟比赌术精明多少。

这个人，实在可以说是好人，缺少城中法师势利习气，唱神歌跳舞磕头全非常认真，又不贪财，又不虐待他的徒弟。可是若当真有鬼有妖，花了钱的他就得去替人降伏。他的道法，究竟与他的赌术那样高明一点，真是难说的事！

谈到鬼，谈到妖，老师傅记起上几月为阿黑姑娘捉鬼的事，就问打油匠女儿近来身体怎样。

打油匠说："近来人全好了，或者是天气交了秋，还发了点胖。"

关于肥瘦，渊博多闻的老师傅，又举出若干例子，来说明鬼打去以后病人发胖的理由。且同时不嫌矛盾，又说是有些人被鬼缠身反而发胖，颜色充实。

那老板听到这两种不同的话，就打老师傅的趣，说："亲家，那莫非这时阿黑丫头还是有鬼缠到身上！"

老师傅似乎承认这话，点着头笑。老师傅笑着，接过打油匠递来的烟管，吸着烟。五明同阿黑来了。阿黑站到门边，不进来。五明就走到老师傅面前去喊干爹，又回头喊四伯。

打油人说："五明，你有什么得意处，这样笑。"

"四伯，人笑不好么?"

"我记到你小时爱哭。"

"我才不哭!"

"如今不会哭了，只淘气。"作父亲的说了这样话，五明就想走。

"走那儿去？又跑?"

"爹，阿黑大姐在外面等我，她不肯进来。"

"阿黑丫头，来哎!"老板一面喊一面走出去找阿黑，五明也跟到去。

五明的爹站到门外四望，四望望不到阿黑。一个大的稻草堆把阿黑隐藏，五明清白，就走到草堆后面去。

"姐，你躲到这里做什么？我干爹同四伯他们在谈话，要你进去!"

"我不去。"

"听我爹喊你。"

的确那老板是在喊着的，因为见到另一个背竹笼的女人下坡去，以为那是走去的阿黑了，他就大声喊。

五明说："姐，你去吧。"

"不。"

"你听，还在喊！"

"我不耐烦去见那包红帕子老鬼。"

为什么阿黑不愿意见包红帕子老鬼？不消说，是听到五明说过那人要为五明做媒的原故了。阿黑怕的是一见那老东西，又说起这事，所以不敢这时进油坊。五明是非要阿黑去油坊玩玩不可的，见阿黑坚持，就走出草堆，向他父亲大声喊，告他阿黑藏在草后。

阿黑不得不出来见五明的爹了，五明的爹要她进去，说她爹也在里面，她不好意思不进油坊去。同时进油坊，阿黑对五明鼓眼睛，作生气神气，这小子这时只装不看见。

见到阿黑几乎不认识的是那老法师。他见到阿黑身后是五明，就明白阿黑其所以肥与五明其所以跳跃活泼的理由了。老东西对五明独做着会心的微笑。老法师的模样给阿黑见到，使阿黑脸上发烧。

"爹，我以为你到萧家打牌去了。"

"打牌又输了我一吊二，我听到师傅到了，就放手。可是正要起身，被团总扯着不许走，再来一牌，却来一个回笼子青花翻三层台，里外里还赢了一吊七百几。"

"爹你看买不买那王家的踫脚猪？"

"你看有病不有。"

"病是不会，脚是有一只蹁了，我不知好不好。"

"我看不要它，下一场要油坊中人去新场买一对花猪好。"

"花猪不行，要黑的，配成一个样子。"

"那就是。"

阿黑无话可说了，放下了背笼，从背笼中取出许多带球野栗子同甜萝葡来，又取出野红果来，分散给众人，用着女人的媚笑说请老师傅尝尝。五明正爬上油榨，想验看油槽里有无蝙蝠屎，见到阿黑在俵分东西，跳下地，就不客气的抢。

老师傅冷冷的看着阿黑的言语态度，觉得干儿子的媳妇再也找不出第二个了，又望望这两个作父亲的人，也似乎正是一对亲家，他在心中就想起作媒的第一句话来了。他先问五明，说：

"五明小子，过来我问你。"

五明就走过干爹这边来。

老师傅附了五明的耳说："记不记到我以前说的那话。"

五明说："记不到。"

"记不到，老子告你，你要不要那个人做媳妇？说实话。"

五明不答，用手掩两耳，又对阿黑做鬼样子，使阿黑注意这一边人说话情景。

“不说我就告你爹，说你坏得很。”

“干爹你冤枉人。”

“我冤枉你什么？我老人家鬼的事都知道许多，岂有不明白人事的道理。告我实话，若欢喜要干爹帮忙，就同我说，不然打油匠有一天会用油槌打你的狗头了。”

“我不作什么那个敢打我，我也会回他。”

“我就要打你，”老师傅这时可高声了，他说，“亲家，我以前同你说那事怎样了？”

“怎么样？干爹这样担心干吗？”

“不担心吗？你这作爹的可不对。我告你小孩子是已经会拜堂了的人，再不设法将来会捣乱。”

五明的爹望五明笑，五明就向阿黑使眼色，要她同到出去，省得被窘。

阿黑对她爹说：“爹，我去了。今天回不回家吃饭？”

五明的爹就说：“不回去吃了，在此陪师傅。”

“爹不回去我是不必煮饭的，早上剩得有现饭。”阿黑一面说，一面把背笼放到肩上，又向五明的爹与老师傅说，“伯伯，师傅，请坐。我走了。无事回头到家里吃茶。”

五明望到阿黑走，不好意思追出去。阿黑走后干爹才对打油人说道："四哥，你阿黑丫头越发长得好看了。"

"你说那里话，这丫头真不懂事。一天只想玩，只想上天去。我预备把她嫁到个远乡里去，有阿婆阿公，有妯娌弟妹，才管教得成人，不然就只好嫁当兵人去。"

五明听阿黑的爹说的话心中就一跳。老师傅可为五明代问出打油人的意见了，那老师傅说："哥，你当真舍得嫁黑丫头到远乡去吗？"

打油人不答，就哈哈笑。人打哈哈笑，显然是自己所说的话是一句笑话，阿黑不能远嫁也分明从话中得到证明了。进一步的问话是阿黑究竟有了人家没有，那打油人说还不曾。他又说，媒人是上过门有好几次了，因为只这一个女儿，不能太马虎。一面问阿黑，阿黑也不愿，所以事情还谈不到。

五明的爹说："人是不小了，也不要太马虎。总之这是命，命好的先不到后会好，命坏的好也会变。"

"哥，你说的是。我是做一半儿主，一半听丫头自己，她欢喜我总不反对的。我不想家私，只要儿郎子弟好，他日我老了，可以搭他们吃一口闲饭，有酒送我喝，有牌送我打，就算享福了。"

“哥，把事情包送我办好了，我为你找女婿。——亲家，你也不必理五明小子的事，给我这做干爹的一手包办。——你们就打一个亲家好不好？”

五明的爹笑，阿黑的爹也笑。两人显然是都承认这提议有可以商量继续下去的必要，所以一时无话可说了。

听到这话的五明，本来不愿意再听，但想知道这结果，所以装不明白神气坐到灶边用砖头砸栗球吃。他一面剥栗子壳一面用心听三人的谈话，旋即又听到干爹说道：

“亲家，我这话是很对的。若是你也像四哥意思，让这没有母亲的孩子自己作一半主，选择自己意中人，我断定他不会反对他干爹的意见。”

“师傅，黑丫头年纪大，恐怕不甚相称吧。”

“四哥，你不要客气，你试问问五明，看他要大的妻还是要小的妻。”

打油人不问五明，老师傅就又帮打油人来问。他说：“喂，不要害羞，我同你爹说的话总已经听到了。我问你，愿不愿意把阿黑当做床头人，喊四伯做丈人？”

五明装不懂。

“小东西，你装痴，我问你的是要不要妻，要时就赶快为干爹磕头，干爹好为你正式做媒。”

“我不要。”

“你不要那就算了，以后再见你同阿黑在一起，就教你爹打断你的腿。”

五明不怕吓，干爹大话说不倒五明，那是必然的。虽然愿意阿黑有一天会变成自己的妻，可是口上说要什么人帮忙，还得磕头，那是不行的。一面是不承认，一面是逼到要说，于是乎五明只有走出油坊一个办法了。

五明走出了油坊，就跑到阿黑家中去。这一边，三个中年汉子，亲家作不作倒不甚要紧，只是还无法事可作的老师傅，手上闲着发鸡爪风，所以不久三人就邀到团总家去打“丁字福”的纸牌去了。且说五明，钻着阿黑的房里去时是怎样情景。

阿黑正怀想着古怪样子的老师傅，她知道这个人在已经翻斤斗以外总还有许多精神谈闲话，闲话的范围，一推广，则不免就会到自己身上来，所以心正怔忡着。事情果不出意料以外，不但是谈到了阿黑，且谈到一事，谈到五明与阿黑有同意的必然的话了。因为报告这话来到阿黑处的五明，一见阿黑的面就痴笑。

“什么事，鬼?”

“什么事呀！有人说你要嫁了！”

“放屁！”

“放屁放一个，不放多，我听到你爹说预备把你嫁到黄罗寨去，或者嫁到麻阳吃稀饭去。”

“我爹是讲笑话。”

“我知道。可是我干爹说要帮你做媒，我可不明白这老东西说的是谁了。”

“当真不明白吗？”

“当真不，他说是什么姓周的。说是读书人，可以做议员的，脸儿很白，身个儿很高，穿外国人的衣服，是这种人。”

“我不愿嫁人，除了你。”

“他又帮我做媒，说女人……”

“怎样说？”阿黑有点急了。

“他说道女人生长得像观音菩萨，脸上黑黑的，眉毛长长的，名字是阿黑。”

“鬼，我知道你是在说鬼话。”

“岂有此理！我明白说吧，他当到我爹同你爹说你应当嫁我了，话真只有这个人说得出口！”

阿黑欢喜得脸上变色了。她忙问两个长辈怎么说。

“他们不说。他们笑了。”

“你呢?”

“他问我，我不好意思说我愿不愿，就走来了。”

阿黑歪头望五明，这表示要五明亲嘴了，五明就走过来抱阿黑。他又说:“阿黑，你如今是我的妻了。”

“是你的，你也是我的夫!”

“我是你的丈夫，要你做什么你就应当做。”

“我信你的话。”

“信我的话，这时解你的那根带子，我要同那个亲嘴。”

“放屁，说呆话我要打人。”

“你打我我就告干爹，说你欺侮我小，磨折我。”

阿黑气不过，当真就是一个耳光。被打痛了五明，用手擦抚着那颊，一面低声下气认错，要阿黑陪他出去看落坡的太阳以及天上的霞。

站在门边望天上，天上是淡紫与深黄相间。放眼又望各处，各处村庄的稻草堆，在薄暮的斜阳中镀了金色，全仿佛是诗。各个人家炊烟升起以后又降落，拖成一片白幙到坡边。远处割过禾的空田坪，禾的根株作白色，如用一张纸画上无数点儿。

在这光景中的五明与阿黑，倚在门前银杏树下听晚蝉，不知此外世界上还有眼泪与别的什么东西。

婚前

五明一个嫁到边远地方的姑妈，是个有了五十岁的老太太，因为听到五明侄儿讨媳妇，带了不少的礼物，远远的赶来了。

这寡妇，年纪有一把，让同丈夫所生的那一个儿子独自住到城中享福，自己却守着一些山坡田过日子。逢年过节时，就来油坊看一次，来时总用背笼送上一背笼吃的东西给五明父子，回头就背三块油枯回去，用油枯洗衣。

姑妈来时五明父子就欢喜极了。因为姑妈是可以作母亲的一切事，会补衣裳，会做鞋，会制造干菜，会说会笑。这一家，原是需要这样一个女人的！脾气奇怪的毛伯，是常常因为这老姊妹的续弦劝告，因而无话可说，只说是请姑妈为五明的妻留心的。如今可不待姑妈来帮忙，五明小子自己倒先把妻拣定了。

来此吃酒的姑妈，是吃酒以外还有做媒的名分的。不单是做媒，她又是五明家的主人。她又是阿黑的干妈。她又是送亲人。因此这老太太，先一个多月就来到五明油坊了。她虽是在一个月以前来此，也是成天忙，还仿佛是来了迟一点的。

因为阿黑家无女人作主，这干妈就又移住到阿黑家来，帮同阿黑预备嫁妆。成天看到这干女儿，又成天看到五明，这老太太时常欢喜得流泪。见到阿黑的情形，这老太太却忘了自己是五十岁的人，常常把自己作嫁娘时的蠢事情想起好笑。她还深怕阿黑无人指教，到时无所措手足，就用着长辈的口吻，指点了阿黑许多事，又背了阿黑告给五明许多事。这好人，她那里明白近来的小男女，这事情也要人告才会，那真是怪事了。

在另一时阿黑五明在一起，就把姑妈说过的蠢话谈来取乐。这一对坏人，还依照姑妈所指示的来试习，结果是姑妈的话全不适用，两人就更觉到秘密的趣味了。

当到姑妈时，这小子是规矩到使老人可怜的。姑妈总说，五明儿子，你是像大人了，我担心你有许多地方不是一个大人所有。这话若是另一个知道这秘密的人说来，五明将红脸。因为这话说到“不是大人”，那不外乎指点到五明不懂事，但“不懂事”这句话是不够还是多余。天真到不知天晴落雨，要时就要，饿了非吃不行，吃够了又分手，这真不算是大人！一个大人他是应当在节制以及悭吝上注意的，即或是阿黑的身，阿黑的笑和到泪，也不能随便自己一要就拿，不要又放手。

姑妈在一对小人中，看阿黑是老成比五明为多的。这个人在干妈面前，不说蠢话，不乱批评别人，不懒，不对老辈缺少恭敬。一个乖巧的女人是常常能把自己某一种美德显示给某种人，而又能把某一种好处显示给另外一种人，处置得当，各处都得到好评的。譬如她，这老姑妈以为是娴静，中了意，五明却又正因为她有些地方不很本分，所以爱得像观音菩萨了。

日子快到了，差十天。这几天中的五明，倒不觉得欢喜。虽说从此以后阿黑是自己家里的人，要顽皮一点时，再不能借故了，再不能推托了，可是谁见到有人把妻带到山上去胡闹过的事呢。天气好，趣味好，纵说适宜于在山上玩一切所要玩的事情，阿黑却不行，这也是五明看得出的。结了婚，阿黑名分上归了五明，一切好处却失去了。在名分与事实上方便的选择，五明是并不看重这结婚的。在未做喜事以前的一月以来，五明已失去了许多方便，感到无聊，真是运气。距做喜事的日子一天接近一天，五明也一天惶恐一天了。

今天在阿黑的家里，他碰到了阿黑，同时有姑妈在身边。姑妈见五明来，仿佛以为是五明不应当。她说：“五明孩子，你怎么不害羞?”

“姑妈，我是来接你老人家过油坊的，今天家里杀鸡。”

“你爹为什么不把鸡煮好了送到这边来?”

“另外有的，接伯伯也过去，只她（指阿黑）在家中吃。”

“那你就陪到阿黑在一块吃饭，这是你老婆，横顺过十天半月总仍然要在一起!”

姑妈说的话，意思是五明未必答应，故用话把小子窘倒，试小子胆量如何。其实巴不得，五明意思就正是如此。他这几日来，心上痒，脚痒，手痒，只是无机会得独自同阿黑在一处。今天则天赐其便，正是好机会。他实在愿意偷偷悄悄乘便来在做新郎以前再做几回情人，然而姑妈提出这问题时他看得出姑妈意思，他说：“那怎么行。”

姑妈说：“为什么不行?”

小子无话答，是这样，则显然人是顶腼腆的人，甚至于非姑妈在此保镖，连过阿黑的门也不敢了。

阿黑对这些话不加一点意见，姑妈的忠厚把这个小子仿佛窘到了。五明装痴，一切俨然，只使阿黑在心上好笑。

谁知姑妈还有话说，她又问阿黑："怎么样，要不要一个人陪?"阿黑低头笑。笑在姑妈看来也似乎是不好意思的，其实则阿黑笑五明着急，深怕阿黑不许姑妈去，那真是磕头也无办法的一件事。

可不然，姑妈说了。她说不去，因为无人陪阿黑。

五明看了阿黑一会，又悄悄向阿黑努嘴，用指头作揖。阿黑装不见到，也不说姑妈去，也不说莫去。阿黑是在做一双鞋，低头用口咬鞋帮上的线，抬头望五明，做笑样子。

"姑妈，你就去吧，不然……是要生气的。"

"什么人会生我的气?"

"总有人吧。"说到这里的五明，被阿黑用眼睛吓住了。其实这句话若由阿黑说来，效用也一样。

阿黑却说："干妈，你去，省得他们等。"

"去自然是去，我要五明这小子陪你，他不好意思！不好意思我偏不去。"

"你老人家不去，或者一定把他留到这里，他会哭。"阿黑说这话，头也不抬，不抬头正表明打趣五明。"你老人家就同他去好了。有些人，脾气生来是这样，劝他吃东西则摇头，说不饿，其实，他……”

五明不愿意听下去了，大声嘶嚷，说非去不行，且拖了姑妈手就走。

姑妈自然起身了，但还要洗手，换围裙。“五明你忙什么，有什么事情在你心上，不愿在此多呆一会?”

“等你吃！还要打牌，等你上桌子！”

“姑妈这几天把钱已经输完了，你借吧。”

“我借。我要账房去拿。”

“五明，你近来真慷慨了，若不是新娘子已到手的今天，我还疑心你是要姑妈做媒，所以这样殷勤讨好！”

“做媒以外自然也要姑妈。”阿黑说了仍不抬头。五明装不听见。

姑妈说：“要我做什么？姑妈是老了，只能够抱小孩子，别的事可不中用。”姑妈人是好人，话也是好话，只是听的人也要会听。

阿黑这时轮到装成不听见的时候了，用手拍那新鞋，作大声，五明则笑。

过了不久剩阿黑一个人在家中，还是在衲鞋想一点蠢事，想到好笑时又笑。一个人，忽然像一匹狗跳进房中来，吓了她一跳。

这个人是谁，不必说明也知道的。正是如阿黑所谓“劝他吃摇头，无人时又悄悄来偷吃”的。她的一惊不是别的，倒是这贼来得太快。

头仍然不抬，只顾到鞋，开言道：

“鬼，为什么就跑来了？”

“为什么？你不明白么？”

“鬼肚子里的事我那里明白许多。”

“我要你明白的。”

五明的办法，是扳阿黑的头，对准了自己，眼睛对眼睛，鼻子对鼻子，口对口。他做了点呆事，用牙齿咬阿黑的唇，被咬过的阿黑，眼睛斜了，望五明的手。手是那只右手，照例又有撒野的意思了，经一望到，缩了转去，摩到自己的耳朵。这小子的神气是名家画不出的。他的行为，他的心，都不是文字这东西写得出。说到这个人好坏，或者美丑，文字这东西已就不大容易处置了，何况这超乎好坏以上的情形。又不要喊，又不要恐吓，凡事见机，看到风色，是每一个在真实的恋爱中的男子长处。这长处不是教育得来，把这长处用到恋爱以外也是不行的，譬如说，要五明，这时来做诗，自然不能够。但他把一个诗人呕尽心血写不成的一段诗景，表演来却恰恰合式，使人惊讶。

"五明，你回去好了，不然他们不见到你，会笑。"

"因为怕他们笑，我就离开你?"

"你不怕，为什么姑妈要你留到这里，又装无用，不敢接应?"

"我为什么这样蠢，让她到爹面前把我取笑。"

"这时他们那里会想不到你在这里?"

"想！我就让他们想去笑去，我不管!"

到此，五明把阿黑手中的鞋抢了，丢到麻篮内去，他要人搂他的腰，不许阿黑手上有东西妨碍他。把鞋抢去，阿黑是并不争的，因为明知争也无益。"春官进门无打发是不走路的。米也好，钱也好，多少要一点。"而且例是从前所开，沿例又是这小子最记性好的一种，所以凡是五明要的，在推托或慷慨两种情形下，总之是无有不得。如今是不消说如了五明的意，阿黑的手上工作换了样子，她在施舍一种五明所要的施舍了。

五明说："我来这里你是懂了。我这身上要人抱了。"

"那就走到场上去，请抱斗卖米的经纪抱你一天好了。为什么定要到这里来?"

"我这腰是为你这一双手生的。"

阿黑笑，用了点力。五明的话是敷得有蜜，要通不通，听来简直有点讨嫌，所谓说话的冤家。他觉到阿黑用了力，又说道："姐，过一阵，你就不会这样有气力了，我断定你。"

阿黑又用点力。她说："鬼，你说为什么我没有力？"

"自然，一定，你……"他说了，因为两只手在阿黑的肩上，就把手从阿黑身后回过来摸阿黑的肚子。"这是姑妈告我的。她说是怎么怎么，不要怕，你就变妇人了。——她不会知道你已经懂了许多的。她又不疑我。她告我时是深怕有人听的。——她说只要三回或四回（五明屈指），你这里就会有东西长起来，一天比一天大，那时你自然就没有力气了。"

说到了这里，两人想起那在梦里鼓里的姑妈，笑做一团。也亏这好人，能够将这许多许多的好知识，来在这个行将作新郎的面前说告！也亏她活了五十岁，懂得到这样多！但是，记得到阿黑同五明这半年来日子的消磨方法的，就可明白这是怎么一种笑话了。阿黑是要五明做新郎来把她变成妇人吗？五明是要姑妈指点，才会处治阿黑吗？

"鬼，你真短命！我是听她也听不完一句，就打了岔的。"

"你打岔她也只疑是你不好意思听。"

“是呀，她还告我这个是要有点……”

“鬼！你这鬼仅仅是只使我牙齿痒，想在你脸上咬一口的！”

五明不问阿黑是说的什么话，总而言之脸是即刻凑上了，既然说咬，那就请便，他一点不怕。姑妈的担心，其实真是可怜了这老人，事情早是在各种天气下，各种新地方，训练得像采笋子胡葱一样习惯了。五明那里会怕，阿黑又那里会怕。

背了家中人，一人悄悄赶回来缠阿黑，五明除了抱，还有些什么要作，那是很容易明白的。他的坏想头在行为上有了变动时，就向阿黑用着姑妈的腔调说：“这你不要怕。”这天才，处处是诗。

这可不行啊！天气不是让人胡闹的春天夏天，如今是真到了只合宜那规矩夫妇并头齐脚在被中的天气！纵不怕，也不行。不行不是无理由，阿黑有话。

“小鬼，只有十天了！”

“是呀！就只十天了！”

阿黑的意思是只要十天，人就是五明的人了，既然是五明的人，任什么事也可以随意不拘，何必忙。五明则觉得过了这十天，人住在一块，在一处吃，一处做事，一处睡，热闹倒真热闹，只是永远也就无大白天来放肆的兴趣了。

他们争持了一会。不规矩的比平常更不规矩，不投降的也比平常更坚持得久，决不投降。阿黑有更好的不投降理由，一则是在家中，一则是天冷。本来一种出汗的事，是似乎应当不畏天冷的，然而姑妈在另一意义上告给阿黑的话，阿黑却记下来了。在家中则总不是可以放肆的地方，有菩萨，有神，有鬼，不怕处罚，倒像是怕笑。瞒了活人瞒不了鬼神，许多女人是常常因了这念头把自己变成更贞洁了的。

“阿黑，你是要我生气，还是要我磕头呢?”

“随你的意，欢喜怎么样就怎么样，生气也好，磕头也好。”

“你是好人，我不能生你的气!”

“我不是好人，你就生气吧。”

“你‘不要怕’，姑妈说的，你是怕……”

“放狗屁。小鬼你要这样，回头姑妈回来时，我就要说，说你专会谎老人家，背了长辈做了不少坏事情。”

五明讪讪的说不怕，总而言之不怕，还是歪缠。说要告，他就说：

“要告，就请。但是她问到同谁胡闹，怎样闹法，我要你也说与她听。你不说，我能不打自招，就告她第一，第二，第三，……‘或者三，或者四，就有东西长起来’，你为什么又不有？我还要问她！”

五明挨打了，今天嘴是特别多，处处引证姑妈的话拿来当笑话说。究竟其实则阿黑在做正式新娘以前，会不会有慢慢长起来的东西，阿黑不告他，他也不知道。虽说有些事，是并不像姑妈说的俨然大事了，然而要问五明，懂到为什么就有孩子，他并不比他人更清楚一点的。他只晓得那据说有些人怕的事，是有趣味、好玩，比爬树、泅水、摸鱼、偷枇杷吃，还来得有趣味好玩而又费劲倦人而已。春天的花鸟、太阳当然不是为住在大都会中的诗人所有，像他这样的人才算不虚度过一个春天。好的春天是过去了，如今是冬了，不知天时是应当打一两下哩。

被打的五明，生成的骨头，在阿黑面前是被打也才更快活的。不能让他胡闹，非打他两下不行；要他闹，也得打。又不是被打吓怕，因此就老实了。他是因为被打，就俨然可以代替那另一件事的。他多数时节还愿意阿黑咬他，咬得清痛，他就欢喜。他不能怎样把阿黑虐待，除了阿黑在某一种情形下闭了眼睛发喘时。至于阿黑，则多数是先把五明虐待一番，再来尽这小子处治的。为了最后的胜利，为了把这小子的心搅热，都得打他骂他。

在嘴上得到的利害已经得到以后，他用手，把手从虚处攻击。一面口上是议和的话，一面并不把已得的权利放失，凡是人做的事他都去做。他是饿了。年青人，某一种嗜好，是常常比成年人吃大烟嗜好积习还深的。

姑妈来了一月，这一月来天气又已从深秋转到冬，一切的不方便倒怪谁也不能！天冷了是才作兴接亲的，姑妈的来又原是帮忙，五明在天时人事下是应当欢喜还是应当抱怨？真无话可说！

类乎磕头的事五明是作过了，作了无效，他只得采用生气一个方法。生气到流泪，则非使他生气的人来哄他不行。但哄是哄，哄的方法也有多种，阿黑今天所采用来对付五明眼泪的也只是那次一种。见到五明眼睛红了，她只放了一个关隘，许可一只手，到某一处。

过一阵。五明不够，觉得这样是不行。

阿黑又宽松了一点。

过了一阵。仍不够。

“我的天，你这怎么办？”

“天是要做‘天’的本分，在上头。”

“你要闹我就要走了，让你一个在这里。”

像是看透了阿黑，话是不须乎作答，虽说要走，然而还要闹。他到了这里来就存心不是给阿黑安静的，再断定走也不能完事。使五明安静的办法只是尽他顶不安静一阵。知道这办法又不作，只能怪阿黑的年纪稍长了。懂得节制的情人，也就是极懂得爱情的情人。然而决不是懂得五明的情人！今天的事在五明说来，阿黑可说是不“了解”五明的。五明不是“作家”，所以在此情形中并无多话可说，虽然懊恼，很少发挥。他到后无话可说了，咬自己下唇，表示不欢。

幸好这下唇是被自己所咬。这当儿，油坊来了人，喊有事。找五明的人会一直到这地方来，在油坊的长辈心目中，五明的“鬼”是空的也是显然的事。

来人说：“有事，要回去。”

平常极其听话的五明，这时可不然了，他向来人说：“告家中，不回来，等一会儿。”

没有别的，只好把来人出气。赶走了这来人以后的五明，坐到阿黑身边只独自发笑，像灶王菩萨儿子“造孽”，怪可怜。

阿黑望到这个人好笑，她说：“照一照镜，看你那可怜样儿！”

“你看到我可怜就罢了，我何必自己还要来看到我可怜样子呢?”

她当真就看，看了半天，看出可怜来了，她到后取陪嫁的新枕头给五明看。

今天的天气并不很冷。

雨

全说不明白，雨就落了这样久。乡村里打过锣了，放过炮了，还是落。落到满田满坝全是水，大路上更是水活活流着像溪，高崖处全挂了瀑布，雨都不休息。

因为雨，各处涨了水，各处场上的生意也做不成了。毛伯成天坐在家中，成天捶草编打草鞋过日子。在家中，看到颠子五明的出出进进，像捉鸡的猫，虽戴了草笠，全身湿得如落水鸡公，一时唱，一时哭，一时又对天大笑，心中难过之至。

老人说："颠子，你坐到歇歇吧，莫这样了！"

"你以为我不会唱吗？"说了就放声唱，"娇家门前一重坡，别人走少郎走多，铁打草鞋穿烂了，不是为你为那个？"唱了又问他爹，"爹，你说我为那一个？说呀！我为那一个？喔，草鞋穿烂了，换一双吧。"于是就走到放草鞋的房中去，从墙上取下一双新草鞋来，试了又试，也不问脚是如何肮脏，套上一双新草鞋，又即刻走出去了。

老人停了木槌，望到这人后影就叹气，且摇头。头是在摇摆中，已白了一半了。

他为颠子想，为自己想，全想不出办法。事情又难于处置，与落雨一样，尽此下去谁知道将成什么样子呢？这老人，为了颠子的事，很苦得有了。颠子还在颠下去，不知道什么时候才会好。不好也罢，不好就死掉。那老人虽更寂寞更觉孤苦伶仃，但在颠子一方面，大致是不会有什么难过了。然而什么时候是颠子死的时候？说不定，自己还先死，此后颠子就无人照料，到各村各家讨东西吃，还为人指手说这是报应。老人并不是作坏事的人，这眼前报应，就已给老人难堪了，那里受得下那更刻酷的命运呢？

望到五明出去的毛伯，叹叹气，摇摇头，用劲打一下脚边的草把，眼泪挂在脸上了。像是雨落到自己头上，心中已全是冷冰冰的。他其实胸中已储满眼泪了，他这时要制止它外溢也不能了。

颠子五明这时到什么地方去了呢？他到了油坊，走到油坊的里面去，坐到那冷湿的废灶上发痴。谁也不知道这颠子一颗心是为什么跳，谁也不知颠子从这荒凉了的屋宇器物中要找些什么，又已经得到了什么。

这地方，如此的颓败，如此的冷落，并非当年见到这一切热闹兴旺的人，到此来决不会相信这里曾经是有人住过且不缺少一切的大地方，可是如今真已不成地方了。如今只合让蛇住，让蝙蝠住，让野狗野猫衔小孩子死尸来聚食，让鬼在此开会。地方坏到连讨饭的也不敢来住，所以地上已十分霉湿，且生了白毛，像《聊斋》中说的有鬼的荒庙了。阴气逼人的情形，除了颠子恐怕谁也当不住，可是颠子全不在乎。

颠子五明坐到灶头上，望四方，望椽皮和地下，望那屋角阴暗中矗然独立如阎王殿杀人架的油榨，望那些当年装油的破坛，望了又望，仿佛感了极大兴味。他心中涌着的是先前的繁华光荣，为了这个回忆，他把目下的情形都忘了。

他大声的喊：“朋友，伙计，用劲！”这是对打油人说的。

他又大声的喊，向另一处，如像那拖了大的薄的石磙，在那屋的中心打大的圆圈的牛说话。他称呼那牛为懂事规矩的畜生，又说不准多吃干麦秆草，因为多吃了发喘。他因记起了那规矩的畜生有时的不规矩情形，非得用小鞭子打打不可，所以旋即跳下地来，如赶牛那么绕着屋子中心打转，且咄咄的命令牛，且扬手说打。

他又自言自语，同那烧火人叙旧，问那烧火人可不可以出外去看看溪边鱼罶。

“哥，鱼多呀！我看到他板上了罶。我看到的是鲫鱼。我看得分明，敢打赌。我们河里今年不准毒鱼，这真是好事，愿意那乡约菩萨保佑他，他命令保全了我的运气。我看你还是去捉他来吧。我们晚上喝酒，我出钱。你去吧，我可以帮你看火。我对于你这差事是办得下的，你放心吧。……咄，弟兄，你怕他干什么，我说是我要你去，我老子也不会骂你。得了鱼，你就顺它破了，挖去那肠肚，这几天鲫鱼上了子，吃不得。弟兄，信我话，快去，你不去，我就生气了！”

说着话的颠子五明，为证明他可以代替烧火人作事，就走到灶边去，捡拾着地上的砖头碎瓦，尽量丢到灶眼内去。虽然灶内是湿的冷的，但东西一丢进去，在颠子看来，就觉得灶中因增加了燃料，骤然又生着煜煜火焰了，似乎同时因为加火，热度也增了，故又忙于退后一点，站远一点。

他高高兴兴在那里看火，口头吹着哨子。在往时，在灶边吹哨子，则火可以得风，必发哮。这时在颠子眼中，的确火是在发哮发吼了。灶中火既生了脾气，他乐得只跳。

他不止见到火哮，还见到油槌的摆动，见到黄牛在屋中打圈，见到高如城墙的油渣饼，见到许多人全穿小牛皮制造的衣裤，在屋中各处走动！

他喊出许多人的名字，在这仿佛得到回答的情形下，他还俏皮的作着小孩子的眉眼，对付一切工人，算是小主人的礼貌。

天上的雨越落越大，颠子五明却全不受影响。

…………

可怜悯的人，玩了大半天，一双新草鞋在油坊中印出若干新的泥踪，到自己发觉草鞋已不是新的时候，又想起所作的事实来了。

他放声的哭，外面是雨声和着。他哭着走到油榨边去，把手去探油槽，油槽中只是一窝黄色像马尿的积水。

为什么一切事变得如此风快，为什么凡是一个人就都得有两种不相同的命运，为什么昨天的油坊成了今天的油坊，颠子人虽糊涂，这疑问还是放到心上。

他记起油坊，是已经好久好久不是当年的油坊的情形来了，他记起油坊为什么就衰落的原因，他记起同油坊一时衰败的还有谁。

他大声的哭，坐到一个破坛子上面，用手去试探坛中。本来贮油的坛子，也是贮了半满的一坛脏水，所以哭得更伤心了。

这雨去年五月落时，颠子五明同阿黑正在五家坡石洞内避雨。为避雨而来，还是为避别的，到后倒为雨留着，那不容易从五明的思想上分出了。那时，雨也有这么大，只是系初落，还可以在天的另一方见到青天，山下的远处也还看得出太阳影子。雨落着，是行雨，不能够久留，如同他两人不能够久留到这石洞里一样。

被五明缠够了的阿黑姑娘，两条臂膊伸向上，做出打哈欠的样子。五明怪脾气，却从她臂膀的那一端望到她胁下的毛。那生长在不向阳地方的，转弯地方的，是细细的黄色小草一样的东西，这东西比生长在另一地方的小草一样长短一样柔软，所以望到这个就使五明心痒，像被搔，很不好受。

五明不怕唐突，对这东西出了神，到阿黑把手垂下，还是痴痴的回想撒野的趣味，就被阿黑打了一掌。

“你为什么要打我?”

“因为你痴，我看得出，必定是想到裴家三巧去了。”

“你冤死了人了。”

“你赌咒你不是这样。”

“我敢赌！跑到天王面前也行，人家是正……”

“是什么，你说。”

“若不是正想到你，我明天就为雷打死。”

“雷不打在情人面前撒小谎的人。”

“你气死我了。你这人真……”五明仿佛要哭了，因为被冤，又说不过阿黑，流眼泪是这小子的本领之一种。

“这也流猫儿尿！小鬼！你一哭，我就走了。”

“谁哭呢，你冤了人，还不准人分辩，还笑人。”

“只有那心虚的人才爱洗刷，一个人心里正经是不怕冤的。”

“我咬你的舌子，看你还会说话不。”

五明说到的事是必得做的，做到不做到，自然还是权在阿黑。但这时阿黑为了安慰这被委屈快要哭的五明小子，就放松了点防范，且把舌子让五明咬了。

他又咬她的唇，咬她的耳，咬她的鼻尖，几乎凡是突出的可着口的他都得轻轻咬一下，表示这小子可以坐吃得下阿黑的勇敢。

“五明，你说你真是狗，又贪，又馋，又可怜，又讨厌。”

“我是狗！”五明把眼睛轮着，做呆子像，又擂擂舌头，咽咽口水，接着说，“姐，你上次骂我是狗，到后就真做了狗了，这次可——”

“打你的嘴！”阿黑就伸手打，一点不客气，这是阿黑的特权。

打是当真被打了，但是涎脸的五明，还是涎脸不改其度。一个男人被女人的手掌掴脸，这痛苦是另外一种趣味，不能引为被教书先生的打为同类的。这时被打的五明，且把那一只充板子的手掌当饼了，他用舌子舔那手，似乎手有糖。

五明这小子，在阿黑一只手板上，觉得真是有些感觉到同枇杷一样的，故诚诚实实的说道：

“姐，你是枇杷，又香又甜，味道真好！”

“你讲怪话，我又要打。”

“为什么就这样凶？别人是诚心说的话。”

“我听你说过一百次了。”

“我说一百次都不觉得多，你听就听厌了吗！”

“你的话像吃茶莓，第二次吃来就无味。”

“但是枇杷我吃一辈子也有味，我要吃你的水。”

“鬼，口放干净点。”

“这难道脏了你什么？我说吃，谁教你生来比糖还甜呢?”

阿黑知道驳嘴的事是不有结果的，纵把五明说倒，这小子还会哭，作女人来屈服人，所以就不同他争论了。她笑着，望到五明笑，觉得五明一对眼睛真是也可以算为吃东西的器具。五明是饿了，是从一些小吃上，提到大的欲望，要在这洞里摆桌子请客了。她装成不理会到的样子，扎自己的花环玩。

五明见到阿黑无话说，自己也就不再唠叨了，他望阿黑。望阿黑，不只望阿黑的脸，其余如像肩，腰，胸脯，肚脐，腿，都望到。五明的为人，真不是规矩，他想到的是阿黑全身脱光，一丝不挂，在他的身边，他好来放肆。但是人到底是年青人，在随时都用着大人身分的阿黑行动上，他怕是侮了阿黑，两人绝交，所以心虽横蛮行为却驯善得很，在阿黑许可以前，他总不会大胆说要。

他似乎如今是站在一碗菜面前，明知是可口，他不敢伸手蘸它放到口边。对着菜发痴是小孩通常的现象，于是五明沉默了。

两人不作声，就听雨。雨在这时已过了。响的声音只是岩上的点滴。这已成残雨，若五明是读书人，就会把雨的话当雅谑。

过一阵，把花环作好，当成大手镯套到腕上的阿黑，忽然向五明问道：

“鬼！裴家三巧长得好！”

答错了话的五明，却答应说“好”。

阿黑说：“是的啰，这女人腿子长，屁股大，腰小，许多人都欢喜。”

“我可不欢喜。”虽这样答应，还是无机心，因为前一会见的事这小子已忘记了。

“你不欢喜你为什么说到她好！”

“难道说好就是欢喜她吗？”

“可是这时你一定又在想她。”这话是阿黑故意难五明的。

“又在，为什么说又？方才冤人，这时又来，你才是‘又’！”

阿黑何尝不知道是冤了五明。但方法如此用，则在耳边可以又听出五明若干好话了。听好话受用，是女人一百中有九十九个愿意的，只要这话男子方面出于诚心。从一些阿谀中，她可以看出俘虏的忠心，他可以抓定自己的灵魂。阿黑虽然是乡下人，这事恐怕乡下人也懂，是本能的了。逼到问他说是在想谁，明知是答话不离两人以外，且因此，就可以“坐席”是阿黑意思。阿黑这一月以来，她的需要五明，实在比五明要她还多了。她不是饱过的人，纵有好几次，是真饱过了，但消化力强，过一阵，又要男子的力了。爱情能够增加性欲的消化，所以虽然欲望表现来得慢一点，可是在需要方面，还可以说来得馋了。在另一方面是她为了顾到五明身体，所以不敢十分放纵。

她见到五明急了，就说那算她错，赔个礼。

说赔礼，是把五明抱了，把舌放到五明口中去。

五明笑了。小子在失败胜利两方面，全都能得到这类赏号的，吃亏倒是两人有说有笑时候。小子不久就得意忘形了，睡倒在阿黑身上，不肯站起，阿黑也无法。坏脾气实在是阿黑养成的。

阿黑这时是坐在干稻草作就的垫子上。草是五明喊长工背来，拿到这里来已经是半个月，半月中阿黑把草当床已经有五次六次了。这柔软床上，还撒得有各样的野花，装饰得比许多洞房还适用。五明这小子若是诗人，不知要写几辈子诗。他把头放到阿黑腿上，阿黑坐着，他却翻天睡。作皇帝的人，若把每天坐朝的事算在一起，幸福这东西又还是可以用秤称量得出，试称量一下，那未必有这时节的五明幸福！

五明斜了眼去看阿黑，且闭了一只右眼。顽皮的孩子，更顽皮的地方是手顶不讲规矩。五明的手不单是时时有侵犯他人的希望，就是侵犯到他自己身上某部分时，用意也是不好的。他不知从谁处又学来用手作种种表情的本事——两只手——两只干干净净的手，偏偏会作好些肮脏东西的比拟。就是每次都得被阿黑带嗔的说是不要脸，仿佛这叱责也不生多效力，且似乎阿黑在别的一笑的情形下还鼓励了这孩子，因此“越来越坏”了。

“鬼，你还不够吗?”这话是对五明一只手说的，这手正旅行到阿黑姑娘的胸部，徘徊留连不动身。

“这怎能说够？永久是，一辈子是梦里睡里还不够。”说了这只手就用了力，按了按。

“你真缠死人了。”

“我又不是妖精。别人都说你们女人是妖精，缠人人就生病！”

“鬼，那么你怎不生病?”

“你才说我缠死你，我是鬼，鬼也生病吗！”

阿黑咬着自己的嘴唇不笑，用手极力掐五明的耳尖，五明就做鬼叫。然而五明望到这一列白牙齿，像一排小小的玉色宝贝，把舌子伸出，做鬼样子起来了。

"菩萨呀，救我的命。"

阿黑装不懂。

"你不救我我要疯了。"

"那我们乡里人成天可以逗疯子开心！"

"不管疯不疯，我要，……"

"你忘记吃伤食了要肚子痛的事了。"

"这时也肚子痛！"说了他便呻吟，装得俨然。其实这治疗的方法在阿黑方面看来，也认为必需。只是五明这小子，太不懂事了，只顾到自己，要时嚷着要，够了就放下筷子，未免可恶，所以阿黑仍不理。

"救救人，做好事啰！"

"我不知道什么叫做好事。"

"你不知道？你要我死我也愿意。"

"你死了与我有什么益处？"

"你欢喜呀，你才说我疯了乡里人就可以成天逗疯子开心！"

"你这鬼，会当真有一天变疯了吗？"

"你看吧，别个把你从我手中抢去时，我非疯不可。"

"嗨，鬼，说假话。"

"赌咒！若是假，当天……"

“别呆吧……我只说你现在决不会疯。”

五明想到自己说的话，算是说错了。因为既然说阿黑被人抢去才疯，那这时人既在身边，可见疯也疯不成了。既不疯，就急了阿黑，先说的话显然是孩子气的呆话了。

但他知道阿黑脾气要作什么，总得苦苦哀求才行。本来一个男子对付女子，下蛮得来的功效是比请求为方便，然其气力渺小的五明，打也打不赢阿黑，除了哀恳是无法。在恳求中有时知道用手帮忙，则阿黑较为容易投降。这个，有时五明记得，有时又忘记，所以五明总觉得摸阿黑脾气比摸阿黑身上别的有形有迹的东西为难。

记不到用手，也并不是完全记不到，只是有个时候阿黑颜容来得严重些，五明的手就不大敢撒野了。何况本来已撒下一小时的野，力量消磨到这类乎“点心”“小吃”的行为上面早去了一半，说是非要不可也未必，说是饥到发慌也未必吧。

五明见阿黑不高兴，心就想，想到缠人的话，唱了一只歌。他轻轻唱给阿黑听，歌是原有的往年人唱的歌：

天上起云云起花，

包谷林里种豆荚；

豆荚缠坏包谷树，
娇妹缠坏后生家。

阿黑笑，自己承认是豆荚了，但不承认包谷是缠得坏的东西。可是被缠的包谷，结果总是半死。阿黑也觉得，所以不能常常尽五明的兴，这也就是好理由！五明虽知唱歌却不原谅阿黑的好意，年纪小一点的情人可真不容易对付的。唱完了歌的五明，见阿黑不来缠他，却反而把阿黑缠紧了。

阿黑说："看啊，包谷也缠豆荚！"

"横顺是要缠，包谷为什么不能缠豆荚？"

强词夺理的五明，口是只适宜作别的事情，在说话那方面缺少那天才，在另外一事上却不失其为勇士，所以阿黑笑虽是笑，也不管。随即在阿黑脸上作呆事，用口各处吮遍了。阿黑于是把编就的花圈戴到五明头上去。

若果照五明说法，阿黑是一坨糖，则阿黑也应当融了。

阿黑是终于要融的，不久一会儿就融化了。不是为天上的日头，不是为别的，是为了五明的呆，阿黑躺到草上了。

…………

为什么在两次雨里给人两种心情，这是天晓得的事。五明颠子真颠了。颠了的五明，这时坐在坛子上笑，他想起阿黑融了化了的情形，想起自己与阿黑融成一块一片的情形，觉得这时是又应当到后坡洞上去了。（在那里，阿黑或者正等候他。）他不顾雨是如何大，身子缩成一团，藏到斗笠下，出了油坊到后坡洞上去。

传奇不奇

赤魇

——我有机会作画家，到时却只好放弃了

我们一行五个人，脚上用棕衣缠裹，在雪地里长途步行已到第六天。算算路程，今天傍晚应当到达目的地了。大约下午一点左右，翻过了小山头，到得坳上一个青石板砌就的灵官庙前面，照例要歇一会儿脚。时值雪后新晴，石条子上的积雪正在融化，并无可坐处，大家就在路当中站站。地当两山转折点，一道干涸的小溪涧被浮雪填了大半，上面有些野雉狐兔的纵横脚迹。溪涧侧是一丛丛细叶竹篁，顶戴着一朵朵浮松白雪，时时无风自落。当积雪卸下时，枝条抖一抖，即忽然弹起一阵雪粉，动中越见得安静。远望照耀在阳光下的罗列群山，有些像是顶戴着白雪帽子，静静的在那里向阳取暖。有些却又只稀疏疏的横斜挂几条白痕，其余崖石便显得格外深靓。近望坳下山谷，可看见一个小小田坝，田地大小不一，如雪片糕一般散乱重叠在那里。四个村落分散在田坪四周山凹间，一簇簇落叶科乔木，白杨，银杏，枫木树，和不落叶成行列的松杉，成团聚的竹林，孤立挺起的棕榈，以及橘柚果木，错杂其间。山东面树木丛中是一列长垣，围绕着个大院落；山西面房屋却就地势分割成三组，每一聚约莫有三十户人家。一条溪涧由东山岨绕过，流经长垣外，再曲折盘旋，沿西边几个村子，消失到村后。虽相去那么远，仿佛还可听到雪水从每个田沟缺口注入溪中时的潺潺声。村中应有的碾坊、油坊、庙宇、祠堂，从房屋形制和应占位置上，都可一一估计得出。在雪晴阳光下，远近所见一种清寂景象，实在异常动人。四个同伴见我对于眼前事物又有点发痴，不想走路神气，于是照例向我开开小玩笑，叫我做“八大”。就中一个年纪最轻的，只十五岁，初中二年级学生，姓满的伙伴就说：

“八哥，这又可以上画了，是不是？你想作画家，到我们这里来有多少东西可画！只怕一辈子也画不完。还不如趁早赶到地，和我们去雪里打斑鸠炒辣子吃，有意思！”其余三位正若完全同意这种嘲谑，都咕咕的笑着。

“我们是现代军人，可不是充军，忙什么？”我话中也语意双关，他们明白的。

“我们还有三十里蛮路，得赶路！太晚了，恐怕赶不上，就得摸黑。你看这种鬼天气，一到傍晚，路上被夜风一吹，冻得滑溜溜的，闪不知掉到河沟里去，怎么办?”从话语中，从几个人都急于要走路神气，我明白他们是有点故意开玩笑的，可不明白用意所在。

我于是也装作埋怨口气：“嗨，你们这个地方，真像书上说的，人也蛮，路也蛮，我实在走不动了！你们想家你们尽管先走，我要在这里呆个半天，捶一捶草鞋耳子。我问你，究竟还有多远路?”

“八哥，行船莫算，打架莫看。”一个年长同伴接着又把话支开，“嗨，你们听，村子里什么人家讨新媳妇，放炮吹唢呐，打发花轿出门!”

试听听，果然笳声悲咽断续中，还零零落落响了一阵小鞭炮。我摇摇头，因为对于面前景物的清寂，和生命的律动，相揉相混所形成的一种境界，已表示完全的皈依。庙后路坎上有四株老山楂树，树根蟠拱，露出许多窟窿。我一声不响，傍着潮湿的老树根坐下来了，用意是“这里就是有大虫的景阳冈，我好歹也得坐坐”。

几个人见我坐下时，还是一致笑着，站在路当中等待。

我这次的旅行，可以说完全出于意外。原来三年前我还只是一个“二尺半”，一个上名册的丘八，经常职务不是为司令官出去护卫，就是押老实乡下人到城外去法办。两件事轮流进行，当时对于我倒似乎分别不出什么意义，因为一出动就同样有酒肉可吃。护卫到乡绅家，照例可吃蒸鹅、辣子炒黄麂，还可抽空到溪边看看白脸长眉毛乡绅大姑娘，光着两只白脚挑水，说两句不太难为情的笑话。杀人时就用那把血淋淋的大刀，和同伴去随意割切屠户卖的猪羊肉，拿回住处棚里红焖。谁知有一天，我的焖狗肉本领偶然被一个军法官发现，我就变成司书了。现在，我忽然又从军法处被上司调回家乡别墅去整理书画。至于这个差事如何派到我头上，事情凑巧，说来还是和我这一生前后所遇到的别的许多事情相似，很像一种神话，可不是神话。总之，我将从这个新派的职务回乡了。

其时正值学校放寒假，有四个相熟同乡学生要回家过年，就邀我先到他们乡下去，约好过了年，看过乡下放大烟火后，再返城办事。四个人住处离县城四十五里，地名“高岘”。我既从未到过，加之走的又是一条生路，不经县城，所以远近全不熟习。四个青年同伴在学校折磨了一个学期，一路就只谈论家中过年的情形，为家中准备的大块肥腊肉大缸甜米酒而十分兴奋。我早已没有家，也没有什么期望，一路却只好独自默默的用眼目所接触的景物，印证半年来保留在记忆中都是些大小画幅。一列迎面生树的崖石，一株负石孤立的大树，以及一亭一桥的布置，一丘一壑的配衬，凡遇到自然手笔合作处，有会于心时，就必然得停顿下来，好好赏玩一番。有时或者还不免近于发呆，为的是自然的大胆常常超过画人的巧思。不是被同伴提起的两件事引起注意，我每天在路上照例有几次落后。一件是下坍路坎边，烂泥新雪中，钵头大的虎掌印。另一件是山坳上荷了两丈长南竹梭镖，装作猎户实行向过路人收买路钱的“坐坳老总”。一个单身上路的客人，偶然中碰到一件，都是不大好玩的！我被同伴叫作“八大”或“八哥”，也由此而来。

这时节虽在坳上，下山一二里就是村落，村落中景物和办喜事人家吹的唢呐声音，正代表这小地方的和平与富庶。因此我满不在意，从从容容接受几个同伴的揶揄，从中却漩起一种情感，以为“为自己一生作计，当真应当设法离开军队改业学画。学习用一支笔来捕捉这种神奇的自然。我将善用所长，从楮素上有以自见。一个王子能够作的事，一个兵也未见得不能作！”但是想想看，从舞着血淋淋的大刀去割人家猪肉的生活，到一个画家的职业，是一段多长的距离！一种新的启示与发现，更不免使我茫然失措。原来正在这个当儿，在这个雪晴清绝山谷中，忽然腾起一片清新的号角声，一阵犬吠声。我明白，静寂的景物虽可从彩绘中见出生命，至于生命本身的动，那分象征生命律动与欢欣在寒气中发抖的角声，那派表示生命兴奋而狂热的犬吠声，以及在这个声音交错重叠综合中，带着碎心的惶恐，绝望的低嗥，紧迫的喘息，从微融残雪潮湿丛莽间奔窜的狐狸和貛兔，对于忧患来临挣扎求生所抱的生命意识，可决不是任何画家所能从事的工作！我的梦如何能不破灭，已不大像是个人可以作主。

试就当前官觉所能接触的音响加以推测，这一切很显然是向我们这条路上越来越逼近。看看站在路当中几个同伴，正互相用脚踢着雪玩，竟若毫不在意，一面踢雪一面还是用先前神气对我微笑。俨然这只是他们一种预定的恶作剧，用意即在打破我作画家的妄想。且从比较上见出城里人少见多怪，因之方慌慌张张。至于他们，可用不着。

为表示同样从容，我于是笑着招呼年纪最小的一个伙伴："老弟，小心准备好你的齐眉棍，快有野猪来了。不要当路站，让野猪冲倒你！我们最好爬到坎上来，待它过身时，你从旁闷头来一棒，不管中不中，见财有分，今天我们就有野猪肉吃！……"

话未说完，就听到身后一株山楂树旁哗的一响，一团黄毛物像一支箭射进树根窟窿里去了。大家猛不防吓了一惊，掉过头来齐声嚷叫：“狐狸，狐狸！堵住，堵住！”

不到一会儿，几只细腰尖耳狗都赶来了，有三只鼻贴地面向树根直扑，摇着尾对窟窿狂吠，另一只卷毛种大型狗却向我那小同伴猛然一扑。我真着了急，“这可糟，怎不下手?”话说不出口，再看看，同伴已把手仗抛去，抱住了那只狗。原来他们是旧相识，骤然相见不免亲昵得很。随后是三个年青猎户，气喘吁吁的从岔路翻过坳来。这种人平时对山相去三里还能辨别草丛中黄獐和山羊的毛色，远远一见我们，都“哈”的大声叫喊着，直奔向我几个同伴，同伴也“哈”的向他们奔去。于是那支箭就在这刹那间，忽然又从树根射出，穿过我的脚前，直向积雪山涧窜去。几只狗随后追逐，共同将溪涧中积雪蹴起成一阵白雾。去不多远，一只狗逮住了那个黄毛团时，其余几只狗跟踪扑上前去，狐狸和狗和雪便滚成一团。在激情中充满欢欣的愿望，正如同吕马童等当年在垓下争夺项羽死尸一样情形。三个猎人和我那四个同伴，看见这种情形，也欢呼着一齐跳下山涧，向狐狗一方连跌带滚跑去。我一个人站在那个灵官庙前发呆，为了这一段短短时间所形成的空气，简直是一幕戏剧中最生动的一场，简直是……

还有更使我惊异的，即我们实际上已到了目的地，一里外山下那个村子，原来就是高岘！四个同伴预先商量好，要捉弄我，因之故作狡狯，村子已在眼前时，还说尚有三十里路，准备大家进到村子转入家中坐定后，才给我大大一惊。偏巧村子中人趁雪晴嗾狗追狐狸玩，迎接了我们。从猎人口中，我们才知道先前听到的唢呐鞭炮声，就是小同伴满家哥哥办喜事的热闹。过不多久，我们就可以和穿羽绫马褂的乡绅，披红风帽的小孩子，共同坐到那个大院落一栋新房子里方桌前面，在单纯鼓吹中，吃八大碗的喜酒了。这一来，镶嵌到这个自然背景和情绪背景中的我，作画家的美梦，只合永远放弃了。

雪晴

“巧秀，巧秀，……”

“可是叫我？哥哥！”

…………

竹林中一片斑鸠声，浸入我迷蒙意识里。一切都若十分陌生又极端荒唐。雪晴。清晨。

我躺在一铺楠木雕花大板床上，包裹在带有干草香和干果香味的新被絮里，细白麻布帐子如一座有顶盖的方城，在这座方城中已甜甜的睡足了十个钟头。房正中那个白铜火盆，晚夜用热灰掩上的炭火，不知什么时候已被人拨开，加上些新栗炭，从炭盆中小火星的快乐爆炸继续中，我渐次由迷蒙渡到清醒。那个对话原来是斑鸠作成的。我明白，我又起始活在一种现代传奇中了。

昨天来到这地方以前，几个人几只狗在积雪被覆的溪涧中追逐狐狸，共同奔赴而前，蹴起一阵如云如雾雪粉。人的欢呼，兽的低嗥，所形成一种生命的律动，和午后雪晴景物相配衬，那个动人情景再现到我印象中时，已如离奇的梦魇。加上另外一堆印象，即初初进入村子里，从融雪带泥的小径，绕过了碾坊，榨油坊，以及夹有融雪寒意半涧溪水如奔如赴的小溪河迈过，转入这个有喜庆事的庄宅，在灯火煌煌、箫鼓竞奏中，和几个小乡绅同席照杯，参加主人家喜筵的热闹种种印象，增加了我对于现实处境的迷惑，因此各个印象不免重叠起来。虽重叠却并不混淆，正如同一支在演奏中的乐曲，兼有细腻和壮丽。每件乐器所发出的每个音响，即再低微也异常清晰，且若各有位置，独立存在，一一可以摄取。

新发醅的甜米酒，照规矩连缸抬到客席前，当众揭开那个厚棉盖覆时，一阵子向上泛涌泡沫的嗞嗞细声，即不曾被院坪中尖锐呜咽唢呐声音所淹没。屋主人的老太太，银白头发上簪的那朵大红山茶花，在新娘子十二幅红绉罗大裙照映中，也依然异样鲜明。还有那些成熟待年的女客人，共同浸透了青春热情黑而有光的眼睛，亦无不各有一种不同分量压在我的记忆上。我眼中被屋外积雪返光形成一朵朵紫茸茸的金黄镶边的葵花，在荡动不居情况中老是变化，想把握无从把握，希望它稍稍停顿也不能停顿。过去一切印象也因之随同这个幻美花朵而动荡，华丽，鲜明，难把握，不停顿！

眼中的葵花已由紫和金黄转成一片金绿相错的幻画，还正旋转不已。

“巧秀，巧秀！”“可是叫我？哥哥！”

这对话是可能的？我得回向过去，和时间逆行，追寻这个语音的踪迹，如同在雪谷中一串狐狸脚迹中，找寻那个聪明机灵小兽的窟穴。

筵席上凡是能喝的，都醉倒了。住处还远应当走路的，点上火燎唱着笑着各自回家了。奏乐帮忙的，下到厨房，用烧酒和大肉丸子肥腊肉肿个膊子，补偿疲劳，各自方便。或抱个大捆稻草，钻进个空谷仓房里去睡觉；或晃着火把，上油坊玩天九牌过夜去了。一家中既有了酒阑人散情形，我自然也得有个落脚处！

白头上戴大红山茶花一家之主的老太太，站在厅堂前面，张罗周至的打发了许多事情后，就手颤抖抖的，举起一个大火炬，准备引导我到一个特意为安排好的住处去。面前的火炬照着我，不用担心会滑滚到雪中。老太太白发上那朵大红山茶花，恰如另外一个火炬，照着我回想起三十年前老一派贤惠能勤一家之主的种种。但是我最关心的，还是跟随我身后，抱了两床新装钉的棉被，一个年青乡下大姑娘，也好像一个火炬，俨然照着我的未来。我还不知她是什么人，只知道名叫巧秀。

原在厅子灯光所不及处，和一个收拾乐器的乡下人说话，老太太在厅子中间。

“巧秀，巧秀，可是你？”

“是我！”

“是你你就帮帮忙，把铺盖搬到后屋里去。”

于是三个人从先一时还灯烛煌煌笳鼓竞奏的正厅，转入这所大庄宅最僻静的侧院。两种环境的对照，以及行列的离奇，更增加了我对于处境的迷惑。到住处小房中后，四堵未油漆的白松木板壁，把一盏灯罩擦得清亮的美孚油灯灯光聚拢，我才能够从灯光下看清楚为我抱衾抱裯的一位面目。

十七岁年纪，一双清亮无邪的眼睛，一张两角微向上翘的小嘴，一个在发育中肿得高高的胸脯，一条乌梢蛇似的大发辫。说话时未开口即带点羞怯的微笑，关不住青春秘密悦乐的微笑。且似乎用这个微笑即是代表一切，生命存在的意义和价值，以及愿望的证实。

可是，事实上这时节她却一声不响，不笑，只静静的，低着头，站在那铺楠木刻花大床边，帮同老太太为我整理被盖。我无事可作，即站在房正中大火盆边，一面烘手，一面游目四瞩，欣赏房中的动静：那个似动实静的白发髻上的大红山茶花，似静实动的十七岁姑娘的眉目和四肢，作成一种奇异的对比，嵌入我生命中。

我心想，那双清明无邪的眼睛，在这个万山环绕不上二百五十户人家的小村落中，看过了些什么事情？那张含娇带俏的小小荷包嘴，到想唱歌时，应当唱些什么歌？还有那颗心，平时为屋后豺狼的长嗥声，盘在水缸边大黄喉蛇的歇凉神气，训练得稳定结实，会不会还为什么新的事情、新的想象、新的经验而剧烈跳跃？我倘若还不愿意放弃作一个画家的痴梦，真的画起来时，第一笔应捕捉那双眼睛上的青春光辉，还是应保留这个嘴角边温清笑意？

我还觉得有点不可解，即整理床铺，怎么不派个普通长工来，岂不是大家省事？既要来，怎么不是一个人，还得老太太同来？等等事一做完即得走去，难道也必需和老太太一道走？倘若不，我又应当怎么样？这一切，对于我真是一分离奇的教育。我也许稍微有了点儿醉。我不由得不笑了。

我说："对不起，一万分对不起！我这不速之客真麻烦了老太太，麻烦了这位大姐，老太太累了，应当休息了。"

从那个忍着笑代表十七岁年纪微向上翘的嘴角，我看出一种回答，意思清楚分明。

“那样对不起？城里人请也请不来！来了又不吃酒，不吃肉，只会客气。”

“……”

的确是，城里人就会客气，礼貌周到，然而总不甚诚实。好像这个批评当真即是从对面来的，我无言可回，沉默了。即想换个题目，也无话可说了。

到两人为我把床铺好时，老太太就拍一拍那个垫上绣有“长命富贵”“丹凤朝阳”的扣花枕帕的旧式硬枕，口中轻轻的近于祝愿的语气说：“好好睡，睡到天大亮再醒，不叫你你就莫醒！”一面说一面且把个小小红纸包儿悄悄塞到枕下去。我虽看得异常清楚，却装作不曾注意。于是，那两个人相对笑笑，像是办完一件大事。老太太又摇摇灯座，油还不少，扭一扭灯头，看机关灵活不灵活。又验看一下茶壶，炖在炭盆边很稳当。一种母性的体贴，把凡是想得到的都注意一下后，再说了几句不相干闲话，就走了。那个十七岁的笑和沉默也走了。

我因之陷入一种完全孤寂中。听到两人在院子转角处踏雪声和笑语声，这是什么意思？充满好奇的心情，伸手到枕下掏摸，果然就抓住了一样小东西，一个被封好的谜。小心谨慎裁开一看，原来是包寸金糖。方知道是老太太举行一种乡村古旧的仪式。乡下习惯，凡新婚人家，对于未婚的陌生男客，照例是不留宿的。若留下在家中住宿时，必祝福他安睡。恐客人半夜里醒来有所见闻，大清早不知忌讳，信口胡说，就预先用一包糖甜甜口，封住了嘴。一切离不了象征，惟其是象征，简单仪式中即充满了牧歌素朴的抒情。我因为记得一句旧话，入境问俗，早经人提及过，可绝想不到自己即参加了这一角。我明早上将说些什么？是不是这时脑中想起的，眼中看到的，也近于一种忌讳？

六十里的雪中长途跋涉，即已把我身体弄得十分疲倦，在灯火煌煌笳鼓竞奏的喜筵上，甜酒和笑谑所酿成的空气中，乡村式的欢乐的流注，再加上那个十七岁乡下姑娘所能引起我的幻想或联想，似乎把我灵魂也弄得相当疲倦！因此，躺入那个暖和，轻软，有干草干果香味的棉被中，不多久，就被睡眠完全收拾了。

现在我又呼吸于这个现代传奇中了。炭盆中火星还在爆炸，假若我早醒五分钟，是不是会发现房门被一只手轻轻推开时，就有一双好看眼睛一张有式样的嘴随同发现？是不是忍着笑踮起脚进到房中后，一面整理火盆，一面还向帐口悄悄张望，一种朴质与狡狯的混合，只差开口，“你城里人就会客气”？到这种情景下，我应当忽然跃起，稍微不大客气的惊吓她一下，还是尽含着糖，不声不响？……

我不能够这样尽躺着，油紫色带锦绶的斑鸠，已在雪中咕咕咕呼朋集伴。我得看看雪晴浸晨的庄宅，办过喜事后的庄宅，那份零乱，那份静。屋外的溪涧，寒林和远山，为积雪掩覆初阳照耀那份调和，那份美，还有雪原中路坎边那些狐兔鸦雀径行的脚迹，象征生命多方的图案画。但尤其使我发生兴趣感到关切的，也许还是另外一件事情。新娘子按规矩大清早和丈夫到井边去挑水时，是个什么情景？那一双眉毛，是不是当真于一夜中，就有了极大变化，一眼望去即能辨别？有了变化后，和另外那一位年纪十七岁的成熟待时大姑娘，比较起来究竟有什么不同？

盥洗完毕，走出前院去，想找寻一个人，带我到后山去望望，并证实所想象的种种时，真应了俗话所说“莫道行人早，还有早行人”，不意从前院大胡桃树下，便看见那作新郎的朋友，正蹲在雪地上一大团毛物边，有所检视。才知道新郎还是按照向例，天微明即已起身，带了猎狗和两个长工，上后山绕了一转，把装套设阱处一一看过，把所得到的一一收拾回来。从这个小小堆积中，我们发现两只麻兔，一只长尾山猫，一只灰獐，两匹黄鼠狼。装置捕机的地面，不出庄宅后山半里路范围，夜中即有这么多触网入彀的生物。而且从那不同的形体，不同的毛色，想想每个不同的生命，在如何不同情形中，被大石块压住腰部，头尾翘张，动弹不得；或被牛皮圈套扣住了前脚，高悬半空；或是被机关木梁竹签，扎中肢体某一部分。在痛苦惶遽中，先是如何努力挣扎，带着绝望的低嗥，挣扎无从，精疲力尽后，方充满悲苦的激情，眼中充血沉默下来，等待天明，到末了终不免同归于尽：遗体陈列到这片雪地上，真如一幅动人的彩画。但任何一种图画，却不曾将这个近于不可思议的生命复杂与多方，好好表现出来。

后园竹林中的斑鸠呼声，引起了朋友的注意。我们于是一齐向后园跑去，朋友撒了一把绿豆到雪地上，又将一把绿豆灌入那支旧式猎枪中，（上火药时还用羚羊角！）藏身在一垛稻草后，有所等待。不到一会儿，枪声响处，那对飞下雪地啄食绿豆的斑鸠，即中了从枪管中喷出的绿豆，躺在雪中了。吃早饭时，新娘子第一回下厨做的菜，送上桌子时，就是一盘辣子炒斑鸠。

一面吃饭一面听新郎述说上一月下大围猎虎故事，使我仿佛加入了那个在自然壮丽背景中，人与另外一种生物，充满激烈活动，如何由游戏而进入争斗，又由流血转增宗教的庄严。

新娘子的眉毛还是弯弯的，脸上有一种腼腆之光，引起我老想要问一句话。又像是因为昨夜老太太塞在枕下那包糖，当真封住了口，不便启齿。可是从外面跑来一个长工，却代替了我，在桌前向主人急促陈诉：

“老太太，大少爷，你家巧秀她走了，跟男人走了。有人在坳上亲眼看见过，和昨天吹唢呐那个棉寨人，一齐逃走的。一定向雅拉营跑，要追还追得上，不会很远！巧秀背了个小小包袱，笑嘻嘻的，跟汉子，不知羞！”

“咦，咦！”一桌旁七个吃饭的人，都为这个离奇消息给愣住了。这个情绪集中的一刹那，使我意识到两件事，即眉毛比较已无可希望，而我再也不能作画家。

我一个人重新枯寂的坐在这个小房间火盆边。听着炖在火盆上铜壶的白水沸腾，好像失去了点什么，不经意被那个十七岁私奔的乡下姑娘，收拾在她那个小小包袱中，带到一个不可知不易想的小小地方去了。我得找回来才是事，可是向那儿去找？

不过事实上我倒应分说得到了一点什么。得到的究竟是什么？我问你读者，算算时间，我来到这个乡下还只是第二天，除掉睡眠，耳目官觉和这里一切接触还不足七小时，生命的丰满，洋溢，把我感情或理性，已给完全混乱了。

阳光上了窗棂，屋外檐前正滴着融雪水。我年纪刚满十八岁。

十月十二重写

巧秀和冬生

雪在融化。田沟里到处有注入小溪河中的融雪水，正如对于远海的向往，共同作成一种欢乐的奔赴。来自留有残雪溪涧边竹篁丛中的山鸟声，比地面花草还占先透露出春天消息，对我更俨然是种会心的招邀。就中尤以那个窗后竹园的寄居者，全身油灰颈膊间围了一条锦带的斑鸠，作成的调子越来越复杂，也越来越离奇。

“巧秀，巧秀，你当真要走？你莫走！”

“哥哥，哥哥，喔。你可是叫我？你从不理我，怎么好责备我？”

原本还不过是在晓梦迷蒙里，听到这个古怪而荒谬的对答，醒来不免十分惆怅。目前却似乎清清楚楚的，且稍微有点嘲谑意味，近在我耳边诉说，我再也不能在这个大庄院住下了。因此用“欢喜单独”作为理由，迁移个新地方，村外药王宫偏院中小楼上。这也可说正是我自己最如意的选择。因为庙宇和村子有个大田坝隔离，地位完全孤立。生活得到单独也就好像得到一切，为我十八岁年纪时所需要的一切。

我一生中到过许多希奇古怪的去处，过了许多式样不同的桥，坐过许多式样不同的船，还睡过许多式样不同的床。可再也没有比半月前在满家大庄院中那一晚，躺在那铺楠木雕花大床上，让远近山鸟声和房中壶水沸腾，把生命浮起的情形心境离奇。以及迁到这个小楼上来，躺在一铺硬板床上，让远近更多山鸟声填满心中空虚，所形成一种情绪更幽渺难解！

院子本来不小，大半都已为细叶竹科植物的蕃植所遮蔽，只余一条青石板砌成的走道，可以给我独自散步。在丛竹中我发现有宜于作手杖的罗汉竹和棕竹，有宜于作箫管的紫竹和白竹，还有宜于作钓鱼竿的蛇尾竹。这一切性质不同的竹子，却于微风疏刷中带来一片碎玉倾洒，带来了和雪不相同的冷。更见得幽绝处，还是小楼屋脊因为占地特别高，宜于遥瞻远瞩，几乎随时都有不知名鸟雀在上面歌呼。有些见得分外从容，完全无为的享受它自己的音乐，唱出生命的欢欣；有些又显然十分焦躁，如急于招朋唤侣，而表示对于爱情的渴望。那个油灰色斑鸠更是我屋顶的熟客，本若为逃避而来，来到此地却和它有了更多亲近机会。从那个低沉微带忧郁反复嘀咕中，始终像在提醒我一件应搁下终无从搁下的事情，即巧秀的出走。即初来这个为大雪所覆盖的村子里，参加朋友家喜筵过后，房主人点上火炬预备送我到偏院去休息时，随同老太太身后，负衾抱裯来到我那个房中，咬着下唇一声不响为我铺床理被的十七岁乡下姑娘巧秀。我正想用她那双眉毛和新娘子眉毛作个比较，证实一下传说可不可靠。并在她那条大辫子和发育得壮实完整的四肢上，做了点十八岁年青人的荒唐梦。不意到第二天吃早饭桌边，却听人说她已带了个小小包袱，跟随个吹唢呐的乡下男子逃走了。在那个小小包袱中，竟像是把我所有的一点什么东西，也于无意中带走了。

巧秀逃走已经半个月，还不曾有回头消息。试用想象追寻一下这个发辫黑，眼睛光，胸脯饱满乡下姑娘的去处，两人过日子的种种以及明日必然的结局，自不免更加使人茫然若失。因为不仅偶然被带走的东西已找不回来，即这个女人本身，那双清明无邪眼睛所蕴蓄的热情，沉默里所具有的活跃生命力，都远了，被一种新的接续而来的生活所腐蚀，遗忘在时间后，从此消失了，不见了。常德府的大西关，辰州府的尤家巷，以及沅水流域大小水码头边许多小船上，经常有成千上万接纳客商的小婊子，脸宽宽的，眉毛细弯弯的，坐在舱前和船尾晒太阳。一面唱《十想郎》小曲遣送白日，一面纳鞋底绣花荷包，企图用这些小物事连结水上来去弄船人的恩情。平凡相貌中无不有一颗青春的心永远在燃烧中。一面是如此燃烧，一面又终不免为生活缚住，挣扎不脱，终于转成一个悲剧的结束，恩怨交缚气量窄，投河吊颈之事日有所闻。追源这些女人的出处背景时，有大半和巧秀就差不多，缘于成年前后那份痴处，那份无顾忌的热情，冲破了乡村习惯，不顾一切的跑去。从水取譬，"不到黄河心不死"。但大都却不曾流到洞庭湖，便滞住于什么小城小市边，过日子下来。向前既不可能，退后也办不到，于是如彼如此的完了。

我住处的药王宫，原是一村中最高议会所在地，村保国民小学的校址，和保卫一地治安的团防局办公处。正值年假，学校师生都已回了家。议会平时只有两种用途：积极的是春秋二季邀木傀儡戏班子酬神还愿，推首事人出份子。消极的便只是县城里有公事来时，集合士绅人民商量对策。地方治安既不大成问题，团防局事务也不多。除了我那朋友满大队长由保长自兼，局里固定职员，只有个戴大眼镜读《随园食谱》，用小绿颖水笔办公事的师爷，一个年纪十四岁头脑单纯的局丁。地方所属自卫武力虽有三十多枝杂枪，却分散在村子里大户人家中，以防万一，平时并不需要。换言之，即这个地方目前是冷清清的。因为地方治安无虞，农村原有那分静，表面看也还保持得上好。

搬过药王宫半个月来，除了和大队长赶过几回场，买了些虎豹皮，选了些斗鸡种，上后山猎了回毛兔，一群人一群狗同在春雪始融湿滑滑的涧谷石崖间转来转去，搅成一团，累得个一身大汗，其余时间居多倒是看看局里老师爷和小局丁对棋。两人年纪一个已过四十，一个还不及十五，两面行棋都不怎么高明，却同一十分认真。局里还有半部《聊斋志异》，这地方环境和空气，才真宜于读《聊斋志异》！不过更新的发现，却是从局里新孵的一窝小鸡上，及床头一束束草药的效用上，和师爷于短时期即成了个忘年交，又从另外一种方式上，和小局丁也成了真正知己。先是翻了几天《聊斋志异》，以为青凤黄英会有一天忽然掀帘而入，来到以前且可听到楼梯间细碎步声。事实上雀鼠作成的细碎声音虽多，青凤黄英始终不露面。这种悬想的等待，既混和了恐怖与欢悦，对于十八岁的生命言也极受用。可是一和两人相熟，我就觉得抛下那几本残破小书大有道理，因为随意浏览另外一本大书某一章节，都无不生命活跃，引人入胜！

原来巧秀的妈是溪口人，二十三岁时即守寡，守住那两岁大的巧秀和七亩山田。年纪青，不安分甘心如此下去，就和一个黄罗寨打虎匠相好。族里人知道了这件事，想图谋那片薄田，捉奸捉双把两人生生捉住。一窝蜂把两人涌到祠堂里去公开审判。本意也大雷小雨的把两人吓一阵，痛打一阵，大家即从他人受难受折磨情形中，得到一种离奇的满足；再把她远远的嫁去，讨回一笔财礼，作为脸面钱，用少数买点纸钱为死者焚化，其余的即按好事出力的程度均分花用。不意当时作族长的，巧秀妈未嫁时，曾拟为跰儿子讲作儿媳妇，巧秀妈却嫌他一只脚不成功，族长心中即蹩住一腔恨恼。后来又借故一再调戏，反被那有性子的小寡妇大骂一顿，以为老没规矩老无耻。把柄拿到手上，还随时可以宣布。如今既然出了这种笑话，因此回复旧事，极力主张把黄罗寨那风流打虎匠两只脚捶断，且当小寡妇面前捶断。私刑执行时，打虎匠咬定牙齿一声不哼，只把一双眼睛盯看着小寡妇。处罚完事，即预备派两个长年把他抬回三十里外黄罗寨去。事情既有凭有据，黄罗寨人自无话说。可是小寡妇呢，却当着族里人表示她也要跟去。田产女儿通不要，也得跟去。这一来族中人真是面子失尽。尤其是那个一族之长，心怀狠毒，情绪复杂，怕将来还有事情，倒不如一不做二不休连根割断。竟提议把这个不知羞耻的贱妇照老规矩沉潭，免得黄罗寨人说话。族祖既是个读书人，读过几本“子曰”，加之辈分大，势力强，且平时性情又特别顽固专横，即由此种种，同族子弟不信服也得三分畏惧。如今既用维持本族名誉面子为理由，提出这种兴奋人的意见，并附带说事情解决再商量过继香火问题。人多易起哄，大家不甚思索自然即随声附和。阖族一经同意，那些无知好事者，即刻就把绳索磨石找来，督促进行。在纷乱下族中人道德感和虐待狂已混淆不可分。其他女的都站得远远的，只轻轻的喊着“天”，却无从作其他抗议。一些年青族中人，即在祠堂外把那小寡妇上下衣服剥个净光，两手缚定，背上负了面小磨石，并用藤葛紧紧把磨石扣在颈脖上。大家围住小寡妇，一面无耻放肆的欣赏那个光鲜鲜的年青肉体，一面还狠狠的骂女人无耻。小寡妇却一声不响，任其所为，眼睛湿莹莹的从人丛中搜索那个冤家族祖。族祖却在剥衣时装作十分生气，狠狠的看了几眼，口中不住说“下贱下贱”，装作有事也不屑再看，躲进祠堂里去了。到祠堂里就和其他几个年长族人商量打公禀禀告县里，准备大家画押，把责任推卸到群众方面去，免得出其他故事。也一面安慰安慰那些年老怕事的，引些圣经贤传除恶务尽的话语，免得中途变化。到了快要黄昏时候，族中一群好事者，和那个族祖，把小寡妇拥上了一只小船，架起了桨，沉默向溪口上游长潭划去。女的还是低头无语，只看着河中荡荡流水，以及被双桨搅碎水中的云影星光。也许正想起二辈子投生问题，或过去一时被族祖调戏不允许的故事，或是一些生前“欠人”“人欠”的小小恩怨。也许只想起打虎匠的过去当前，以及将来如何生活；一岁大的巧秀，明天会不会为人扼喉咙谋死？临出发到河边时，一个老表嫂抱了茫然无知的孩子，想近身来让小寡妇喂点奶，竟被人骂为老狐狸，一脚踢开，心狠到临死以前不让近近孩子。但很奇怪就是从这妇人脸色上竟看不出恨和惧，看不出特别紧张。……至于一族之长的那一位呢，正坐在船尾梢上，似乎正眼也不想看那小寡妇。其实心中却漩起一种极复杂纷乱情感，为去掉良心上那些刺，只反复喃喃以为这事是应当的，全族脸面攸关，不能不如此的。自己既为一族之长，又读过书，实有维持风化道德的责任。当然也并不讨厌那个青春康健光鲜鲜的肉体，讨厌的倒是“肥水不落外人田”，这肉体被外人享受。妒忌在心中燃烧，道德感益强迫，虐狂益旺盛。至于其他族人中呢，想起的或者只是那几亩田将来究竟归谁管业。都不大自然，因为原来那点性冲动已成过去，都有点见输于小寡妇的沉静情势。小船摇到潭中最深处时，荡桨的把桨抽出水，搁在舷边。船停后轻轻向左旋着，又向右旋。大家都知道行将发生什么事。一个年纪稍大的某人说："巧秀的娘，巧秀的娘，冤有头，债有主，你好好的去了吧。你有什么话嘱咐？"小寡妇望望那个说话安慰她的人，过一会儿方低声说："三表哥，做点好事，不要让他们捏死我巧秀喔，那是人家的香火！长大了，不要记仇！"大家静默了。美丽黄昏空气中，一切沉静，谁也不肯下手。老族祖貌作雄强，心中实混和了恐怖与庄严。走过女人身边，冷不防一下子把那小寡妇就掀下了水，轻重一失衡，自己忙向另外一边倾坐，把小船弄得摇摇晃晃。人一下水，先是不免有一番小小挣扎，因为颈背上悬系那面石磨相当重，随即打着漩向下直沉。一阵子水泡向上翻，接着是水天平静。船随水势溜着，渐渐离开了原来位置，船上的年青人眼都还直直的望着水面。因为死亡带走了她个人的耻辱和恩怨，却似乎留念给了每人一份看不见的礼物。虽说是要女儿长大后莫记仇，可是参加的人那能忘记自己作的蠢事？几个人于是俨然完成了一件庄严重大的工作，把船掉了头。死的已因罪孽而死了，然而"死"的意义却转入生者担负上，还得赶快回到祠堂里去叩头，放鞭炮挂红，驱逐邪气，且表示这种勇敢和决断行为，业已把族中受损失的荣誉收复。事实上却是用一切来拔除那点在平静中能生长，能传染，影响到人灵魂或良心的无形谴责。即因这种恐怖，过四年后那族祖便在祠堂里发狂自杀了。只因为最后那句嘱咐，巧秀被送到八十里远的满家庄院，活下来了。

巧秀长大了，亲眼看过这一幕把她带大的表叔，团防局的师爷，有意让她给满家大队长做小婆娘，有个归依，有个保护。因为大太太多年无孕息，又多病，将来生男育女还可望扶正。大队长夫妇都同意这个提议。只是老太太年老见事多，加之有个痛苦记忆在心上，以为得凡事从长作计。巧秀对过去事又实在毫无所知，只是不乐意。因此暂时搁置。

巧秀常到团防局来帮师爷缝补衣裤，和冬生也相熟。冬生的妈杨大娘，一个穷得厚道贤慧的老妇人，在师爷面前总称许巧秀。冬生照例常常插嘴提醒他的妈，“我还不到十四岁，娘。”“你今年十四明年就十五，会长大的！”两母子于是在师爷面前作小小争吵，说的话外人照例都不甚容易懂。师爷心中却明白，母子两人意见虽对立，却都欢喜巧秀，对巧秀十分关心。

巧秀的逃亡正如同我的来到这个村子里，影响这个地方并不多，凡是历史上固定存在的，无不依旧存在，习惯上进行的大小事情，无不依旧进行。

冬生的母亲一村子里通称为杨大娘。丈夫十年前死去时，只留下一所小小房产和巴掌大一片土地。生活虽穷然而为人笃实厚道，不乱取予，如一般所谓“老班人”。也信神，也信人，觉得这世界上有许多事得交把“神”，又简捷，又省事。不过有些问题神处理不了，可就得人来努力了。人肯好好的做下去，天大难事也想得出结果；办不了呢，再归还给神。如其他手足贴近土地的人民一样，处处尽人事而处处信天命，生命处处显出愚而无知，同时也处处见出接近了一个“道”字。冬生在这么一个母亲身边，从看牛，割草，捡菌子，和其他农村子弟生活方式中慢慢长大了，却长得壮实健康，机灵聪敏。只读过一年小学校，便会写一笔小楷字，且懂得一点公文程式。作公丁收入本不多，惟穿吃住已不必操心，此外每月还有一箩净谷子，一点点钱。这份口粮捎回作家用，杨大娘生活因之也就从容得多。且本村二百五十户人家，有公职身分公份收入阶级总共不过四五人，除保长队长和那个师爷外，就只那两个小学教员。所以冬生的地位，也就值得同村小伙子羡慕而乐意得到它。职务在收入外还有个抽象价值，即抽丁免役，且少受来自城中军政各方的经常和额外摊派。凡是生长于同式乡村中的人，都知道上头的摊派法令，一年四季如何轮流来去，任何人都挡不住，任何人都不可免，惟有吃公事饭的人，却不大相同。正如村中一脚踢凡事承当的大队长，派人筛锣传口信集合父老于药王宫开会时，虽明说公事公办，从大户摊起，自己的磨坊，油坊，以及在场上的糟坊，统算在内，一笔数目比别人照例出的多，且愁眉不展的感到周转不灵，事实上还得出子利举债。可是村子里人却只见到队长上城回来时，总带了些文明玩意儿，或换了顶呢氈帽，或捎了个洋水笔。遇有公证画押事情，多数公民照例按指纹画十字，少数盖章，大队长却从中山装胸间口袋拔出那亮晃晃圆溜溜宝贝，写上自己的名字，已够使人惊奇，一问价钱数目才更吓人，原来比一只耕牛还贵！像那么做穷人，谁不乐意！冬生随同大队长的大白骡子来去县城里，一年不免有五七次，知识见闻自比其他乡下人丰富。加上母子平时的为人，因此也赢得一种不同地位。而这地位为人承认表示得十分明显，即几个小地主家有十二三岁的小闺女的，都乐意招那么一个小伙子作上门女婿。

村子去县城已五十里，离官路也在三里外。地方不当冲要，不曾驻过兵。因为有两口好井泉，长年不绝的流，营卫了一坝好田。田坝四周又全是一列小山围住，山坡上种满桐茶竹漆。村中规约好，不乱砍伐破山，不偷水争水。地方由于长期安定，形成的一种空气，也自然和普通破落农村不同。凡事有个规矩，虽由于这个长远习惯的规矩，在经济上有人占了些优势，于本村成为长期统治者，首事人。也即因此另外有些人就不免世代守住佃户资格，或半流动性的长工资格，生活在被支配状况中。但两者生存方式，还是相差不太多，同样得手足贴近土地，参加劳动生产，没有人袖手过日子。惟由此相互对照生活下，依然产生了一种游离分子，亦即乡村革命分子。这种人的长成都若有个公式：小时候作顽童野孩子，事事想突破一乡公约，砍砍人家竹子作钓竿，摘摘人家园圃橘柚解渴，偷放人田中水捉鱼，或从他人装置的网弶中取去捉住的野兽。自幼即有个不劳而获的发明，且凡事作来相当顺手。长大后，自然便忘不了随事占便宜。浪漫情绪一扩张，即必然从农民身分一变而成为游玩。社会还稳定，英雄无用武之地，不能成大气候，就在本村子里街头开个小门面，经常摆桌小牌抽点头，放点子母利。相熟方面多，一村子人事心中一本册，知道谁有势力谁无财富，就向那些有钱无后的寡妇施点小讹诈。平时既无固定生计，又不下田，四乡逢场时就飘场放赌。附近三十里每个村子里都有二三把兄弟，平时可以吃吃喝喝，困难时也容易相帮相助。或在猪牛买卖上插了句嘴，成交时便可从经纪方面分点酒钱，落笔小油水。什么村子里有大戏，必参加热闹，和掌班若有交情，开锣封箱必被邀请坐席吃八大碗，打加官叫出名姓，还得做面子出个包封。新来年青旦角想成名，还得和他们周旋周旋，靠靠灯，方不会凭空为人抛石头打彩。出了事，或得罪了当地要人，或受了别的气扫了面子，不得不出外避风浪换码头，就挟了个小小包袱，向外一跑，更多的是学薛仁贵投军，自然从此就失踪了。若是个女的呢？情形就稍稍不同。生命发展与突变，影响于黄毛丫头时代的较少，大多数却和成年前后的性青春期有关。或为传统压住，挣扎无从，即发疯自杀；或突过一切有形无形限制，独行其是，即必然是随人逃走。惟结果总不免依然在一悲剧性方式中收场。

但近二十年社会既长在变动中，二十年内战自残自黩的割据局面，分解了农村社会本来的一切。影响到这小地方，也自然明白易见。乡村游侠情绪和某种社会现实知识一接触，使得这个不足三百户人家村子里，多有了三五十支杂色枪，和十来个退伍在役的连排长，以及二三更高级更复杂些的人物。这些人多近于崭新的一阶级，即求生存已脱离手足勤劳方式，而近于一个寄食者。有家有产的可能成为“土豪”，无根无柢的又可能转为“土匪”，而两者又必有个共同的趋势，即越来越与人民土地隔绝，却学会了世故和残忍。尤其是一些人学得了玩武器的技艺，干大事业又无雄心和机会，回转家乡当然就只能作点不费本钱的买卖，且于一种新的生活方式中，产生一套现实哲学。这体系虽不曾有人加以文字叙述，事实上却为极多数会玩那个愚而无知的人物所采用。永远有个“不得已”作借口，于是绑票种烟都成为不得已。会合了各种不得已而作成的堕落，便形成了后来不祥局面的扩大继续。但是在当时那类乡村中，却激发了另外一方面的自卫本能，即大户人家的对于保全财富进一步的技能。一面送子侄入军校，一面即集款购枪，保家保乡土，事实上也即是保护个人的特别权益。两者之间当然也就有了斗争，有流血事继续发生，而结怨影响到累世。这二十年一种农村分解形式，亦正如大社会在分解中情形一样，许多问题本若完全对立，却到处又若有个矛盾的调合，在某种情形中，还可望取得一时的平衡。一守固定的土地和大庄院，油坊或榨坊、糟坊，一上山落草。共同却用个“家边人”名词，减少了对立与磨擦，各行其是，而各得所需。这事看来离奇又十分平常，为的是整个社会的矛盾的发展与存在，即与这部分的情形完全一致。国家重造的设计，照例多疏忽了对于这个现实爬梳分析的过程，结果是一例转入悲剧，促成战争。这小村子所在地，既为比较偏远边僻的某省西部，地方对“特货”一面虽严厉禁止，一面也抽收税捐。在这么一个情形下，地方特权者的对立，乃常常因“利益平分”而消失。地方不当官路却宜于走私，烟土和巴盐的对流，支持了这个平衡的对立。对立既然是一种事实，各方面武器转而好像都收藏下来不见了。至少出门上路跑差事的人，求安全，徒手反而比带武器来得更安全；过关入寨，一个有衔名片反而比带一支枪更省事。

冬生在局里作事，间或得出出差，不外引导烟土下行或盐巴旁行。路不需出界外，所以对于这个工作也就简单十分。时当下午三点左右，照习惯送了两个带特货客人从界内小路过××县境。出发前，还正和我谈起巧秀问题。一面用棕衣包脚，一面托我整理草鞋后跟和耳绊。

我逗弄他说：“冬生，巧秀跑了，那清早大队长怎不派你去追她回来?”

“人又不是溪水，用闸那关得住。人可是人！追上了也白追。”

“人正是人，那能忘了大队长老太太恩情？还有师爷，磨坊，和那个溪水上游的钓鱼堤坝，怎么舍得?”

“磨坊又不是她的财产。你从城里来，你欢喜。我们可不。巧秀心窍子通了，就跟人跑了。有仇报仇，有恩报恩，这笔账要明天再算去了。"

"她自己会回不回来?"

"回来吗? 好马不吃回头草，那有长江水倒流。"

"我猜想她总在几个水码头边落脚，不会飞到海外天边去，要找她一定找得回来。"

"打破了的坛子，不要了!"

"不要了吗? 你舍得我倒舍不得，她很好!"

我的结论既似真非真，倒引起了冬生的注意。他于是也似真非真的向我说："你欢喜她，我见她一定会告她，她会给你做个绣花抱肚，里面还装满亲口嗑的南瓜子仁。可惜你又早不说，师爷也能帮你忙!"

"早不说吗? 我一来就只见过她一面。来到这村子里只一个晚上，第二早天刚亮，她就跟人跑了!"

"那你又怎么不追下去? 下河码头熟，你追去好!"

"我原本只是到这里来和你大队长打猎，追鹿子狐狸兔子，想不到还有这么一种山里长大的东西!"

这一切自然都是笑话，已过四十岁师爷听到我说的话，比不到十五岁冬生听来的意义一定深刻得多，因此也搭话说:

“凡事要慢慢的学，我们这地方，草草木木都要慢慢的才认识，性质通通不同的！”

冬生走后约一点钟，杨大娘却两脚黄泥到了团防局。师爷和我正在一窠新孵出的小鸡边，点数那二十个小小活动黑白毛毛团。一见杨大娘那两脚黄泥，和提篮中的东西，就知道是从场上回来的。“大娘，可是到新场办年货？你冬生出差去了，今天歇尖岩村，明天才能回来。可有什么事情？”

杨大娘摸一摸提篮中那封点心：“没有什么事。”

“你那笋壳鸡上了孵没有？”

“我那笋壳鸡上城做客去了。”杨大娘点一点搁在膝头上的提篮中物，计大雪枣一斤，刀头肉半斤，元青鞋面布一双，香烛纸张……

问一问，才知道原来当天是冬生满十四岁的生庚日。杨大娘早就弯指头把日子记在心上，恰值鸦拉营逢场，犹自嘀咕了好几个日子，方下决心，把那预备上孵的二十四个大白鸡蛋从箩筐中一一取出，谨慎小心放入垫有糠壳的提篮里，捉好鸡，套上草鞋，到场上去和城里人打交道。虽下决心那么作，走到相去五里的场上，倒像原不过只是去玩玩，看看热闹，并不需要发生别的事情。因为鸡在任何农村都近于那人家属之一员，顽皮处和驯善处，对于生活孤立的老妇人，更不免寄托了一点热爱，作为使生活稍有变化的可怜简单的梦。所以到得人马杂沓黄泥四溅的场坪中转来转去等待主顾时，杨大娘自己即老以为这不会是件真事情。有人问价时，就故意讨个高过市价一半的数目，且作成“你有钱我有货，你不买我不卖”对立神气，不即脱手。因为要价高，城里来的老鸡贩，稍微揣揣那母鸡背脊，不还价。这一来，杨大娘必作成对于购买者有眼不甚识货轻蔑神气，蹩蹩嘴，掉过头去不作理会。凡是鸡贩子都懂得乡下妇人心理，从卖鸡人的穿着上即可明白，以为时间早，不忙收货。见要价特别高的，想故意气一气她，就还个起码数目，且激激她说：“什么八宝精，值那样多！”杨大娘于是也提着气，学作厉害十分样子：“你还的价钱只能买豆腐吃。”且像那个还价数目不仅侮辱本人，还侮辱了身边那只体面肥母鸡，怪不过意，因此掉转身，抚抚鸡毛，拍拍鸡头，好像向鸡声明：“再过一刻钟我们就回家去，我本来就只是玩玩的！”那只母鸡也像完全明白自己身分和杨大娘的情绪，闭了闭小红眼睛，只轻轻的在喉间“骨骨”哼两声，且若完全同意杨大娘的打算。两者之间又似乎都觉得“那不算什么，等等我们就回去，我真乐意回去，一切照旧”。

到还价已够普通标准时，有认得她的熟人，乐于圆成其事，必在旁插嘴："添一点，就卖了。这鸡是吃包谷长大的，油水多！"待主顾掉头时，又轻轻的告杨大娘："大娘要卖也放得手了。这回城里贩子来得多，也出得起价。若到城里去，还卖不到这个数目！"因为那句要卖得放手，和杨大娘心情冲突，所以回答那个好意却是：

"你卖我不卖，我又不等钱用。"

或者什么人说："不等钱用你来作什么？没得事作来看水鸭子打架，作个公证人？肩膊松，怎不扛扇石磨来？"

杨大娘看看，搜寻不出谁那么油嘴油舌，不便发作，只轻轻的骂着："悖时不走运的，你妈你婆才扛石磨上场玩！"

事情相去十五六年，石磨的用处，本乡人知道的已不多了。

那有不等钱用这么十冬腊月抱鸡来场上喝风的人？事倒凑巧，因为办年货城里需要多，临到末了，杨大娘竟意外胜利，卖的钱比自己所悬想的还多些。钱货两清后，杨大娘转入各杂货棚边去，从各种叫嚷、赌咒、争持交易方式中，换回了提篮所有。末了且像自嘲自诅，还买了四块豆腐，心中混合了一点儿平时没有的怅惘，疲劳，喜悦，和朦胧期待，从场上赶回村子里去。在回家路上，必看到有村子里人用葛藤缚住小猪的颈膊，赶着小畜生上路的，也看到有人用竹箩背负这些小猪上路的，使她想起冬生的问题。冬生二十岁结婚一定得用四只猪，这是六年后事情。她要到团防局去找冬生，给他个大雪枣吃，量一量脚看鞋面布够不够，并告冬生一同回家去吃饭，吃饭前点香烛向祖宗磕磕头。冬生的爹死去整十年了。

杨大娘随时都只想向人说：“杨家的香火，十四岁，你们以为孵一窝鸡，好容易事！他爹去时留下一把镰刀，一副连枷，……你不明白我好命苦！”到此眼睛一定红红的，心酸酸的。可能有人会劝慰说：“好了，现在好了，杨大娘，八十一难磨过，你苦出头了！冬生有出息，队长答应送他上学堂。回来也会做队长！一子双挑讨两房媳妇，王保长闺女八铺八盖陪嫁，装烟倒茶都有人，你还愁什么？……”

事实上杨大娘其时却笑笑的站在师爷的鸡窝边，看了一会儿小鸡。可能还关心到卖去的那只鸡和二十四个鸡蛋的命运，因此用微笑覆盖着，不让那个情绪给城里人发现。天气已晚下来了。正值融雪，赶场人太多，田坎小路已踏得稀糊子烂，怪不好走。药王宫和村子相对，隔了个半里宽田坝，还有两道灌满融雪水活活流注的小溪，溪上是个独木桥。大娘心想：“冬生今天已回不了局里，回不了家。”似乎对于提篮中那包大雪枣“是不是应当放在局里交给师爷”问题迟疑了一会儿，末后还是下了决心，提起篮子，就走了。我们站在庙门前石栏干边，看这个肩背已偻的老妇人，一道一道田坎走去。

时间大约五点半，村子中各个人家炊烟已高举，先是一条一条孤独直上，各不相乱。随后却于一种极离奇情况下，一齐崩坍下来，展宽成一片一片的乳白色湿雾。再过不多久，这个湿雾便把村子包围了，占领了。杨大娘如何作她那一顿晚饭，是不易形容的。灶房中冷清了好些，因为再不会有一只鸡跳上砧板争啄菠菜了。到时还会抓一把米头去喂鸡，始明白鸡已卖去。一定更不会料想到，就在这一天，这个时候，离开村子十五里的红岩口，冬生和那两个烟贩，已被人一起掳去。

我那天晚上，却正和团防局师爷在一盏菜油灯下大谈《聊斋志异》，以为那一切都是古代传奇，不会在人间发生。师爷喝了一杯酒话多了点，明白我对青凤黄英的向往，也明白我另外一种弱点，便把巧秀母亲故事告给我。且为我出主张，不要再读书。并以为住在任何高楼上，都不如坐在一只简单小船上，更容易有机会和那些使二十岁小伙子心跳的奇迹碰头！他的本意只是要我各处走走，不必把生活固定到一个小地方，或一件小小问题得失上，不意竟招邀我上了另外一只他曾坐过的小船。

我仿佛看到那只向长潭中桨去的小船，仿佛即稳坐在那只小船上，仿佛有人下了水，船已掉了头。……水天平静，什么都完事了。一切东西都不怎么坚牢，只有一样东西能真实的永远存在，即从那个小寡妇一双明亮，温柔，饶恕了一切带走了爱的眼睛中看出去，所看到的那一片温柔沉静的黄昏暮色，以及两个船桨搅碎水中的云影星光。巧秀已经逃走半个月，巧秀的妈沉在溪口长潭中已十六年。

一切事情还没有完结，只是一个起始。

一九四七年三月末北平

传奇不奇

满老太太从油坊到碾坊。溪水入冬即枯落，碾槽停了工，水车上挂了些绿丝藻已泛白。上面还有些白鸟粪，一看即可知气候入冬，一切活动都近于反常，得有个较长休息。不过一落了雪，似乎即带来了一点春信息。连日因融雪，汇集在坝上长潭的溶雪水，上涨到闸口，工人报说水量已经可转动碾盘。老太太因此来看看，帮同守碾坊的工人，用长柄扫帚打扫清理一下墙角和碾盘上蛛网蟢钱，在横轴上钢圈上倒了点油，挂好了搁在墙角隅的长摇筛，一面便吩咐家中长工，挑一箩糯谷来试试槽，看看得不得用。因为照习惯，过年作糍粑很要几挑糯米，新媳妇拜年走亲戚，少不了糍粑和甜酒，都需要糯谷米。

工人回去后，满老太太把搁在旁边一个细篾烘笼提到手中，一面烘手一面走出碾坊，到坝上去看看。拟等待试过槽后，再顺便过村头去看看杨家冬生的妈。孩子送客人送了三天，还不曾转身，二三十里路并不算远，平时又无豺狼虎豹，路上一坦平。难道真是眼睛上有毛毛虫，掉到路旁“陷眼”“地窟窿”里去了？还是追麂子兔子，闪不知走到雪里滚入湃泥田，拔脚不出，惨遭灭顶？（这在雪地上总还有个踪迹消息！）此外只有一个原因，即早先已定下了主意，要学薛仁贵，投军奔前程，深怕寡母眼泪浸软了心，临时脱身不得，因为趁便走去。可是在局里当差，已经是在乡兵员，正好考学校，那还有更方便事情？并且这种少年子弟背井离乡的事情虽常有，照例是要因点外事刺激才会发生：受了什么人的气丢失面子，赌输了钱无法交代，和什么女子有过情分，难善终始，不易长此厮守下去，到后方不免有此一着，不是同走就是独行，努力把自己拔出家乡拔出苦恼，取得个转机。就冬生说这些问题都不成问题。局里师爷到庄子上去提供报告时，就证明薛仁贵投军事不大可信。只有一点点可疑处，即是不是因为巧秀走失，半个月还无消息，冬生孩子心实，因为心里有些包瞒着的事，说不出口，所以要告奋勇去把巧秀找寻回来。说不定事前还许愿发过誓找不到决不回乡。所以就失了踪。这自然只是局里师爷的猜想，无凭无据。不过由此出发，村子里于是有了以讹传讹的谣言：冬生到红岩口看见了巧秀，知道巧秀是和那吹唢呐的中寨人想要逃下常德府，凑巧和冬生碰头。两口子怕冬生小孩子口松出事，就把他一索子捆上，抛到江口大河里去了。事情虽没见证，话语却传到了老太太耳边。老太太心中慈悯，想去看看冬生的娘，安慰安慰这个妇人。

高岘地方二百户人家，满姓算是大族，满老太太家里，又是这一族中首户。近村子田产山坡产业，有大半属于这个人家。此外还有油坊、碾坊等等产业。五里外场集上又开了个官盐杂货铺，经常派有庄伙守店。猴子坪的朱砂矿，还出得有些股份。所以家中厅堂中的陈设，就是座大过一尺的朱砂山。在服药求仙时代，这东西是必需进贡到朝廷去，私人保有近于犯罪的。当家的主人就是年过六十还精神矍铄的满老太太。丈夫已死去十多年。生有二男二女：女的都已出嫁，身边只两个男孩，大的就是刚婚娶不久的地方保安队长，小的进城上学，在县里还只读初中三。两弟兄身体都很健康，按照一个乡下有管教地主子弟的兴趣和保家需要，不免都欢喜玩枪弄棒。家中有长工，有狗，有枪支，一个冬天，都用于鬻子所谓“捕虎逐麋”游猎工作上消磨了。

老太太为人正直而忠厚，素朴而勤俭，恰恰如一般南中国旧式地主富农神情。家产系累代勤俭而来，所以门庭充分保留传统的好规矩。一身的穿着，照例是到处补丁上眼，却永远异常清洁。内外衣通用米汤浆洗得硬挺挺的，穿上身整整齐齐，且略有点米浆酸味和干草香味。头脚都拾理得周周整整，不仅可见出老辈身分，还可见出一点典型人格。一切行为都若与书本无关，然而却处处合乎古人所悬想，尤其是属于性情温良一面，俨若与道同在。更重要是深明财富聚散之理，平时赡亲恤邻，从不吝啬。散去了财产一部分，也就保持了更多部分。一村子非亲即友，遇什么人家出了丧事喜事，月毛毛丢了生了，儿子害了长病，和这家女主人谈及时，照例要陪陪悲喜，事后还悄悄的派人送几升米或两斤片糖去，尽一尽心。一切作来都十分自然，因此新屋落成时，村子里上了块金漆朱红匾额“乐善好施”。

一家人都并无一定宗教信仰。屋当中神位，供了个天地君亲师牌位，另外还供有太岁和土地神。灶屋有灶神，猪圈、牛栏、仓房也各有鬼神所主。每早晚必由老太太洗手亲自作揖上香，逢月初一十五，还得各处奠奠酒，颂祝人畜平安。一年四季必按节令虔诚举行各种敬神仪式，或吃斋净心，或杀猪还愿，不问如何，凡事从俗。过年时，有门户处都贴上金箔喜钱和吉祥对联，庆贺佳节。并一面预备了些钱米，分送亲邻。有羞羞怯怯来告贷的，照例必能如愿以偿。

一家财产既相当富有，照料经管需人，家中除担任团防局保卫一村治安的丁壮外，长年即雇有十来个长工，和两个近亲管事。油坊碾坊都有副产物，用之不竭，因此经常养了四只膘壮大牯牛，两栏肥猪，几头羊，三五十只鸡鸭，十多窝鸽子，几只看家狗。大院中还喂有两只锦鸡，一对大耳兔子，两缸金鱼。后园尚有几箱蜜蜂。对外含有商务经济，虽由管事经手，内外收支和往来亲戚礼数往还以及债务数目，却有一本无字经记在老太太心中，一提起，能道出源源本本。

老太太对日常家事是个现实主义者，对精神生活是个象征主义者，对儿女却又是个理想主义者；一面承认当前，一面却寄托了些希望于明天。大儿子若有实力可以保家，有精力能生二男二女，她还来得及为几个孙子商定亲事，城里看一房亲，乡里看一房亲。两孙女儿也一城一乡许给人家。至于第二儿子的事呢，既读了书，就照省城里规矩，自由自由，找一个城里女学生，让她来家里玩风琴唱歌也好。只要二儿子欢喜都可照办，二儿子却说还待十年再结婚不迟。……冬生呢，她想也要帮帮忙，到成年讨媳妇时，送十亩地给他做。

老太太的梦相当健康也相当渺茫，因为中了俗话说的

"人有千算，天有一算"，一切合理建筑起来的楼阁，到天那一算出现时，就会一齐塌圮，成为一堆碎雪破冰，随同这个小溪流的溶雪水，泛过石坝，钻过桥梁，带入大河，终于完事。

老太太见长工挑着两半箩谷子从庄子里走出，直向碾坊走来，后面跟了两个人，一个面生，一个就是正想看看的冬生的妈杨大娘。还不及招呼，却发现了那个杨大娘狼狈焦急神气，赶忙迎接上去："大姨，大姨，你冬生可回来了吗？我正想去看您！"

杨大娘两脚全是雪泥，萎悴悴的，虚怯怯的，身子似乎缩小了许多，轻轻咒了自己一句："菩萨，我真是悖时！"

老太太从神气估出了一点点谱，问那陌生乡下人："大哥，你可是新场人？"

挑谷子长工忙说："鸡冒老表，这是队长老太太，你说你那个。"

老太太把一众让进碾房去，明白事情严重。

那人又冷又急，口中打结似的，说了两三遍，才理畅了喉，禀告来意。从来人口中方知道失踪三天的冬生，和伴送那两挑烟土，原来在十里外红岩口，被寨子上田家兄弟和一小帮人马拦路抢劫了。因为首先押到鸡冒老表在山脚开的小饭铺烤火，随后即一同上了山，不知向什么地方走了。鸡冒认得冬生，看冬生还笑眯眯的，以为不是什么大事。昨天赶场才听人说冬生久不回村子，队长还放口信找冬生，打听下落，才知道冬生是和烟帮一起被劫回不来。那群人除了田家兄弟面熟，还有个大家都叫他作五哥，很像是会吹唢呐的中寨人，才二十来岁一个好后生，身上还背个盒子炮，威风凛凛。冬生还对他笑，也对鸡冒老表笑，意思可不明白。来人一再请求老太太，不要张扬说这事是他打的报告，因为他怕田家兄弟烧房子报仇。他又怕不来报告，将来保上会有人扳他连坐，以为这一行人曾到他店铺里烤过火。两个土客的逃回，更证实了前后经过如何实在。

下半天，这件事即传遍了高岘。队长在团防局召集村保紧急会议，商量这事是进行私和还是打公禀报告县里。当场有个满家人说：红岩口地方本在大队长治安范围内，田家人这种行为近于不认满家的账才如此。若私和，照规矩必这方面派人去接洽，商量个数目，满家出笔钱方能把人货赎出。这事情已有点丢面子。事情破例不得，一让步示弱，就保不定有第二回故事。并且一伙中还有个拐巧秀逃走的中寨人，拐了人家黄花女，还敢露面欺人，更近于把唾沫向人脸上吐。大队长和师爷一衡量轻重，都主张一面召集丁壮，一面禀告县里剿匪。大队长并亲自上县城，呈报这件事，请县长带队伍下乡督促，惩一警百。县长是个少壮军官，和大队长谈得来，年青喜事，正想下乡打猎，到队长家中去住住。于是第二早即带了一排县警备队，骑马和队长下乡。到了高岘，县长住在大队长家中，三十个县警队都住在药王宫团防局里。

县长出巡清乡到了高岘，消息一传出后，大队长派过红岩口八里田家寨的土侦探回来禀报：一早上田家兄弟带了四支枪和几挑货物，五六挑糍粑，三石米，一桶油，三十来个人，一齐上了老虎洞。冬生和巧秀和吹唢呐那个人也在队伍里。冬生萎萎悴悴，光赤着一只脚板。田家兄弟还说笑话壮村子里乡下人胆，县长就亲自来，也不用怕。守住上下洞，天兵天将都只好仰着个脖子看，看累了，把附近村子里的鸡吃光了，还是只有坐轿子回县里去，莫奈我田老大何。

县长早明白接近边境矿区人民蛮悍有问题，不易用兵威统治。本意只是利用人民怕父母官心理，名义上出巡剿匪，事实上倒是来到这个区域几个当地大乡绅家住住，开开会，商量出个办法。于时那出事的一区负责人，即可将案中人货，作好作歹交出。或随便提个把倒霉乡下人（或三五年前犯过案，或只是穷而从不作坏事的），糊涂割下头来，挂在场集上一示众。另一面又即开会，各村各保摊筹一笔清乡子弹费、慰劳费、公宴费、草鞋费，并把乡绅家的腊肉香肠挑两担，老母鸡大阉鸡捉个三五十只，又作为治太太心气痛，敛个白花阴干浆子货百八十两，鲜红如血的箭头砂又收罗个三五十两，于是排队打道回衙。派秘书一面写新闻稿送省里拿津贴的报馆，宣称县座某日出巡，某日归来，亲自率队深入匪区击毙悍匪赛宋江和彭咬脐；一面又将这事情禀报给省府，用卑职称呼同样宣传一番。花样再多一些，还可用某乡民众代表名义登报。一注三下，又省事又热闹，落得个名利双收。

田家兄弟看准了县座平时心理，可忽略了县长和大队长这时要面子争面子的情绪状态。

得到报告五点钟后，高岘属百余壮丁，奉命令都带了自卫武器和粮食，围剿老虎洞巨匪。县长并亲自督战。因为县长的驾临，已把一村子人和队长忙而兴奋到无可比拟情形。就中只有两个妇人反而又害怕又十分忧愁，不知如何是好，沉默无语，一同躲在碾坊里，心抖抖的从矮围墙缺口看队伍出发。一个是冬生的老母，只担心被迫躲入老虎洞里的冬生，会玉石俱焚，和那一伙强人同归于尽，自己命根子和一切希望从而割断。还有一个是一生为人忠厚的满老太太，以为这件事和田家人结怨结仇，实在可怕。两人身边还有那个新媳妇，脸上尚带着腼腆光辉，不知说什么好想什么好。大队长虽已骑上了那匹白骡子，斜佩了支子弹上膛的盒子炮，追随县长马后出发，像忽然体会到了寡母的柔弱爱情和有见识远虑，忙回头跑到碾坊里来。

“妈唉，妈唉，你不要为我担心，我们人多，不会吃亏的！”

可是一看到满老太太和杨大娘两双皱纹四锁湿莹莹的小小眼睛，和新媳妇一双带笑黑眼睛，就明白家中老一辈担心的还有更深一层意义，不免显得稍稍慌张失措，结结凝凝的说：“娘，你放心！我们不会随便杀死人的。都是家边人，无冤无仇。县长也说过，这回事只要肯交出冬生和……罚一点款，就可了结。我不会做蠢事杀一个人，让后代结仇结恨，缠个不休！”

老太太说：“你万千小心，不要出事！你不比县官，天大的祸事都惹得起。你是本地人，背贴着土，你爷爷老子坟都埋在这里，不能做错事！我心都疼破了，求你老子保佑你，菩萨保佑你，我为你许了两只猪！”

新媳妇年纪轻不甚懂事，只觉得大队长格外威武英俊。

一行人众向老虎洞出发时，村中妇孺长老都一同站在门前田塍上和药王宫前面敞坪中看热闹，这个乱杂杂的队伍和雪后乡村的安静，恰恰形成一个对比，给人印象异常鲜明。都不像在进行一件不必要的残杀，只是一种及时田猎的行乐。

老虎洞位置在高岘偏东二十里，差二里许路即和县属第九保区接壤。田姓在九保原为大族，先数代曾出过一个贡生，一个参将，入民国又出过一个营长。有一房还管过两年猴子坪的水银矿。这点功名权势，在乡下结果是有相当意义的，影响到这一族，是一部分子弟从庄稼汉转入县里中学读书，另外一部分子弟，又由田里转上山寨，保留个对泥田砚田均无兴趣、不耕而获的幻想。先还是用镰刀获人的庄稼，随同民国民族历史堕落的发展，到后即学会用火器收获他人的财物。有一些不肖子弟在本村留不住脚后，方转入高岘属刨荒山。高岘属土地最富腴原在满家住的村子，那一坝冬水田和四山茶桐梓漆，再加上去本村五里官路上的那个大市集，每逢三六把附近五十里货物集中交易，即以山货杂物盐布茶漆的集散，影响到许多人经济生活。得天独厚处，已够其他村保人民羡慕，自恨不如。加上满姓大户财富势力集中，自然更遭物忌。老虎洞在高岘属算极荒瘠，地在××河上游，平时水源小，满河滩全是青石和杂草。夹岸是青苍苍两列悬岩，有些生长黄杨树杂木，有些却壁立如削，草木不生。老虎洞分上下二洞，都在距河滩百丈悬岩上，位置天生奇险，上不及天，下不及泉，却恰好有一道山缝罅可以上攀。一洞干涸，里面铺满白沙；一洞有天生井泉，冬夏不竭，向外直流成一道细小悬瀑。两洞面积大约可容上千人左右，平时只有十月后乡下人来熬洞硝，作土炮火药或烟火爆竹用。到兵荒马乱年头，乡下人被迫非逃难不可时，两属村子里妇孺，才带了粮食和炊具，一齐逃到洞中避难，待危险期过后再回村中。后来有逃难人在洞中生育过孩子，孩子长大成了事业，因此在干洞中修了个娘娘庙。乡下求子的就爬上洞中来求子，把庙中泥塑木雕女菩萨穿上绣花袍子。地方既常有香火供奉，也就不少人踪。只是究竟太险，地方虽美好实荒凉，站在洞口向下望，向远望，有时但见一片烟岚笼罩树木岩石，泉水淙淙，怪鸟一鸣，令人绝俗离世。

两个洞既为人预先占据，把路一堵住，便成绝地。除附近小小山缝还生长些细藤杂树，鼯鼠猿猱可以攀援，任何人想上下都不可能。

做案的田家人本意不过是把土货夺过手，放冬生回去传话，估量满家有钱怕事，可以换两支枪。凑巧冬生和拐巧秀逃到田家寨子吹唢呐的一位迎面碰头，于是把冬生暂时扣下，且俟派人接头换得了枪，大家向贵州逃奔时再释放冬生。不意吴用孔明算左了计，把握不住现实，大队长为面子计，竟邀县长出巡剿匪。这一来，因激生变，不能瓮中捉鳖，让人暗算，大伙儿只好一齐入老虎洞，以逸待劳，把个大队长拖软整溶再办交涉。

当地人民武力集中在河下悬崖两头，预备用封锁方式围困洞中一伙时，洞中一伙当真即以逸待劳，毫不在意的，在上面打鼓打锣的叫嚷笑闹。一切都若有恃无恐，要持久战下去。且算定持久下去，官方和高岘一村子人，都必然在疲劳饥饿下失败。地势既有利于洞中一伙，下面新火器不仅无从使用，且得从草丛石砾间找寻掩蔽，防备上面用火器或石卵瞄准。好些情形都和《荷马史诗》上所叙战事方法相差不多，今古不同处即在这种情形下，纵再有个聪明人想得出用大木马装载武士，也无法接近洞口，趁隙入洞。

县长先是远远的停在一个石堆后，指挥这个攻势。打了百十枪后，不意上面锣鼓声更加热闹。天已入暮，山谷中夜风转紧，只好停止进攻，派兵士砍松树就僻处搭棚，升火造饭，大家过夜。

第二天想出了主意，调三十名县警队从三里外红岩口爬上对山，伏在崖上向洞中取准。把锣鼓打息了一会儿，随后却忽然见到洞中三尊穿红缎袍子的塑像，直通洞口，锣鼓又重新自洞中传出。枪弹虽打中洞口目标，实无从伤着那些混和野性与顽劣作成的嘲侮表现。这一天的攻势只证明一件事，即洞中人当真有新式武器，洞口也还击了十来响枪。大队长从枪声中分辨得出有当时著名的春田、小口紧和盒子炮，而且一共有五枝枪，比侦探报告还多一枝。

大队长虽杀羊宰猪作犒劳，还为县长预备腊肉野味和茅台酒，又派人从家中带了虎皮狸子皮褥垫，行军床，过野外生活。到了第四天，县长的打猎趣味已索然兴尽，剿匪兴奋则真如田家兄弟说的，完全用疲倦代替，借故说县里还要开清乡会议，得赶回去主持。又说洞中匪徒，已成瓮中之鳖，迟早终必授首。只要派少数人把住山脚路口，再好好计划把守住岩壁两端和红岩口村子大路，匪党纵再顽狠，不久也依然会授首成擒！县长于是召集高岘人民，训话一个半钟头，指挥了一大套战略，还零零碎碎称引了许多似可解不可解《孙子兵法》上的话语，证实武德武学两臻善美外，县长于是骑上马，押着三十个缩缩瑟瑟的土制队伍，和几担土产，一大坛米酒，一大坛菌子油，以及一笔来自人民的犒劳，骑在马背上摇摇荡荡回返县城去了。

大队长作了督战官，采用了“军师吴用”的意见，用

《孙子兵法》上成语，稳住了自己失败意识，继续包围下去。

到了第七天，高岘属其他村子里自卫队，带来的粮食大半已吃光了，又已快到过年时节，各有事做，不能不请求回家。照大队长意见，天气那么冷，全部回家也极自然。可是县长却于此时来个极严厉命令，限旬日攻克，不得牵延支吾，致干未便。末尾一句话，好像是把大队长踢了一脚，不免闷昏昏的，又急又气。真真是小不忍则乱大谋，深悔事先不和母亲商量，结果真是骑虎难下。

局中师爷和我各背了个被卷去红岩口老虎洞观战，先是到河下看了许久，又爬上对山去，欣赏一番。一切情景都像只宜于一个风景画家取材而预备的，不是为流血而预备的。可是事实两个山洞中却正有三十来个生气活跃的人在被围困中。倘若一直围下去，总有一天洞中人会全体饿毙的。然而这时节山洞中却日夜可闻锣鼓，欢呼声。师爷即景生情，想出了个新主意，以为对面山岩也必然可以爬上去。若爬得上去，估计顶上距洞口不会到一百五十步。村子中有的是石匠，为什么不调遣两个到老虎洞山谷顶上去，慢慢的从缝岩打条小路下达洞口，从上面作个攻势？不及到洞口，我们就可以派个人去办交涉，和里面掌舵的谈谈条件，看看是不是可以谈得开！

两个石匠当真就着手工作，到得峰壁顶上时，方知道山夹缝石头错落，还可攀藤附葛勉强上下。因此同时在山顶上也派了人防守，免得从这条路逃脱。仅仅四天，那悬崖路已开到离上洞不及三丈远近，已可听得洞中人谈话。大队长告奋勇从顶上攀着绳子溜到那个地方去，招呼洞里人开谈判。只要允许把人货枪三者一齐交出，即可保障一伙人生命安全。洞中人却答应还人还货，可不缴枪。为的是缴过了枪，虽目前可以由族上高年作保，一切无事，此后几个人安全可就无多大把握。尤其是首谋的田家兄弟，和那个拐巧秀逃走吹唢呐的中寨人，在洞口称五哥管事，怕大队长饶放不过。若果不缴枪呢，大队长一方面又不免担心。因为乡下人习性他摸得熟，事本来即从“不服气”而挑衅，这次不成功，从口中抠出了肉团团，气不降下，还会闪不知作出更严重的举动，再向三十里边上一跑了事。到后又由局里师爷和那中寨人商讨办法，问题依然僵持，不能解决。不过却因此知道巧秀的确藏在洞中做押寨夫人，师爷叫她时她不则声。

最后一着是冬生的妈杨大娘，腰上系着一条粗麻绳，带了两件新衣，一双鞋，两斤糍粑，攀藤援葛慢慢下到洞口上边绝壁路尽处。

“冬生，冬生，你还在吗?”

只听到洞里有个人传话："冬生，冬生，有人叫你！你妈来了！"

被扣留的冬生，一会会也爬到了洞口边，仰着头又怯又快乐的叫他的娘："妈唉，妈唉，我还活着！"脆弱声音充满了感情。

杨大娘泪眼婆娑的半哭半嘶："冬生，你还活着，你可把人活活急死！你老子前三世作了什么孽，报应到你头上来！你求求他们放你出来啊！"一面悲不自胜，一面招呼巧秀和田家兄弟："巧秀，巧秀，你个害人精！你也做个好事，说句好话！田老大老二，我杨家和你又无冤无仇，杨家香火只有这一苗苗，为什么不积点德放他出来？"

洞口田老二说："杨大娘，要你大队长网开一面就好！大家都是家乡人，何必下毒手一网打尽？大队长说要饿死我们，再拖半年我们也不怕。我们说话算话，冤有头债有主，不会错认人。满家人仗势逞强要县长来红岩口清乡，把一村子里鸡鸭清掉倒回去了。我们田家有一个人死了，要他满家赔一双。我们能逃也不逃，看他拖得到多久！"

"这是你们自己的账，管我姓杨的娃娃什么事？"

"杨大娘你放心，你冬生在这里，我们不会动他一根毛。你问问他是不是挨饿受寒。解铃还是系铃人，事情要看队长怎么办！”

杨大娘无可奈何，把带来的一点东西抛下去，只好离开了那个地方。这地方不久就换上了几个乡下憨子，带了大毛竹作夹辣子的烟火，绑缚在长竹杆一端，点燃后悬垂下到洞口边。一会会，就只见有毒烟火吼着向洞口喷火，使得两山夹谷连续着奇怪怕人回声。洞里人却把一个临时缚的木叉抵住竹杆向旁边挪移。烟火爆裂时更响得怕人，可是很显然这一切发明实无济于事，完全近于儿戏。

攻守两方都用尽了乡下人头脑，充满了古典浪漫气氛，把农村庄稼人由于渔猎耕耘聚集得来的智慧知识用尽后，两方面都还不服输，终不让步。熬到第十七天后，洞中因人数不足，轮流防守过于饥疲，一个大雾早上，终于被几个高岘乡下壮汉，充满猎兽勇敢兴奋，攻占了干洞口。守洞的十四个人，来不及向上面水洞逃走，不能不向里面退去，虽走绝路还是不肯缴械投降。因为攻打这个洞口，高岘人有一个受伤死去，高岘的石匠，于是在洞里较窄处砌上一堵石墙，封住了出路，几个轮班守住。一面从山下附近人家抬了个车谷子的木风驴上山来，在石墙间开了个孔道，预备了二三十斤辣子，十来斤硫磺，用炭火慢慢燃起有毒浓烟来，就摇转木风驴，把毒烟逼扇入洞口。一切设计还依然从渔猎时取得经验，且充满了渔猎基本兴奋。这个洞里既无水可得，那十四个乡下人半天后就被闷死了。过了三天毒烟散尽后，团队上有人入洞里去检查，才知道十四个人都已伏地断气多时。还同时发现了二十多只大白耗子，每头都有十多斤重，和小猪一样。队上人把十四个人的手都齐腕砍下，连同那些大耗子，挑了一担手，四担耗子，运到高岘团防局，把那些白手一串一串挂到局门前胡桃树下示众。一村子妇女小孩们都又吓怕又好奇站在田埂上瞧看这个陈列。第二天大清早，副队长就把这个东西押上县城报功去了。

干洞攻下第五天，水洞口也被几个乡下猛人攻入，逼得剩余的一群，不能不向洞中深处逃去。但这一回情势可大不相同，攻守双方都十分明白。这个洞的形势十分特别，一进去不到五丈，即有一道高及丈许的岩门，必向上爬方能深入。里面井泉四时不竭，洞里还温暖干燥，非常宜于居住。且里面高大宏敞，漆黑异常，看洞口却居高临下，十分清楚。若放毒药便溺入水流出，占据洞口的人饮料就成问题，得从山下取水。冬生和巧秀都在洞中，前一回办法显然也不宜用，也不中用，还得用坐困方法等待变化。因此在洞里近崖壁处，依然砌了一道墙把内外封锁。大队长和十多个人就守住洞口，也用个以逸待劳方法等待下去。

杨大娘又来回跑四十里路，爬上悬岩洞口为冬生办了一次交涉，不能成功，虚虚怯怯带住碎心的忧苦回转村子里去了。局里师爷愿意告奋勇进洞，用生命担当彼此平安，也商量不出结果。洞外为表示从容，大队长派人从家中搬了留声机来唱戏，慰劳团队族人。里面也为对抗这种刺激，却在锣鼓声中还加上一个呜呜咽咽的唢呐，吹了一遍《山坡羊》，又吹一遍《风雪满江山》。原来中寨人带了巧秀上路时，还并不忘记他的祖传乐器！

但彼此强弱之势已渐分，加上县长又派了个小队长来视察了一回，并带了个命令来，认为除恶务尽，悍匪不容漏网，并奖励了几句空话，使得满大队长更不能不做个斩草除根之计。洞里一面知道事已绝望，情绪越来越凝固激切。田家兄弟一再要把冬生处分出气，想用手叉住孩子喉管时，总亏得巧秀解围，请求不要把他人出气，好汉作事好汉当，才像个男子。冬生终得个幸而免。

先是上下两洞未陷落，山顶未封锁时，大家要逃走还来得及，本可抛下重器悄悄沿山缝逃走。不过既有言在先，说要拖个一年半载，把高岘人满家累倒，这一走未免损失田家体面，将来见不得人。加上个自以为占据天险，有恃无恐。十年一小乱，三十年一大乱，经过多少朝代，都不闻老虎洞被人攻下过。所以这次胆大轻敌，不免小觑了对方。到半月后经过一回会议检讨，结果有十六个少壮，揣带一腰带烟土，半夜里爬山逃走，预备向下河去避避风浪，并掉换几枝短枪，再计划返回来找机会打救援。其余人都刺手指吃血酒，有福同享，有祸同当，不离本位。下洞既已失陷，生力军牺牲大半，上洞中连同巧秀和冬生，已经只余八个人。虽说洞口已砌了墙，隔绝内外，还是不能不防备万一。六个人分成两班，分班轮流坐在洞里崖壁高处放哨。巧秀和冬生却不分派职务，像个自由人，可以各处走动。

冬生和巧秀原本极熟，一个月来患难中同在一处，因此谈起了许多事情。冬生和她谈起逃走后一村子里的种种，从满家事情谈起，直到他自己离开药王宫那天下午为止。加上这一个月来洞中生活，从巧秀看来，真好像是一整本《梁山伯》《天雨花》，却更比那些传奇唱本故事离奇动人。把这一月经过的日子和以前十七年岁月对比，一切都简直像在梦里！更分不清目前究竟是真是梦。

巧秀听过后吁了吁气说："冬生，我们都落了难，是命里注定，不会有人来搭救了。"

冬生福至心灵，忽然触着了机关，从石罅间看出一线光明："巧秀，人不来搭救，我们要自寻生路，我们悄悄的去和五哥说，大家不要在这里同归于尽，死了无益！只有这一着棋是生路！”

“他们都吃了血酒，赌过咒，同生共死，你一说出口，刀子会窝心扎进去！”

“你和他有床头恩爱情分，去说说好！他们做他们的英雄，我们做我们的爬爬虫，悄悄的爬了出去吧。”

当巧秀趁空向吹唢呐解闷的中寨人诉说心意时，中寨人愣愣的不则一声。巧秀说：“你要杀我你就杀了我，我哼也不哼一声。我愿意和你在这洞里同生共死，血流在一块。不想我死，你也不愿死，做做好事，放冬生一条生路，杨大娘家只有这一个命根根。人做好事有好报应，天有眼睛的！”

中寨人心想：“冬生十四岁，你十七岁，我二十一岁，都不应当死！可是命里注定，谁也脱不了！”

巧秀说：“你拿定主意再说吧。要死我俩一块死，想活我陪你活。”

中寨人低低叹了口气：“我要活，人不让我们活，天不让我们活！”

谈话于此就结束了。思索却继续在这个二十一岁青春生命中作各种挣扎燃烧。

到了晚上，派定五哥和另外两个人守哨。大家都已经一个月不见阳光，生活在你死我亡紧张中苦撑，吃的又越来越坏，所以都疲乏万分。两个人不免都睡着了。只中寨人五哥反复嚼着和巧秀白天说的话，兴奋未眠。在洞中生活过了很久，原来还有一盏马灯，大半桶煤油，到后来为节制耗费，在灯下也无事可作，就不再用灯，只凭轻微呼吸即可感觉分别各人的距离和某一人。守哨的去洞口较近，休息的在里边，两者相去已有二三十丈。中寨人从呼吸上辨别得出巧秀和冬生都在近旁，轻轻的爬到他们身边去，摇醒了两个人。

“冬生，冬生，你赶快和你嫂子溜下崖去，带她出去，凭良心和队长说句好话，不要磨折她！这回事情是田家弟兄和我起的意，别人全不相干！我们吃过了血酒，我不能卖朋友，要死一齐死在这个洞里了。巧秀还年青，肚子里有了毛毛，让她活下来，帮我留个种！你要为她说句话，不要昧良心！”

大队长在洞口拥着一条獾子皮的毯子，正迷蒙入睡，忽然警觉，听见墙里悉率率响，好像有人在急促的爬动。随即听到一个充满了惶急恐怖脆弱低低呼喊：“大队长，大队长，赶快移开石头，救我的命！赶快些，要救命！”

大队长一面知会其他队兵，一面低声招唤：“冬生，是你吗？你是鬼是人？你还活着吗？”

“你赶快！是我！我鼻子眼睛都好，全胡全尾的！”末一句原是乡下顽童玩蟋蟀的术语，说得几人都急里迸笑。

石墙撤去一道小口，把人拖出后，看看原来先出的是巧秀，前后离开了高岘不到五十天的巧秀。冬生出来后还来不及说话，就只听到里面狂呼，且像是随即发生了疯狂传染。很明显，冬生巧秀逃脱事已被人发觉，中寨人作了卖客，洞中同伙发生了火并。中寨人似乎随即带着长嗥，被什么重东西扭着毁了。二十一岁的生命，完了。夜既深静，洞中还反复传送回音，十分凄冽怕人。几人紧张十分的忙把墙缺封上，静听着那个火并的继续。许久许久才闻及一片毒咒混在呻吟中从洞穴深处喊出，虽微弱却十分清楚：“姓满的，姓满的，你要记着，有一天要你认得我家田老九！”

第二天，发觉洞中流出的泉水已全是红色。两个乡丁冒险进洞去侦察，才发现剩下几个人果然都在昨晚上一种疯狂痉挛中火并，相互用短兵刺得奄奄垂毙了。田家老大似乎在受了重伤后方发觉和他搏斗的是他亲兄弟，自己一匕首扎进心窝子死了。那弟弟受伤后还爬到近旁井泉边去喝水，也伏在泉边死了。到处找寻巧秀的情人，那个吹唢呐的中寨人，许久才知道他是攒入洞壁左侧石缝中死去的。大队长押了从洞中清扫得来的几担杂物，剩余烟土和十只人手，两个从洞中夺回死里逃生的生口，不成人形的巧秀和冬生，冬生手上还提住那个唢呐。封了洞穴，率队回转高岘，预备第二天再带领这十只惨白拘挛的手掌和两个与案情有关的生口，上县城报功，过堂。

当那一串人手依旧悬挂在团防局门前胡桃树下，全村子里妇女老幼都围住附近看热闹时，冬生和巧秀，都在满家大庄子里侧屋中烤火，各已换了干净衣裳，坐在大火盆边，受老太太，杨大娘，师爷，大队长，二少爷和作客人的我作种种盘问。冬生虽身体憔悴，一切挫折似乎还不曾把青春的火焰弄熄，还一面微笑，一面叙述前前后后事情。一瞥忽发现杨大娘对他痴痴的看定，热泪直视，赶忙站起来走了两步："娘，你看我不是全胡全尾的回来了吗?"

"你全胡全尾，可知道田家人死了多少？作了些什么孽要这样子!"

巧秀想起吹唢呐的中寨人，想起自己将来，低了头去哭了。

满老太太说："巧秀，不要哭，一切有我！你明天和大队长上县里去，过一过堂，大队长就会作保，领你回来，帮我看碾坊。这两天溪里溶雪，水已上了一半堤坝，要碾米过年！冤仇宜解不宜结，我明年要做七天水陆道场，超度这些冤枉死了的人，也超度那个中寨人。——”

当我和师爷和大队长过团防局去时，听到大队长轻轻的和师爷说：“他家老九子走了，上下洞都找不到。”又只听到师爷安慰大队长说：“冤家宜解不宜结，老太太还说要做七天七夜道场超度，得饶人处且饶人！”

…………

快过年了，我从药王宫迁回满家去时，又住在原来那个房间里。依然是巧秀抱了有干草干果香味的新被絮，一声不响跟随老太太身后，进到房中。房中大铜火盆依然炭火熊熊爆着快乐火星，旁边有个小茶罐嗞嗞作响。我依然有意如上一次那么站到火盆边烘手，游目四瞩，看她一声不响的为我整理床铺，想起一个月以前第一回来到这房中作客情景，因此故意照前一回那么说：“老太太，谢谢你！我一来就忙坏了你们，忙坏了这位大姐！……”不知为什么，喉头就为一种沉甸甸的悲哀所扼住，想说也说不下去了。我起始发现了这房中的变迁：上一回正当老太太接儿媳妇婚事进行中，巧秀逃亡准备中，两人心中都浸透了对于当时的兴奋和明日的希望；四十天来的倏忽变化，却俨然把面前两人浸入一种无可形容的悲恻里，且无可挽回亦无可补救的直将带入坟墓。虽然从外表看来，这房中前后的变迁，只不过是老太太头上那朵大红绒花已失去，巧秀大发辫上却多了一小绺白绒绳。

巧秀的妈被人逼迫在颈脖上悬个磨石，沉潭只十六年，巧秀的腹中又有了小毛毛。而拐了她同逃的那个吹唢呐的中寨人，才二十一岁，活跳跳的生命即已不再活在世界上，却用另外一种意义更深刻的活在十七岁巧秀的生命里，以及活在这一家此后的荣枯兴败关系中。

我还不曾看过什么“传奇”比我这一阵子亲身参加的更荒谬更离奇，也想不出还有什么“人生”比我遇到的更自然更近乎人的本性！

满家庄子在新年里，村子中有人牵羊担酒送匾，把大门原有的那块“乐善好施”移入二门，新换上的是“安良除暴”。这一天，满老太太却借故吃斋，和巧秀守在碾坊里碾米。